中国专业作家散文典藏文库

中国专业作家散文典藏文库

孙少山卷

儿子
孙子和狗

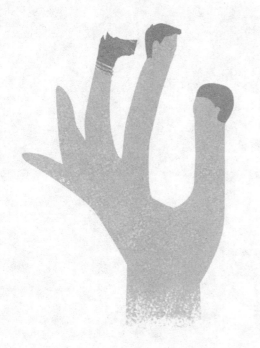

孙少山 ◎著

中国文史出版社

目　录

第　一　辑

三巨头 …………………………………………………… 3

请关注这些女人的苦难 …………………………………… 5

天才的缺陷 ………………………………………………… 9

老河道 ……………………………………………………… 11

秋天　黄昏　村庄 ………………………………………… 13

羚羊挂角 …………………………………………………… 16

《包法利夫人》与《红楼梦》 …………………………… 18

打离婚 ……………………………………………………… 21

一只红头鸭 ………………………………………………… 23

英雄与恶魔 ………………………………………………… 26

英雄遗恨 …………………………………………………… 29

音乐会 ……………………………………………………… 32

婴儿车 ……………………………………………………… 34

又读《秋夜》 ……………………………………………… 36

赶集 …………………………………………… 39

给一棵树照相 ………………………………… 42

解读村庄 ……………………………………… 44

美满姻缘 ……………………………………… 53

墙 ……………………………………………… 56

落叶 …………………………………………… 58

他和她的故事 ………………………………… 60

鳍和脚的变迁 ………………………………… 62

生不逢时 ……………………………………… 64

杨靖宇和岸古隆一郎 ………………………… 67

音乐 …………………………………………… 70

自然之美 ……………………………………… 72

神圣 …………………………………………… 75

喜鹊 …………………………………………… 77

细节造就伟大 ………………………………… 80

小学老师 ……………………………………… 82

第 二 辑

缺损的人格 …………………………………… 87

我差点儿成了英雄 …………………………… 90

慈禧太后和英国女王 ………………………… 93

惯坏了的人类 ………………………………… 95

神圣的后院 …………………………………… 98

生命之美 ……………………………………… 100

懦弱者的自白 ………………………………… 103

飞行的石头 …………………………………………… 106

鲁迅小说里的细节 ………………………………… 109

千秋功罪说大清 …………………………………… 112

感激春天 ……………………………………………… 116

送给盲人的红玫瑰 ………………………………… 119

真唱与假唱 ………………………………………… 122

杜鹃杜鹃 …………………………………………… 124

竹子和小麦 ………………………………………… 127

胶树的刺 …………………………………………… 129

我们这一代 ………………………………………… 131

内敛 …………………………………………………… 133

外语的歌唱 ………………………………………… 136

监狱 …………………………………………………… 138

人在战乱中 ………………………………………… 141

敬畏年轻 …………………………………………… 144

沉重的母爱 ………………………………………… 146

职业习惯 …………………………………………… 148

楼上的人与笼子里的鸡 …………………………… 150

表弟和狗神 ………………………………………… 152

脸面与屁股 ………………………………………… 154

第 三 辑

我的两位表叔 ……………………………………… 159

父亲 …………………………………………………… 162

祖父的情人 ………………………………………… 175

妯娌 …………………………………………………… 178

老伴儿 ………………………………………………… 181

三婶 …………………………………………………… 185

邻家大婶杨沫 ………………………………………… 189

矿工下一代 …………………………………………… 193

儿子、孙子和狗 ……………………………………… 196

西山人家 ……………………………………………… 199

1968 年的我 ………………………………………… 202

月移花影玉人来 ……………………………………… 246

神龟 …………………………………………………… 249

金融危机与苦行僧 …………………………………… 252

山间小路 ……………………………………………… 255

蝉的故事 ……………………………………………… 258

第 一 辑

三 巨 头

从现存的影像资料上看，当杜鲁门把英国新总统艾德礼介绍给斯大林时，斯大林却脸都不转过去，拉一把椅子坐下背对他们。这是在全世界都关注的波茨坦会议上，斯大林的傲慢让在场所有的人都感到震惊。

或许斯大林有资格如此傲慢，领导二次大战的三巨头是罗斯福、丘吉尔、斯大林。罗斯福中途"夭折"换上杜鲁门，这是美国的例行法律程序；丘吉尔和他一道从开始到胜利都在合作，却在落幕时退出舞台，领导二战的三巨头从始至终只有他斯大林，现在要荣耀谢幕，只有他是真正的英雄。

那是一次决定了我们今天这个世界格局的会议。在波茨坦召开还是英国前首相丘吉尔提议的，会议的后半程丘吉尔却在英国大选中落败。也许，斯大林是以此态度对英国人表示他的不满，和对这位大选中击败丘吉尔的新首相的不屑。斯大林承认丘吉尔是二战中的大英雄，知道他是得到了英国人一致拥护的国家元首，意想不到的是他却在大选中败给了眼前这位其貌不扬的艾德礼。英国人让斯大林感到不可理喻，在他看来，这是典型的卸磨杀驴，这是忘恩负义！

丘吉尔非常想连任英国首相，所以抛下决定世界命运的会议回国参加竞选。在他的祖国，所到之处人们一片欢呼声，今天我们再来看这些旧影片上的狂热场面，仍然不能理解英国民众是如此热爱他们的首相，怎么会把选票投给别人。这就是英国人，他们是在欢呼领导他们打败敌人的英雄，却不是在欢呼一个即将领导他们建设国家的未来首相。泾渭分明，功劳归功劳工作归工作，他们决不把职位当作一种酬劳给予他们认为不合适的人选，尽管他是英雄，尽管热爱他，崇拜他。

最让人感动之处在这里，虽然心里很痛苦，手握重兵的丘吉尔坦然接受了这失败的结果；而在他的指挥下出生入死的军人，也平静地接受了统帅被罢免的结果，接受了新首相代表英国来出席波茨坦会议，接受了斯大林都不能接受的名不见经传的艾德礼。

我们总在谈优秀的文化传统，什么是优秀的文化传统？这才是优秀的文化传统！这才是真正优秀的文化传统！英国人的文化传统。

丘吉尔毫无疑问是一位伟大的领袖，当年希特勒的装甲部队横扫整个欧洲如卷席，几乎所有的欧洲国家领袖都为之屈服，斯大林为了自保与其签订了互不侵犯条约，大洋彼岸的罗斯福尚在观望，全世界只有丘吉尔领导英国独自抗衡着不可一世的希特勒。然而战争的炮火尚未完全熄灭，丘吉尔的战袍尚未脱下，他却遭到了罢黜。丘吉尔是伟大的，更伟大的是英国人民，他们认为领导英国打仗当然是丘吉尔，而领导英国建设还是艾德礼更在行，于是毫不犹豫地选择了艾德礼。事实证明这一选择是明智的，艾德礼为英国的战后重建做出了巨大贡献。当我们认为某位领袖不够伟大时，认真考察一下会发现，他的人民就不够伟大，他们只配有如此水准的领袖。说一个原始部落拥有一位伟大的领袖，那是神话。

丘吉尔不甘心失败，数年后调整了竞选策略卷土重来，终于赢得了英国人民的信任，又一次当选为英国首相。当他退休时已经是八十一岁高龄。

请关注这些女人的苦难

我不是女人，永远也无法知道女人被夺走孩子的痛苦有多深。但是我看到过就是狗也有那种激烈的护犊行为；也听说过当母狼被人掠走崽子时，它会不顾性命闯进人居住的村里。李女士被夺走孩子，强行押解出境，她仅仅用了二十一天时间就又跑了回来。就是一个自由人，通过正常手续出国，在这么短的时间内都是办不到的。想想她在严密的监视之下闯过数道荷枪实弹的关卡，暗夜里游过冰冷的江水，穿过危机四伏的深山老林，千里跋涉，不顾生死，又回到了她孩子所在的村子，真像一只失去了狼崽子的母狼。她说，在那段日子里，她只想着，要么就死，要么就逃回去找自己的孩子。

在一个煤矿我认识了李女士，那天她去送一些在树林里捡的蘑菇给我们吃，没进屋，在窗外一闪而过，我只看到了一个娇小的背影。矿主，是我当年一块儿挖煤的伙伴，他对我讲，她是偷渡过来的，嫁给了村里一个农民，在他的矿上开绞车。闲来无事我到绞车房子去看了看这个异国女孩子。她把绞车房里收拾得非常干净，特别是那台老绞车，原来是我当年下井时就用的，二十多年了，现在给她擦洗得仍然锃明瓦亮。对巨大的矿山绞车，她人显得太小，她的手臂也太短，她就用脚控制刹车，开得很熟练。她非常聪明，只用了几年时间不仅汉语已经讲得很流利，而且也学会了中文。

在她的国家里，她是中专毕业生，本来是有工作的，只因为她那天跟上级闹了点儿别扭，心里很郁闷，跟她的一个朋友说起来，这位朋友告诉她，自己的哥哥可以帮助她去中国，在那里每个月能挣到一千多块钱。她一时冲动，就随同一个人偷渡到了中国。到了后，看到工作也不是很好找，他们就给她找对象，介绍的头一个家里很有钱，但人长得太丑。她没答应，后来就答应跟了现在的丈夫老四。直到结婚后，在她的追问下，她才知道，老四家也是给了介绍人五千块钱的。这么说来她其实是给人家卖了。对此，她很沮丧，自己竟是老四家花钱买来的。好在丈夫一家对她还好。日子就这么过了下来。一个孩子就出生了。

今年春天，她忽然给叫到派出所里，乡里那个警察都是熟人了，她还开玩笑说，不是要把我抓走吧？那民警说，要抓早就抓你了，还等到现在？她就这么痛痛快快地跟在人家屁股后头走进了派出所，一进屋就给扣留了。

她对我说，都是熟人了，想不到他还那样骗我。说到这里她很伤心。

她说，就是为了孩子，要不是孩子，抓回去也就算了，主要是没有孩子我活不了。

和她一同给押回去的另一个女人的孩子只有三个月，那个女人从二楼上一头扎下去摔死了。

为了爱情而死叫作殉情，一直是人类歌颂的主题。与这种母亲对孩子的爱相比，"爱情"都算不得什么了。

那天在派出所里，她一见到家里人抱来了孩子，腿忽然站不起来了。矿主说，那天我也在场，伙计，当时我都哭了，她是跪着爬出来的，一把抱住孩子再不放手。

那真是一场生离死别，似乎五岁的孩子都知道一旦分离就一生再也不能见到妈妈了，紧紧地抱住妈妈的脖子不放手。最后是民警强行拉开，孩子哭得声嘶力竭，她更是哭得气噎喉干。

同一个县里，她们共有九个人，被押解回国后，关在一间屋子里，一位看守忽然进来问她们，谁认识中文？别人都没敢出声儿，她很机灵，立刻起来说我认识。原来是保卫局从这些女人身上没收了很多药品，但上面的说明书全是中文，不能用。她就开始把这些药盒上的、药瓶里的说明书全给翻译成他们国家的文字，写好再贴在上面。她干这活儿的时候，保卫局长进来了，一看，他们认识，原来是她一个同学的父亲。就因为这个偶然的机遇，别人都给送到警察局判了刑，而她却给放了。事实上也没有中国传的那么残酷，那些女人大部分判了两年刑，有的只判了一年。

虽然逃回来了，但惶惶不可终日，唯恐再给抓回去。在她躲藏的住处，我见到了这个女孩子，好像一年之内变老了。她说，如果再给抓到，她就只有一死了。头一次，她曾经在中国的拘留所里想用指甲剪剪断动脉血管自杀，但给发现制止了。说着她的大眼睛里充满了泪水。

她给放出来后第一件事就是把自己的户口从公司转移到了另一个地方。我不知道她们国家是种什么情况，她的户口怎么会在一个"公司"里？转移出去就是为了不连累那位同学的父亲，人家是冒着很大风险放她出来的，她还写了永远不再偷渡的保证书。

她说，我能跑回来，全是因为我总遇到贵人。后来过一道道的关卡也全是因为总有贵人同情她让她过了。我说，你在中国可就是没遇到"贵人"。她说，遇到你不就是"贵人"吗？我当时惭愧得直骂自己，我他妈的算是什么"贵人"！什么忙都帮不上。

在我看来，她能在二十一天的时间内办妥了户口转移，又数千里逃回来，不是因为什么"贵人"，而是因为她已经把生死置之度外了，要么就死，要么就逃回去。她首先找到她一个当警察的同学，要求帮助她逃跑越境。这个同学大吃一惊，说，你就不怕我去举报你！她说，反正我不想活下去了，你去举报吧，要么你就得帮我逃跑。她的同学面临严酷的选择，要么举报，把她送上死路，要么帮助她逃回中国。在后来的几道关卡也是这样。很多警察、边防军人都是在这样严酷的选择面前选择了帮助她逃跑，选择了自己冒险，而没有选择害她一条命而邀功。在江边，那个站岗的士兵把头扭过去，把枪转开方向，她和那个送她的警察就下水了。那时候是傍晚，夕阳照在他脸上，她看得很清楚，那个小兵不会超过二十岁。而那个送她的人拉着她直送到了江这岸。她个子矮，有几次江水漫过了她的头顶，那人把她硬是拖过了江。

我不能不流下泪来，不是为故事的悲惨，而是被这些人所感动，在那种严酷的环境下，还有这样的一些人。他们的民族是个伟大的民族！他们的民族是个了不起的民族！反观我们自己，我感到非常惭愧。

李女士仍旧在苦难中，她时时有被重新抓走的危险，等待着她的是更严厉的惩罚。就算她非法越境犯了国法，应该惩罚，我们从那个孩子的角度来想一想不行吗？五岁的孩子有什么罪过？我们有什么权利夺走他的母亲？她说，她就是因为从小失去母亲，所以一想到自己的孩子也将失去母亲，她就觉得无法活下去。她说她的小孩非常聪明，不信你可以问问矿主；她说她的小孩非常聪明，不信你可以问问邻居大爷大娘，大家都知道；她说她的小孩非常聪明，抱住警察拼命叫叔叔，求他们放了他的妈妈……

天才的缺陷

读张爱玲的《谈音乐》。我一直认为张爱玲是她那代女作家中无与伦比的天才，甚至直到今天也难有与之匹敌的女作家。她的散文《谈音乐》当然也是经典散文，要不为什么会被选入这本《散文精品》中？偏偏在她的《谈音乐》中发现了她其实是一个没有乐感的人，这很有些让人不知所措。我本想听听这位文学天才是如何谈论音乐的。在《谈音乐》中可以发现她对气味，对颜色——对语言文字就更不用说了，都具有非凡的敏感，唯独对音乐……听听她是如何谈交响乐的吧："立志要把全场听众尽数肃清铲除消灭，而观众只是默默抵抗着，都是上等人，有高级的音乐修养，在无数的音乐会里坐过的；根据以往的经验，他们知道这音乐是会完的。"我相信确实会有这样在那里受罪的听众，但绝不可能全部都是这样的，否则这样的交响乐音乐会是无法生存下去的。

她从小就受过正规的音乐训练，家里给她请了俄罗斯钢琴家教她弹钢琴，直到她上学后还学过专门的钢琴课，而她始终都在抗拒着，最终还是放弃。她高兴地说："离钢琴的苦难渐渐远了。"没办法，这女孩子没有乐感。她听过交响乐，听过经典歌剧，听过外国通俗音乐，听过中国的大鼓书，听过评弹，听过昆曲，也听过中国的通俗歌曲，一概没有好印象。

这使我想起另一位语言文学天才鲁迅先生，尽管那个时代出了那么多的文学大家思想大家，但鲁迅对语言文字的感觉，那些与他同时代的大家简直就没法相比。我所读过的他老人家的文章中却从来没见过有他赞美音乐这回事儿。我只知道他小时候听过戏，直犯困。这是在那篇《社戏》里读过的。那时候他还小，对中国戏剧也许还不懂，但是到长大后再也没见过他听戏的文章。他有过文学界的朋友，有过美术界的朋友，唯独没有音乐界的朋友。他说中国的京剧大吵大嚷，不能进剧院，只适合于在露天，在野外演出；他说梅兰芳的艺术就是男人扮女人。他很推崇外国的文学，他从来就没介绍过外国的音乐。不敬了，我断定鲁迅先生没有乐感。自然，他老人家比张爱玲老谋深算多了，他从来不"谈音乐"。

某文科状元在网上发表文章说鲁迅的文章就是会骂人罢了，唐诗宋词不过是一些无聊的填字游戏。把唐诗宋词说成是无聊的填字游戏，这结论下得让人瞠目结舌。但我相信他是诚实的，他就是这么感觉的，绝不是哗众取宠；我也佩服他的勇敢，这样的结论不是一般人敢说出来的。只是他生理上有一点儿小小的缺陷，他没有语感，尽管他是文科状元。我同时相信这样的文科天才绝不在少数，而这样的人你是无法与之争论的，就像你永远也无法让一个先天的盲人明白什么样的颜色是红色。他认为别人说唐诗宋词很了不得是皇帝的新衣，而他是那个敢于说出真相的孩子。

如果说上帝给某人关闭一扇门就必然会给他打开一扇窗，那么上帝给这些天才打开的门太多了，自然就要给他们关闭一扇窗，否则太不公平。在以音乐为生命的人看来，给鲁迅张爱玲这样的文学天才关上音乐这扇窗是太残酷了，他们永远失去了生命中重要的一部分；在喜爱文学的人看来，给一个文科天才关上语感这扇窗太荒唐了，他永远无法享受一个丰富多彩的人间社会；但，这就是大千世界。

老 河 道

　　几杆疏枝在天上微微晃动，空旷，寂寥，多少日子一成不变。艾青说——北方是悲哀的，他说的是冬天的北方。林冲唱道——大雪飘，扑人面，朔风阵阵透骨寒，彤云低锁山河暗，疏林冷落尽凋残……已经过去的这个冬天是一个无雪的冬天，所以就更是毫无趣味，几乎就没有留下什么印象就过去了，回想起来竟不知道是怎么过去的。只有一个场景却深深地印在了我的心上，那是两个八十多岁的老夫妇牧羊的画面。

　　那天，我沿着老河道去看那座大烟囱，它是那么高，远远望去几乎和山一样高，但是从来没冒过烟，也没听说过那里有过什么工厂。我决定亲自去看一看。转过河湾，在一个土坡前遇见两个牧羊的老人，一个老头儿和一个老太太，八十多岁的样子，我本想问一下那个大烟囱的事，但看他们那木然的表情不像能问出结果的样子，就骑车过去。穿过一片树林，又扛起自行车迈过一片河滩草甸子，一抬头，来到了这座大烟囱跟前，真是高，像是顶着天的样子，看得我头晕目眩。四周芳草萋萋，什么也没有，它就这么孤零零地立在这里，看不出它是干什么用的，是什么人要在这地方砌起如此高的大烟囱？上面有一条白石灰大标语：多、快、好、省地建设社会主义！它有五十多年的历史了。半个世纪的风吹雨打，它一直默默地立在这荒滩中。

　　向回走时我决定和那两个牧羊老人说几句话，走到那个土坡时却不见了，我想他们走不快，一会儿就能赶上，可是追了一段路仍旧不见踪影。茫然四顾，一片冬日的荒野，这个冬天没有雪，裸露着苍黄的土地，只有玉米的残茬留在地里，杨树和柳树早已落光了叶子，稀疏的树枝在寒风中微微摇动。与两个牧羊老人相遇的情景忽然变得清晰起来，老头儿坐在土坡上，老太太斜倚在他的脚边，他们都穿着臃肿的棉衣，老头儿戴着护耳棉帽，老太太蒙一块灰色的头巾。两人的脸色就跟脚下的土地一样，他们一齐呆呆地看着我，一言不发。旁边有五六只绵羊，一只小羊在母羊的肚下嬉戏，这是一群绵羊，绵羊是所有家畜中最温顺的动物，如果是山羊，这两个八十多岁的老人是管辖不了的。老人和绵羊是如此和谐，与其说是两位老人在照看着羊，倒不如说是羊在照看着两位老人。当时天色已晚，夕阳的光芒横扫过旷野，两个老人和他们的羊都铸在了土地上。我想，他们年轻时也许有过许多故事，也许是平平淡淡的一生，也许吵闹过，也许恩爱了一生，无论那逝去的岁月如何，这将近六十年的光阴把他们的一生打造得精彩起来。人过百岁树过千年，哪怕树是平平常常的树，人是平平常常的人，也会让人肃然起敬。婚姻在经历了六十年的时光后，不管过去的是何种色彩，也会熠熠生辉。

　　相依为命，不弃不离，本来是无需两个人一起干的活儿，他们为了在一起而来到荒野上。设想，如果只是单独的一个八十多岁的老人在这样的冬天的黄昏里放羊，那将是多么凄凉的一幅画面？就因为多了一个人，使这无限荒凉的野外温馨起来。就因为他们二老，为那个灰暗的冬天增添了一抹亮色，使我在这春暖花开的季节里仍然不能忘记。

秋天　黄昏　村庄

　　两个妇女坐在街旁，在谈论着鸡下蛋的事情，街上除了她们空无一人，一只很小的狗在一旁看着，一切都那么安静。安静的村庄让我这个外来者也有了一种内心的安详。这份安详让我想起年轻时的母亲，她也总是这么安静地和邻居的女人坐在街上谈论着鸡下蛋的事情。尽管母亲还在，但她再也不可能像这两位村妇一样年轻了。

　　我沿河堤骑车，两旁都是年轻的杨树们，沙沙响着，前些日子大旱，落了一地树叶，自行车轮压在上面一片响声。堤岸笔直，这是后来修的，原来的河道被取直了，我努力地想找出记忆中原来的老河道，可是多年，已经弄不清楚。玉米收获过了，砍倒的秸秆横在地里，虽然玉米棒子都已经给掰掉，但仍然是碧绿的。这跟东北不一样，那里玉米收获都是秸棵完全枯干之后。今年气候反常，中秋节早过了多日，还没有真正的秋色，山野一片苍翠。只有我一个人在河堤上骑车走着，田野里没有一个人影，人都哪里去了？河堤到头了，前面已经不能骑车，河还远着哪。河面倒是开阔起来，一片明晃晃的水湾，长着许多很高的蒲草，风吹得前呼后拥，忽然有只白鹭飞起来，很笨拙地向南飞去。人其实用不着到处旅游，只是这样一条不大的河流就足够你一生走的，你会发现它有无限的故事，每时每刻都在变幻着风景。

又来到一个村庄，它叫西灰村，原来它是烧石灰的，村东边的山是石灰岩的山体，不知已经采了几代人，把那座大山都给采成了一个豁口。近些年已经没人烧石灰了，大家都用水泥。但村子仍旧叫西灰村，东边那个村子也仍旧叫东灰村。我想从这村的桥上过河对岸，从那边返回，去年那次我是从对岸骑到这里的，但是过桥去西岸一看，根本没有路，奇怪，我明明记得有条路的。啊，对了，那是冬天，不需要有路才能走。还记得当时有几个孩子在河上踢足球，我第一次见到在冰面上踢足球，站在桥上看，他们对我大叫着，来呀！来呀！盛情难却，我下河去踢了一脚。这一脚对我的意义非同小可，这是我一生唯一的一脚。事隔一年，桥下仿佛又传来孩子们的大叫。

这个村叫河南邢，明明是在河西岸。我下了河堤决定从街上穿过河南邢村，中途却又想去看看那棵老白果树，所以拐了个弯儿从小胡同里向东转。抬起头看看半空里繁茂的树冠就找到了那棵白果树。不知什么人又给它拦腰挂上了一匹红布，很新鲜，凭空又多了些生气。我每年都来看它，这棵白果树大约是在明朝栽种的，我们这一带的老白果树差不多都是五百岁的年龄。而对我，五十多年前和第一次它相遇的情景却已经很遥远了。一个一心想让老师表扬的小学生，自告奋勇地冒雨来叫他的同学去学校。那也是一个秋天，好像比现在要晚一些，白果树开始飘黄叶了。他冷得不行，临时到这树下躲雨。那时这里还是一座庙宇，虽然没有和尚也没有尼姑，但仍旧完好无损，只是瓦楞上长着瓦菲。这庙宇在几年后就拆掉了，现在连废墟都不见，只有一块长满荒草的空地，邻近的人家把一些玉米秸和垃圾堆积在这里。它的主干某年遭雷击已炭化，但枝叶却依旧生机盎然，好像再活五百年也不成问题。

一个年轻女人，对着她长满扁豆的院墙说，哎，太阳一照，真俊啊！这种扁豆呈月牙形状，紫红色，非常鲜艳。人们多种在墙根，让它爬满院子。这会儿阳光也好，豆荚累累，确实是美艳极了。我不敢打扰她，轻轻地从她身后绕过去。

　　身后的夕阳，把我的骑自行车的影子拉得老长老长，看着晃动在金色沙土路面上的孤单的影子，忽然觉得它就是少年时的我自己。不知道那是某年某一天，我也是这样被夕阳把影子拉得老长老长，也是这样在夕阳里孤独地一个人行走着。心里酸酸的，我对这少年时的自己充满了哀怜。

羚羊挂角

读王国维《人间词话》，读到一句"羚羊挂角，无迹可求"时，我高兴地笑了。发现了大师的谬误，确实是件让人高兴的事儿！

所谓的"羚羊挂角"，本意是说羚羊到了夜间为提防猛兽袭击，找一合适的树杈，用力一跳，把角挂上去睡觉，这样既安全又舒服。当年这是佳话，我年轻时就听多人说过。直到近些年看《动物世界》，才知道没这回事儿，羚羊根本就没这般潇洒，它们在夜间几乎不睡觉，时刻提防着狮子、豹子等野兽。遇到袭击只知道逃跑。

毫无疑问，博学如国学大师王国维都对这近乎神话的荒谬说法信以为真。既然悬空挂了起来，自然就"无迹可求"了。其实用心想一想就可知道这是不靠谱儿的事，你想，挂上去之后，怎么下来？万一挂牢下不来不就成了腊肉了吗？再说，那么悬空吊起来一夜，肯定会使脑供血不足一命呜呼，当年人们怎么就不用脑子去想一想？

不怕笑话，我正在很认真地读孙子的幼儿读物《剑桥少儿科技百科》，这是幼儿园里推荐给孩子看的。这上面真正是大到天文地理小到汽车轮胎，无所不有。如若不服，你知道地球每年大约有多少次地震吗？你知道玛瑙是怎样形成的吗？你知道菊花石是什么动物的化石吗？

你知道航天飞机的燃料能使用几分钟吗？你知道直升机靠什么前进吗？你知道 F1 赛车能在几分钟更换轮胎吗？知识就是这样，它跟智慧不是一码事儿，前人可能智慧比我们高，但前人的知识永远也不可能比我们更多。知识它是一个积累的过程，这好比砌墙，即使后人再不济，不如前人，墙也在增高，无论如何也不可能会比原来低。一百年前的大师在知识方面比一个当代的中学生都不如。不要说是古人，退回几十年，普通人的知识就让你哭笑不得，我小时候常听爷爷对人说，他曾经在北京见到过半截给雷劈下来的狮子，那时候中国人都没见到过狮子，总认为狮子和龙一样是在天上飞的东西。爷爷识字，在我们那个镇上算是走南闯北见过世面的知识分子，他的话无人敢不信。我记得很清楚，他还煞有介事地说，北京的人怕那天下掉下来的半截狮子臭了，用药水给泡起来。这就是我们老祖宗的知识。

最起码的知识，太阳围绕着地球转还是地球围绕着太阳转，中国普通百姓弄明白也就是百年之内吧？

但人总是有一种恋旧的嗜好，好像知识也是文物，越老越好。喝酒要"百年老窖"；养颜需"宫廷秘方"；治病最好是"黄帝内经"。学校本来就是传授知识的机构，但有一个时期到处都有人提倡学校要开"四书""五经"课，好像孩子都必须学习两千年前的《论语》。20 世纪 80 年代，曾经有一篇文章在中国风行一时，各大报刊都有转载，大体意思是说我们的"国学"正在韩国发扬光大。作者看到很多小学都开设了读经课程，到一个韩国老先生家里做客，他们家的女孩子给作者朗诵了大段《小学》，还用古筝演唱了《诗经》。最后作者颇感慨地下结论说，韩国的经济能够突飞猛进，就是因为他们继承了儒家文化啊。

我没到过韩国，不知道是不是那里的小学生都在读经，但是我相信说韩国的经济发展是因为继承了儒家文化，这就是"羚羊挂角"无迹可求了。

《包法利夫人》与《红楼梦》

我住的地方不能上网，闲得无聊便把《红楼梦》又读了一遍。读完之后，同样的原因，顺手从书架上抽出一本福楼拜的《包法利夫人》，扉页介绍上说这是福楼拜最重要的著作，是划时代的世界名著。我想，看看中国名著和这世界名著的差距吧。于是把这本福楼拜的书也读完了。

读《包法利夫人》，开头不久就觉得有点儿不对劲儿，也许是还没有从《红楼梦》的语境中走出来吧？发觉这部世界名著有些景物描写与主题是游离在外的，在读《红楼梦》时没有发觉有这种段落。这种景物描写在他们那个时代好像都这样，如巴尔扎克更是这样。而《红楼梦》就没有这毛病。同为西方作家，稍后的海明威完全不这样了，海明威小说中的景物描写都是通过书中人物的眼睛所看到的，人物看不到的他决不写。再读下去，就更觉别扭了，我好像就看到那胖胖的福楼拜时时站在旁边向我数落爱玛的种种不是。越读心里越烦。

上次读好像没有这种感觉。很早就听人讲，福楼拜在写包法利夫人服毒自杀时感到口里有一种苦味儿，这是说作者写作时的身心的投入。据说包法利夫人之死是写得最成功的著名的段落。那时我就觉得，虽然

《红楼梦》后四十回是高鹗续写的，但写那林黛玉之死我觉得毫不亚于那包法利夫人之死。

读完了，我叹了一口气。这世界名著与中国名著的差距可不一般。我完全是偶然地读了《红楼梦》又接着读了《包法利夫人》，无独有偶，居然有一个评论家专门把《包法利夫人》和《红楼梦》放到了一起比较着来评论。他的原话是，在中国作家中，《包法利夫人》对人物的塑造，只有《红楼梦》能与之媲美。这眼光！

首先，从塑造成功的人物数量上来说，《包法利夫人》与《红楼梦》不可同日而语，《红楼梦》里那些女性五彩缤纷，十倍于《包法利夫人》还要多。而福先生塑造爱玛的手法是把爱玛当作模特儿摆放在那里，一笔一笔，从各个角度来仔细描绘，要说真实度上，绝对真实。所以有一幅漫画上，老福手执手术刀，把爱玛的肠子都挑出来认真观察，这是说他描写得深刻入微。而我们的曹先生却是在偷窥，就如同贾宝玉在警幻仙姑那里偷窥金陵十二钗的情景一样。所以《红楼梦》里的人物不是作者塑造的，而是她们自己在那里活动着演出的。这差距就大了。爱玛是老福专门拉出来专门供批判的，而《红楼梦》里这样的人物很少，几乎没有。你把爱玛与王熙凤比较一下，这有名的凤辣子就绝不是仅仅批判的人物。就是那杀人不偿命的呆霸王薛某都有几分可爱。

这差别自然源于他们的创作态度，福先生就如他同时代的革命导师所说的："除细节真实外，还要再现典型环境中的典型人物。"他对这世界充满了自信，他要解剖人物，批判社会。而曹先生却完全相反，他对社会对人生没有自信，他对造物是一种战战兢兢的敬畏，贾宝玉的命运由那来历不明的一僧一道就决定了。

其实，"再现"是靠不住的，任何东西都不能再现，哪怕是一片再简单不过的树叶。它会因时间的不同或光线的不同而瞬息万变。任何人都不能真正客观地描述一件事物，他会因观察者的经历不同、思想不同，甚至生理上的差别而对同一事物做出完全不同的描述。即便是同一个人，回到他童年熟悉的地方，往往会感觉到一切都变矮了。

从艺术的角度上说，《包法利夫人》与一百年前的《红楼梦》是不可同日而语的。好像什么都能与时俱进，艺术却不能。中国的哲学理论与科技远远落后于西方，福楼拜的时代已经在坐火车出行了，而曹雪芹时代还是坐马车。马克思和福楼拜都是 19 世纪 80 年代出生，和中国当时的精英曾国藩为同时代人，看看马克思的哲学著作和曾国藩的著作你会发现，那差别正是火车和马车的差别。而艺术却不是这样。中国的戏剧和小说绝对不比他们差。

打 离 婚

　　年轻人的离婚率一路飙升，其实20世纪50年代初，新中国历史上也曾经有过两次离婚高潮，中国近代革命的一项大使命就是反封建，反对父母包办婚姻。众多的文艺作品都是这一主题，但那并没有形成一种风潮，只能在知识分子中流行。当革命成功后，大批进城的工农干部纷纷跟农村没文化的小脚妇女离婚，娶城市里的新型妇女建立革命家庭，这就是第一波离婚热潮。我的一个本家弟弟就是这一波离婚高潮的受害者，他成了第一代留在农村的"留守儿童"。而四婶直到去年去世都认为，当年四叔把她留在老家是革命需要，她常说，你四叔也是没法子，不能带我一个小脚女人进城革命啊。第二波离婚高潮是在土改后，离婚法庭设在大街上，甚至设在打麦场，时间大都是在晚上，白天还要下地种庄稼哪。点一个打气儿的汽油灯，这种灯叫"汽灯"，虽然很亮，但要不断地打气儿，还经常要坏，现在已经绝迹。看"打离婚"的喽！老老少少男男女女大人孩子都到场，气氛热烈，实际上就是一个热闹的晚会。"打离婚"是一种时髦，今天像那么风靡一时的时髦还真不多。白天一心一意地干了一天活儿，晚上拖儿带女坐到原告被告板凳上打起离婚来了。妇女永远是原告，丈夫永远是被告，妇女解放啊。那一段时期，妇女们确实是扬眉吐气了，男人不再敢欺负老婆，但最终的结果却是分开些日子又拾掇到一起过日子。在当时经济条件下分居生活是无法维持的，就是锅碗瓢盆都分不开。房子就更分不开，只能"打了离婚"后还住在一个屋檐下。女人种地就不行，连犁杖都扶不了，而且那一代妇女都是小脚，一担水都担不了。男人也不行，农村的男人十个有十个不会做饭，穿线引针就更不用说了。那第二波离婚高潮成了喜剧，离婚率高，复婚率一般儿高。

我对那次离婚高潮的记忆是有一个女人让我特别讨厌，她那张涂着厚厚一层粉的脸在汽灯光下白得吓人，特别是一张脸上毫无表情，就像戴一个面具，让我夜里做噩梦吓得惊叫起来。我甚至记住了她说的一个成语——目不转睛，她控诉她男人看别的女人"目不转睛"，她反复重复这个词"目不转睛"。当年在农村没几个人能明白这个成语是什么意思，这个女人不知道从哪里学会的。因为不知道什么意思，我牢牢地记住了这个成语。因为讨厌这句成语，在我所有的文章中绝对不用这个成语。

还记得一件事，我的小伙伴儿瓦儿催促他娘去打离婚，因为一打离婚他娘就不做饭，他爹就上街给他买火烧吃。那时打离婚不需要写诉状，不用交诉讼费，更没有什么财产分割的麻烦，只要老婆说声，不过了，我要打离婚！男人就得乖乖地跟着去。判离婚是不需要双方同意的，只要老婆说不过了就可以判离婚。因为没有成本，所以打离婚可以反复地打。瓦儿的爹娘就经常打，一不打离婚瓦儿就吃不上火烧，他就盼着父母打离婚。

我和瓦儿都是白发苍苍的老人了，前几天见了还开一次玩笑——你没火烧吃了吧？唉，他的父母去年冬天都去世了，相隔不到一个月，两个老人一个九十一岁，一个八十八岁。

一只红头鸭

    从西山下来，走到水库大坝上时不由得停下了脚步。时已黄昏，山的阴影使水面上消失了阳光，但是天空的反光使得黛色的山峰、绿色的树林、白色的云朵在水面的倒影分外清晰，连同岸边的每一株青草都纤毫毕现。没有一丝风，真正是水平如镜，天上一个世界，水中一个世界。我经常来这里，此时此刻的情景并不多见。忽然对面山脚下有一个白色的小点儿向这边移动，它的身后拖曳着两条水波，如同两个翅膀。到水中央时，渐渐近了，看清那是一只红头鸭。和一般的鸭子不同，这是一种能做短距离飞行的鸭子，据说它们的味道好，近年来很多人都开始养殖。它就在那水面上不慌不忙，气定神闲游着，身旁的两道波纹越拉越长，把整个湖面分开，又像两条巨大的绸带在身后飘逸，宁静的湖面骤然生动。一个生命在如此幽美的山水间自由自在地游动，哪怕只有这一刻也值了。我正发呆，身后一个声音说，是我养的，它跑掉了，再也不上来。

    我见过他，他在南岸有一个小小的养殖场。他说他养了二百多只红头鸭，只有这一只逃了出来，再也抓不住了。它鬼得很，只要我接近，它就游到水中央。

我对这只红头鸭油然而生敬意，那二百只早已经上了人的餐桌，它却仍旧在这湖光山色里游弋。这是一只精灵。

　　果然，它在将要接近我们这段堤岸时，不慌不忙地掉转头向北游走，依然身后拖曳着那长长的绸带，一副成竹在胸的样子。他说，我早晚要抓回它。

　　我相信，它不可能这样永远地自在下去，终究是会被人抓住摆上餐桌的。但是，与那些一生都在笼子里度过的同伙相比，只有它是真正活过了。

　　我本来是上西山去看净意那间土屋的，每次到阿陀我都要去看看，说不清是一种什么样的心情。上次来的时候看到那门楼摇摇欲坠，这次就完全倒塌了。从净意死后，院子里早就荒草萋萋荆棘横生难以进去，现在是彻底进不去了。上次看到葛藤已经爬上窗户，这次把门都完全长满，一片翠绿。这种绿色的植物长在别处赏心悦目，长在门上就让人不可忍受。算来净意死去已经四年，他生前把遗体捐献给了医学院。死那年还不到四十岁，我记得他只比我儿子大一岁。一直以来，我对净意充满了敬意，他是一个真正的僧人，在当今的中国如凤毛麟角。他独自到这深山里来修行，住在这样一间残破的土屋里打坐诵经。特别是黑夜，我常常想，他在这渺无人烟的山林中是如何度过的？他跟我说过他属于佛教的一个什么宗，我记不住。他说，就是人们常说的苦行僧。他们要求食无隔夜粮，衣无隔季衣，也就是说彻底抛弃任何财产。他毕业于清华，是学工艺美术的，曾经开过一个装饰公司，后来决心出家修行。他曾经背一个睡袋手持饭钵几乎走遍了全中国，西北那人烟稀少的地区都去过，睡在荒野里。在这里住下来是因为有病，走不动了。虽是坚定的佛教徒，但人很随和，总是微笑着，和这阿陀的村民相处颇为融洽，人们施舍给他饭食，他会一手接过，一手胸前竖起，垂下头说声，阿弥陀佛。大家对于他的死都感到很惋惜。

前一年，我来看他，他对我说他有糖尿病，已经很严重。他说，我看你，就在对面已经很模糊了。我说，你还是离开这里去青岛住院吧。那年雨水大，这处土屋从后山渗水，屋里到处都水汪汪的，真是不适于居住了。他说，这个臭皮囊我已经放下了。第二年他真的死了。这句话让我不时地想起。他自己打胰岛素，大约久治不愈，他决定放弃。这里距青岛市最大的医院也仅有两个小时的路程，如果住院治疗还不至于死亡。但是他放弃了。他给我留下了一个困惑，到底该不该放弃？他放下了世俗社会，放下了财产，最后放下了他的"臭皮囊"——生命。现在很多人都在讲人生的境界在于"放下"，几乎成了一种广为流行的学说。我也常常觉得此说很有道理，但是净意的彻底"放下"让我困惑了。

是这只红头鸭让我坚定起来，不再为净意的问题困惑，人生有些东西就是不能"放下"。当初捕捉的时候它的伙伴们纷纷给捉进了笼子里，只有它冲天一跃飞进了水中央，于是有了眼前的这一美景。它执着于水中央，执着于它的生命、它的自由，坚决不上岸，任是他怎么引诱。

英雄与恶魔

　　巴顿是人所公认的二战英雄，近日读巴顿最权威的传记《巴顿将军》，这是历史学教授斯坦利·赫什森研究巴顿整整十一年撰写的巴顿传记。刚刚读了不到一半儿，另一个人的影子就不断地在书页中闪现，匪夷所思，这个人竟然是希特勒！一个是二战的大英雄，一个是二战的大恶魔。

　　巴顿和希特勒都是具有这样特质的人。

　　一、巴顿和希特勒都是意志坚强的人。

　　二、巴顿和希特勒都非常勇敢。

　　三、巴顿和希特勒都具有战略战术上的杰出才能。

　　四、巴顿和希特勒都有偏执的种族成见。作家兼出版商约翰·D. 霍尔特和巴顿经常一起聊天。他说，巴顿看待种族就像饲养员看待动物。他认为，任何种群都有自己固有的特征，环境造成的改变很小。大战前期，巴顿在夏威夷制订了一个逮捕一百二十八人的"橙子计划"，仅仅因为他们是日本种族，包括两名参加过第一次世界大战的老兵，一位后来担任夏威夷州最高法院首席大法官，另一位后来也担任了那个法院的法官。20 世纪 80 年代，当历史学家迈克尔·斯莱克曼看到这份计划时说，巴顿"不只是一个残忍的笨蛋"。

五、最重要的是，巴顿和希特勒都喜欢战争，巴顿的名言是："为我悲者，不知我也。和平是我的地狱。"

六、巴顿和希特勒都有"超人"情结，巴顿认为"战争的历史实际上是勇士的历史，尽管其人数少而又少，征服世界的不是马其顿王国，而是亚历山大，摧毁迦太基的不是罗马，而是西庇阿，战胜法国的不是同盟国，而是马尔伯勒，推翻查理一世的不是圆头党，而是克伦威尔……在战争中有这样一条真理：士兵也许什么都不是，将领却是一切"。

七、巴顿著名的战前动员："我们要强奸他们的女人，掠夺他们的城镇，把那些狗娘养的赶下大海！"

八、巴顿用希特勒的方式喊反犹太人的口号。

甚至，巴顿不顾一切的突击战术和希特勒的闪电战都如出一辙。

作为人的素质，希特勒要比巴顿高出很多，可是他们一个成为英雄一个成为恶魔，这是非常荒谬的。原因何在？如果他们是汽车的话，希特勒是一部所有方面都比巴顿优秀得多的汽车，只有一样，希特勒这部汽车马力太大，制动装置失效，他疯狂地一路狂奔，结果是一头撞在了山崖上，粉身碎骨。而巴顿好在马力还不够大，有良好的制动装置。一到他要发疯的时候都被及时地给制动了。例如他的部下在西西里岛枪决了俘虏，牵连他差点儿受到军事法庭的审判；他打了士兵的耳光，被新闻媒体抓住不放，弄得臭名昭著，最后被命令亲自向被打耳光的士兵赔礼道歉；他说话常常口无遮拦，被上级艾森豪威尔不断地警告：闭上你的臭嘴！

即使巴顿在最兴盛的时期也始终都被牢牢地控制在一个体制之中。

任何一位英雄失去制约都有可能成为恶魔。如果当年希特勒没有跨出德国国界他将是德国历史上最伟大的英雄，把一个战败后百业凋零的国家几年之内变成一个各方面都发达的强国。强大的制度紧紧地束缚住了巴顿这匹野马，使得他成了英雄。德国出了世界上最优秀的哲学家、思想家、科学家，它偏偏没有制定出一个能管制住疯子的装置，使得希特勒最终成了恶魔。

英雄与恶魔只有一步之差，人类就是这样的一个物种，任何人失去制约都会走向自己的反面，无论他是英雄还是领袖，概莫能外。

英雄遗恨

　　五十年前，当我还是一个刚满十岁的孩子，在那个遥远的下午，我手捧着一本连环画哭得泣不成声。这本小书就是《抗日英雄杨靖宇》。令我痛哭失声的是杨靖宇牺牲后这样一个情节：日本人感到迷惑不解，在冰天雪地的山林中，杨靖宇是靠什么活下来的？他们把这位宁死不投降的敌人的遗体送进了医院里进行解剖，打开胃肠一看，这位日本大夫流下了眼泪，杨靖宇的胃里没有一粒粮食，只有一点儿棉絮、草根和树皮。这情形上报到关东军司令那里，他大为沮丧，从杨靖宇身上他看到了这场战争的一个结论，中国是不可战胜的。

　　就从那以后，我年幼的心灵中树立起了一个英雄形象——杨靖宇。我记得很清楚，当时夕阳正照在我家那个土墙小院里，泪眼模糊里金光万道，恍惚间，我看见这位司令骑一匹白马从一个山头跃上另一个山头，横空出世，马蹄下山岩火星乱迸。直到今天，杨靖宇都是我心目中最崇高的英雄，古今中外无人能比。弹尽粮绝之后他留下最后一颗子弹射进了自己的头颅，士可杀不可辱，保持了他最后的尊严。这种悲壮的情怀永远在我心中激荡。

　　当年的抗日联军以数千人来抵抗几十万日军，本来就是一场不对等的战斗，更何况他们没有后方供给，不仅是武器装备远远不能供应，就是吃的粮食都常常没有。抗日联军的悲壮就在于此，他们进行的是一场注定不能取胜的战争，但是，这些优秀的中华儿女誓死反抗到底。经过了几年艰苦卓绝的战斗，部队急剧减员，也就是他们大部分都牺牲在祖国这块被占领的土地上了。1938 年，面对强大的敌人，为了保存有生力量，杨靖宇决定把部队化整为零，进行游击战。他们叫作麻雀战。就是各自为战，四处打击敌人。

抗日联军没有后勤基地，他们的所有生活供应都来自于当地老百姓，针对这种情况，日本关东军采取了一个看似很笨拙、很普通，但又极其恶毒的政策，归村并屯。他们将山林里的老百姓全部驱赶到一起居住，切断了百姓跟抗日联军的联系。于是，抗日联军陷入了孤立境地。特别是在冰天雪地的山林里，找不到吃的、穿的，又冷又饿，几乎都没有一个可以落脚露宿的地方。

五十年前我看的那本画本只是知道了当时抗日联军的艰苦卓绝和杨靖宇的英勇不屈。直到前几天我才从报纸上看到了另一个更让人悲愤的故事，杨靖宇受伤了，已经好多天没吃到粮食了，他在山里找到了一个砍柴的老百姓，给了他几块大洋，请他到村里去给他买一点儿吃的，他万万没想到这个人却拿着他给的大洋跑到日本人那里去报告了。于是，他和他的警卫员被日本的大部队包围起来。对于英雄来说，只有一条路，在打光了子弹之后，他用最后一颗子弹饮弹自尽。对于这个事实，在当时的宣传口径下是不能说明的。我还知道另一件让人悲愤不已的故事，那就是八女投江。那也是一幕感天动地泣鬼神的悲壮历史，可是这里也有一个不能不让人感到悲愤的事实，那天夜里，抗日联军的部分队伍冻得不行了，就在野地里点起一堆篝火取暖，同样是被一个中国人发现了火光，去报告了日本军队。于是就有了那八个女英雄不得不投江的壮烈行为。

我们无法推测，当时杨靖宇将军在等待那个打柴人取回吃食的时候却等来了日本军队，是何等地悲愤。我们还知道另一个抗日英雄赵尚志，其实他也是死在自己人之手。而且，大家都看到过，凡是在电影电视上出现日本军队的镜头，他们的旁边总是要出现一支伪军，也就是汉奸部队。这是在二战时期非常特殊的一个情景，例如苏联同样也被德军占领过，但是他们就没有出现这样一支军队。法国曾经全部被德军占领了，虽然也出现了"法奸"，但他们远远不能组成这样一支和侵略军几乎人数相等的军队。这就不得不让我们深思一个问题，为什么中国人会有这么多的汉奸？是中国人的素质太差吗？

其实，这就要"归功"于清朝二百多年的教化了。清兵入关后，最严禁谈论的就是"爱国""国家"这样的概念，他们要让所有的中国人忘掉明朝、汉族，只认识大清的天下。连高官大臣们都是皇帝的奴才，那么老百姓自然就是奴才的奴才了。将近三百年的苦心经营，中国人心理上渐渐就失去了民族、国家这样的概念，只知道当奴才。既然当奴才，那么还有必要问主子是谁吗？给谁当奴才还不是一样地当？于是就当起汉奸来了。

杨靖宇是大英雄，赵尚志是大英雄，英勇投江的八个女性是大英雄，而且是岳飞那样的民族英雄都远远不能相比的大英雄，将是永远经得起历史检验的真正英雄。可是，作为一个大英雄，让他们死不能瞑目的是他们不是死在敌人的枪下而是死于同胞之手……

音 乐 会

　　世界音乐节，在上海世纪公园举办大型音乐会。傍晚时分，大门处走进了祖孙三人：孙少山六十四岁，孙兆岳三十四岁，孙舒童四岁，每人恰好相差三十岁。到这岁数，老孙已经不复当年，一坐进儿子的车就跟被绑架了一样，什么都得听人家的，他不知道这是什么音乐会，儿子也不对他解释，只能听天由命。四岁的幼孙，还不具备能主宰自己的能力，小狗似的被牵着跑。中孙目不旁视，一切说了算的气派。

　　老孙一进会场就给吓了一跳，一个漂亮的女孩儿冲上前来要拥抱，一看对方那非营利性的微笑就知道遇到传说中的"抱抱团"了。自惭形秽的老孙急忙避让，行将就木，岂敢玷污了人家一片美好？女孩儿转向中孙，中孙大约上有老下有小，公开场合拥抱一美丽女孩儿有所顾虑，情急之中把幼孙推了上去，四岁的幼孙享受了一个珍贵而友爱的拥抱——却有些懵懂。彩灯闪烁，树影婆娑，人山人海，恍如另一世界。幼孙嚷嚷渴，老孙只好带他去寻水，在一摊位上要买一瓶水，摊主道他不是卖水的，却从冰柜里取出一罐可乐送给幼孙，又拒绝收钱。以往的经验，这种场合一瓶可乐还不要你十块钱？这件小事更让老孙有来到异界之感。

原来是摇滚音乐会，舞台上挂满巨型喇叭，一响起来惊天动地。看看四周，全是年轻人，老孙情知上当了。一黑衣黑裤的女孩子手抱麦克风开始唱歌，样子很是剽悍，唱得声嘶力竭，老孙却一句也没听懂。中孙安慰他说，她还不是主角儿，下一个男歌手才是最有名的。果然一个光头男孩子跳上台时，欢声雷动。全部电声音响开动起来，老孙脚下的地开始颤动，耳朵眼儿有些受不了。但是仍旧没听清他唱的是什么，而且如此巨响的音乐在老孙听来只是震耳欲聋，毫无美感。但是会场动了起来，年轻人开始随着节奏又扭又跳，还不时地发出尖叫。中孙把幼孙扛在肩上，父子一齐晃动。旁边有两个黑人男孩儿对着一个白人女孩儿一个劲儿跳啊跳。会场看来狂热而混乱，其实，老孙对这种狂热的场面并非完全陌生，四十多年前，他就像眼前的这些青年人一样跳着脚唱过，喊过，只不过那时候台上的不是歌星，而是他们的司令；那高音喇叭里播放的不是这些摇滚乐而是革命的进行曲。有一次大会散后，他回到家说不出话，带头喊口号已经使他的声带完蛋了。

　　老孙最不想承认的是，当年他那年轻的胸膛里每个细胞都充满了仇恨，而眼前这些年轻人心里充溢的是友爱。

　　夜已深，年轻的摇滚迷们仍然精神十足，疲惫的老孙想离开，可是中孙和幼孙仍然在兴奋。总算熬到散场，老孙严正地声明：以后决不准再带幼孙来这地方，这会把孩子的耳朵震聋。其实他心里还是感谢儿子的——他总算认识到了什么叫摇滚音乐会——摇滚音乐会其实是跟音乐关系不大的"音乐会"。

婴 儿 车

　　我的前头并排走着三位女士，每人各推一辆婴儿车在悠闲地散步，夕阳金色的光辉映照着她们年轻优雅的背影，两旁是正在盛开的桂花树，香气袭人。其中两位时而高声大笑，时而窃窃私语。我听不懂上海话，猜想一个弯腰在婴儿车上对孩子说，宝贝儿，你看小妹妹多漂亮哪，长大给你做媳妇吧？另一位则说，不成，你家那是个夜哭郎，一夜哭到天亮，我们可哄不好呀。右边那位好像在给她的孩子朗诵什么诗吧？从她那昂着头挥着手的姿态上，我猜：世界是你们的，也是我们的，但归根结底是你们的，你们像早晨八九点钟的太阳……

　　我从中穿过，偶尔向左边一看，诧异了，婴儿车上推的不是婴儿而是一只小狗儿，向右边一看，大吃一惊，那两台婴儿车里推的也是两只小狗儿！三只小狗儿就那么端端正正地坐在婴儿车上，像三位一本正经的小绅士。恍惚间，我觉得这是被一个巫婆给施了魔法，把婴儿车上的三个婴儿瞬间变成了三只小狗儿，而他们的母亲还未曾发觉。我汗毛都竖了起来，可三位女士就那么旁若无人地推着三只小狗儿悠闲地走着。这是一个比较高档的别墅小区，小楼优美，花木丛生，宁静安逸，我觉得像做梦。

我惊魂未定地向朱宇静女士说起此事，她笑道，您少见多怪了不是？这个小区里有好几伙呢，天天推着小狗散步。

我长出了一口气，原来是真的啊！

她说，没有孩子就推狗狗。

我说，多脏呀。

朱宇静说，那些小狗儿可是训练有素的，从来不会跳到地下乱跑，只会坐在婴儿车上，夜里还要抱到床上睡觉呢，怎么会让它们脏？

我说，不可思议。

朱宇静女士说，这有什么不可思议的？人家就是喜欢小狗儿不喜欢小孩儿呀。

婴儿车，在我的观念里，这是比释迦牟尼的莲花宝座还要神圣的地方，那是人类全部的希望所在、理想所在、感情所在、幸福所在，怎么可以放上只小狗儿，还要恭恭敬敬地推着它散步？我想，不需要更多，只要她们搞一千个人的聚会，一千台婴儿车上推的不是孩子而是狗，那场面就不再是好玩儿，而是恐怖了。

据说，法国女人也是特别喜欢养狗而不喜欢养小孩儿，巴黎曾经一度因狗屎泛滥而让市政官员们大伤脑筋。前总统希拉克大约在十年前一次重要的讲话里说过，以我们现在的生育观念，法国正在自取灭亡！希拉克并非危言耸听，有资料显示，不用核战争，不用小行星撞击地球，也不用任何不可抗拒的自然灾难，只要这个国家如此地持续出生率下降，二百年后的法国将不复存在。中国人也开始了？可以预测，不久的将来中国也将不是限制生育而是要鼓励生育，要求生育了。限制生育容易要求生育就难了，女人们都不再喜欢孩子而喜欢小狗儿，整个人类都面临危机。

又读《秋夜》

　　《世界名家散文经典》把鲁迅先生的《秋夜》放在卷首。中国现代文学馆把《秋夜》陈列在一进门的大厅里作为中国现代文学的标志性文章，也是同样的意思。作为中国现代文学标志的还有另一篇散文，是郭沫若的《银杏树》，大厅里陈列的只有这两篇文章。也许是有意为之？这两篇散文都是写树的。一是写枣树，一是写银杏树。但比较这两篇文章水平之高低，何止是天地之差！

　　《秋夜》最有名的是开头一句："在我的后园，可以看见墙外有两株树，一株是枣树，还有一株也是枣树。"莫名其妙！直接说有两株枣树不就结了？何必如此唠叨？我记得老师的解释是：意在强调。但我第一次读到这句时，恍惚觉得天空在慢慢移动，先是出现了一棵树，是枣树，接着又出现了一棵，还是枣树……仿佛电影的摇镜头。多年后读一本心理学的书，知道了这现象叫作"位移"，是人的一种幻觉。对这句话的争论还在继续，有人另有说法。

　　写文章要有意义，没有意义还叫什么文章！不，有例外，最低，《秋夜》这篇文章的"意义"是不甚明确的。上学时教科书里解析是写了鲁迅先生对黑暗势力的一种反抗精神，比如奇怪而高、闪闪的鬼眨眼的天空，就是象征着统治着中国的反动势力，而直刺它的铁似的枣树枝就是革命的长枪。特别是那些撞在玻璃灯罩上的小青虫就是革命战士，是不怕牺牲的英勇不屈的勇士。当年，我就觉得有些牵强，今天重读更加觉得没那意思。这篇文章写的就是一种感觉。

感觉和意义是文章两大要素，有的偏重于感觉，有的偏重于意义，意义和感觉皆强当然是好文章，但只写感觉而忽视意义，或只写意义而忽视感觉，亦可成理。多少年来，我们只强调意义而忽视感觉。甚至绘画和音乐也强调重在意义，革命意义。其实绘画和音乐往往是意义不明确的。

《世界名家散文经典》中排在《秋夜》后头的是周作人的散文《故乡的野菜》，虽是亲弟兄，不可同日而语。不知道为什么，前些年还有人认为周作人的文章比鲁迅的要好。近些日子有人说胡适才是比鲁迅要伟大得多的文化巨匠，我翻了翻他的文集，也许他是思想上的伟人，但在文学方面和鲁迅比起来，几乎可以说是不大沾边儿。

鲁迅先生的散文大都倾向于写感觉，写情绪，很难说清是什么意义，比如《野草·题辞》，比如《好的故事》，比如《雪》等。短短的数百字的一篇文章，读来令人冷森森的，甚至有一种诡秘和怪异的感觉，翻来覆去在字缝里找，不知什么缘故。这正如女人，美极而近妖。看梵高的《鸢尾花》只觉得那些花叶在扭动着疯狂地向上生长；读"一株是枣树，还有一株也是枣树"觉得天空在移动，这就是大师，用色彩和文字可以创造出动感。把文字操练到了如此地步，在中国历史上大约只有屈原可以与之相比。鲁迅散文之美，远远超过了他的同代人，无与伦比。仅此一项就称得上伟大。正如这本《世界名家散文经典》中对所有中国作家的简介中，只有对鲁迅使用了"伟大"一词。这是恰如其分的。对于大师，不能求全责备，梵高还是精神病患者呢，只要他的画了不起，他就是伟大的画家。

恰好同一本书里还有巴金的《秋夜》，当然也是经典。巴老在写这篇《秋夜》的时候正在读鲁迅的《野草》，自然就受了鲁版《秋夜》的影响，如"那一块东西继续在燃烧，愈燃愈小，终于成了一块像人心一样的东西。它在愈燃愈往上升，渐渐升到了空中，不挂在天空……"说的是鲁迅的心。这一反巴老那平实朴素的文风，也有些诡异了。但毕竟不如鲁迅写《秋夜》那般自信，他向回拉了一下，说，这是做了一个秋夜的梦。事实上我们可以看出，这是托词，绝不是一个梦。

赶　集

　　妻子几乎是逢集必赶，喜形于色地回来，仅仅是买回了几头蒜。渐渐我明白，她赶集主要不是买东西，她是去凑热闹。实际上，农村的赶集不是光为了买东西，而是一场聚会。卖东西的是这样，常常看到一个白发苍苍老太太或老头儿守着几个萝卜或几个苹果蹲在那里，让人心生怜悯，恨不得给她或他几块钱让他们回家。千万别这样，他们是来聚会的，不在于那几块钱。也有这样的心理，栽种的一行黄瓜，它们就是拼命地长，让人吃也吃不完，扔掉实在可惜，白白送人也不太像回事儿，于是就像模像样地摆在那里卖起来。所以，大集上很多蔬菜便宜得让你不敢相信。你买了他的东西，他从心里感谢你哪，这是对他的一种承认。我一个舅舅八十三岁了，每个王台集都要蹬着三轮车走五里路到这里卖他种的菜，三把韭菜两把葱，散集时心满意足地数着他赚来的一角一块的钞票。其实他们家并不很需要这点儿钱，表弟虽然够不上大款，但每年收入十几万还是不成问题的。

　　我发现故乡的大集和东北的大集的交易过程很不一样，东北人不大叫卖，交易过程就那么直来直去，要就要不要就拉倒。故乡卖东西的人很叫人亲切，他们总是老熟人一样热情地招呼你，大爷，来啦？捎上两斤吧；大娘，又见到您了，快带回去两把炒了吃。好像不要钱似的，让你不买都害羞。我很生气妻子每买必讲价，有时为了几毛钱说上一火车的话，我和她一块儿赶集都要先嘱咐，不要斤斤计较，发不了财。可她总是改不了，弄得我干脆不陪她去了。后来我才明白讨价还价中别有乐趣。儿子给我讲了一个故事，一个中国人在北欧某地买东西，没讨价就付了钱，不料卖东西的老头儿火了，质问他为什么不跟他讨价还价：你这是对我的不尊重！

姥爷已经去世十多年了，儿子们仍旧当笑话说起当年他们小时候跟姥爷赶集的故事，他老人家买虾皮，一本正经地蹲下来，开始品尝，从东头尝到西头，一家一家探讨，家家不落；这虾皮盐多少，那虾皮水分大不大；这虾皮发没发霉，那虾皮日子有多久。跟在他后头的外甥急得尿都出来了，他还是不紧不慢地探讨。到最后却一斤也没买成。

真正是物质极大丰富了，过日子的必需品应有尽有，大集上一看，只有你想不到的，没有它做不到的。过年时我给两个儿子出了个竞猜题：这种带拐角儿的小铁筒是干什么用的？他们猜了半天也没猜对。我告诉他们，这是烧水壶的烟囱。农村有一种专门烧水的铁皮壶是中空的，柴草在中间燃烧，这很合乎热散发原理，既开得快又节省柴草。这烟囱看起来只有一米长，但只要一套上去立马呼呼的。但倒水时又必须随时取下来，就在上面焊了一个把手。这样形状就古怪起来。

妻子说她对小时赶集的记忆是火烧的香味儿，她帮父亲赶集卖猪崽子，一大早到集上，临到近中午了还没吃早饭，肚子饿得咕咕叫，终于盼到父亲把猪崽子卖了，给她买了一个香喷喷的火烧做犒劳。我对小时赶集的记忆却没一点儿好处，全是痛苦，我家就住在集市附近，从来不在集上吃饭。那些猪崽子不守纪律，乱跑乱叫，我四处追它们，父亲严厉得吓人，又总不想出手，我恨不得给每一个赶集的人磕头求他们把猪崽子买走。

我建议电视台以后再调查国民的幸福指数到大集上去，专门采访那些六十到七十的老头儿老太太，保准儿百分之百地有幸福感。不要笑话他们仍旧活在上世纪，忍饥挨饿的日子实在是感觉太深刻了，这一辈子都无法忘记。人是很怪的动物，对幸福的感觉仅在瞬间，对痛苦却会终生难忘。

给一棵树照相

　　要给一棵树照相，这是五六个美国摄影家的一致决定。这棵红杉树一百米高，因为是在森林中，远处拍摄只能拍到一个树冠，而靠近拍摄，根本就没有那么大的广角镜头可以括得进来。他们研究决定，分段拍摄，然后通过电脑技术剪接起来。但这又有很大难度，要寻一个支点，架设起可升降的拍摄点，还要把相机固定在一个架子上，又必须遥控快门。他们把两台相机固定在一个铝合金的拍摄架上，还设法保证了相机升降时保持稳定。怎样才能让人感觉到这棵红杉树的高大呢？我们知道，要在照片上显示出一个物体的大小必须有参照物，否则，即使一座大山也难让人感觉有多高。他们让四个人分层站在树枝上，就像人站在不同的楼层一样，这样就能衬托出这棵树的高度。拍摄了一次，又发觉那天太阳光太亮，树干照着的段落和阴影部分无法同时清楚。只好又等天气，要多云的天气才理想。这棵树在森林里，从住处到这棵树有很远的路程，他们必须在天没亮之前就动身往这里赶，那辛苦就不必说了。最后，拍摄完成，通过精心的剪接，也做到了天衣无缝。他们总算把这棵树给拍摄成功。不知道他们用了多少天，也不知道他们花了多少钱，但是，有什么用呢？也不知道。就是拍了一棵树的照片而已。

我爱好摄影已经有三十多年的历史，我也见过许多让人惊叹的大树，但是我从来就没有想到要拍摄这样一棵完整的树的照片。我也没看到有中国摄影家拍摄过这样一棵树的照片。因为它没用。再好也不过就是一张照片，再好也不过就是一棵树而已。只有美国人才能有这样的胡思乱想的念头儿。而他们的精益求精，他们的耐心也是中国人所不能有的。

还有一伙美国人要拍摄一张闪电的照片，这首先要有一台拍摄速度够快的相机，他们专门制作了一台一秒钟能拍摄十几万张照片的相机，这台相机庞大得只能安装在一台汽车上。最难的还不是速度，要想拍摄得理想必须要距闪电很近的位置。而闪电却不是站在那儿的，寻找机会、天气、位置，都要追寻，还要靠运气。于是他们就开着汽车在雷暴常发生的大平原上拼命地奔跑，跑啊跑啊，不知跑了多少路，也不知跑了多长时间。要知道，这可是要冒着生命危险的！我们都知道这种天气要躲避雷电，是千万不能孤零零地跑到大平原上去。可他们就疯了一样，在狂风暴雨中追逐着雷电跑。

有什么用呢？只不过是一张照片而已。这是只有疯子才会有的疯狂的想法，这是只有疯子才会有的疯狂的行为。但是，当年牛顿的万有引力定律，当年爱因斯坦的相对论在产生时也是一些疯狂的念头儿。

我不相信这些摄影家会做出多么了不起的成就，但，他们这种念头儿的产生，需要一个必要的社会环境和人文思想。且不说那种认真的劲头儿。

中国人正在进行着一项旷世未有的巨大工程，投入人力、物力都是世所罕见，这就是我们的高考教育，除了学生，你无法计算还有多少人在这项工程上投入了多少精力和财力。然而这也是世所公认的一项失败的工程，我们到现在也没有培养出一个诺贝尔奖获得者。我们从小受的教育就是要循规蹈矩，绝不可胡思乱想。像给一棵大树照相，像拍摄闪电这样荒唐的念头儿压根儿就不可能从我们的脑袋里产生。

解读村庄

　　列车掠过原野上的村庄总是无动于衷，村民牵一头牛的映像，在旅人心中留下深深的悲悯：人的一生就蜷伏在这样荒凉的小山村里简直就如一只蚂蚁。然而，牵牛的村民对奔忙于旅途的人也许怀有同样的情怀。特别是在北方，当那苍黄的原野上，一个灰色的村落在车窗外一闪而过时，那种从骨子里渗出来的卑微真让你不能不心颤。尤以东北地区的村庄更甚，家家户户连个院落都没有，只是用树枝夹成的篱笆围绕着一座低矮的小土屋，在寒冷的天气里更是了无生气，整个村庄看不见一个人影儿。山野一片苍黄，一切都像死去了一样，风在天地间吹响着一曲尖厉的哀歌。

　　当然，村庄也有令人神往的映像，兀立的奇峰下几间茅屋，白云缭绕，恍如梦幻的仙境；枯藤、老树、昏鸦，小桥流水人家的优雅；红瓦白墙，鸡鸣狗吠的恬淡与安详……让人悲怆也好，令人神往也好，这些都不是真正的村庄，或者说仅仅是村庄的表象而已。作为一个匆匆而过的旅人，认识一个村庄是根本不可能的；生于斯长于斯，最后终老于斯的村民，也同样是不能真正认识一个村庄的，他们的眼界会被这个村庄所局限，无法洞察这个村庄的本质。

真正认识一个村庄，必须是在这里出生，长大，尔后又在外面的世界闯荡多年，大江大河走过了，风雨沧桑灯红酒绿经过了，重回故乡，物是人非，乡音未改鬓毛衰，在故乡的土地上行走，少年情景重现，与眼前景况两相对照，于是这个村庄的整体就了然于胸。

东北的村庄都是年轻的村庄，它们几乎就没有什么历史可谈。李爷爷出生在山东，他仅在东北一条山沟里换过三个居住的地方，好像是日本关东军的强制归村并屯政策，才让他迁移到了后来我们居住的村庄里。在东北的村庄里，你问一个老人他居住过几处地方，他会屈起手指算给你听，他已经搬迁了几处住地；在中原地区，你问一个老人他在这个村庄里居住过几代人，他会屈起手指算给你听，此处已经居住过多少代人了。常常是，他根本就不知道他们家在这个村庄里居住过几代人。因此，要解读村庄，还是要从中原地区的村庄来入手，让那些百年老屋千年老树来述说。

大门。

在村庄里各家的大门都不相同，你很难找出两家一样的大门，无论规格面貌，还是风格质地。"门面"这个词就是来自于大门，它代表着这家人的家业兴衰，代表着这家人的经历、脾性。所以，在乡村，人们特别重视大门，即使穷得穿不上裤子，都会不遗余力地弄一个像模像样的大门挡在自家的院子前面。而每年在大门上贴的春联就明明白白地表示着这家人的愿望与追求。"国富民强，人寿年丰。"这是最常见的普通老百姓家的春联；"生意兴隆通四海，财源茂盛达三江。"这自然是家中做小买卖的，尽管离"通四海"差得太远。在村里走着，有时会蓦地遇到一个破败不堪的大门，门板已经朽烂得连狗也挡不住了，摇摇欲坠的门楼上生长着蒿草瓦菲，从门洞向里看，院子里晒的一件破衣服，显示着这房屋的一息尚存。一打听，这家人快要绝户，孤寡一辈子的主人已经老得不能动，最后一支香火也濒临熄灭。

老树。

这是村庄的历史见证。一棵老槐树、一棵老白果树、一棵千年古柏……它们大都老得形态古怪，几乎都遭受过雷电的穿击焚烧，有着炭化了的乌黑空洞。它们是一个村庄的标志，如很多姓氏的祖谱上都记载着他们的祖先来自山西洪洞县的"大槐树底下"。我最近又看到一本我们肖姓家谱，我们的祖先竟然是来自云南天水县的"大槐树底下"。这个"大槐树底下"成了一个远古时代村庄的代名词。村庄里的一棵古树会受到老老少少普遍的尊敬，一般村民是轻易不敢冒犯的，只有像战争，或者像"大跃进大炼钢铁"那样的重大政治运动，它们才会难逃厄运。一个村庄的聚会也总是在大树底下进行，很早的时候大树上往往会挂上一口钟，敲钟召集村民。人民公社时期就是在大树上挂一个高音喇叭，很多最新最高指示就是从那个大喇叭里传出来的。我幼年时对村中央的老树有一种亲切感，因为每天早晨我都能听到父亲的声音在老树上悬挂的大喇叭里响起，作为队长，他在招呼社员们下地干活儿。人民公社取消了，生产队没有了，但是每次我回老家，经过村中央那棵大杨树下，都会不由自主地在那儿一站，似乎那上面仍旧响着父亲招呼下地的声音。

老井。

老井是本村所有生灵的生命源泉。一口老井总有数百年的历史，井台上给人们的脚磨光的石板，被水桶碰撞得溜滑的井壁的石块，都在述说着岁月的沧桑。而井沿上那深深沟壑则是绳索给老井脸庞刻上的年轮。取之不尽用之不竭的清亮的地下水，在解除了人们的干渴时，感激之情，让村民不能不产生一种神圣之感。他们把村里的老井称作"海眼"，认为老井是和大海相通的，于是老井就被赋予了许多神话。有人曾经在井底看到过事情的预兆；有人听到过井里有地层下的人在说话；有的老井，在每月的十五夜常有美丽的女人从井里出来看月亮。孩子们常常冒着危险扒在井沿上向下看，他们以为通过井可以看见地下面的另一个世界。每到重大的节日，村人都会在井台上进香烧纸，摆上供品。甚至在大旱的年头全村的老老少少都要在老井跟前跪下祈求上天降雨。

井台还是青年男女萌生爱情的圣地。当一个漂亮的姑娘到井台上打水时，常常会有一个青年男子跟来，男青年理所当然地要替姑娘把水桶从深深的井底给打上来，小伙子提水时臂膀上隆起的肌肉，甩井绳时那潇洒的动作，那莲花般溅起的水花，都不可遏止地在姑娘心里激起了涟漪。当人们看到某一对青年男女经常在井台上一起打水，大家就会说这一对已经差不多成了。这种井台上的爱情产生了一出戏剧叫作《井台会》。无论从精神上还是从物质上，老井都是产生生命的源泉。村民对老井的崇敬带有一种粉红的感情色彩。

由于村庄也开始用上了自来水，大部分老井都已经消亡，那远去的吱呀吱呀的辘轳声已经是天边的绝响。

石碾。

这是村庄的另一个聚会场所，这里大多是女人和孩子。妇女们在石碾旁除了劳动外更是一种社交场合。大家互相帮着推动巨大沉重的碾砣，骨碌碌的碾砣在碾盘上把米碾去糠皮，或者是碾碎成面粉。她们嘻嘻哈哈，一边用着最土俗的方言述说着新闻，一边用最露骨的色情语言互相取笑。从石碾上加工的谷物，大体就可以看出这家人家的生活状况。从石碾上也可以看出年景如何，本村的经济状况如何。像三年自然灾害的时候，几乎全中国的石碾上碾的都是草根树皮。现在大部分的石碾都已经被机器淘汰了，但它们仍旧留在村头，风雨沧桑，它们作为历史的见证而存在。一来是它们都是最结实的石头制品，不会被风吹雨打损坏；二来是它们的体积太大，也太重，不容易被移动。

土地庙。

这是中国最小、数量最多的庙宇。在中原地区，每个村庄都至少有一座土地庙。它们的高度都在一米左右，或许还要低一些。土地爷是地位最低的神，但也是最有人情味儿的神，雕刻粗糙的土地爷和土地奶奶相亲相爱地永远在一起，他们不像神，倒更像一对家境贫寒相依为命的老农民。他们是中国唯一夫妻共处一室的神。他们的庙宇小，也没有像样的供品香火，最主要的原因是他们从不会降灾难于人们。他们的主要职责是管理户口，每当有一个村民去世，最先要到他这里报告一声，我们家乡把这道手续叫"报庙"。

散布在大地上的村庄就如一个个的蜂巢或蚁穴，无数的生命在这里面出生、死亡。每一个村庄都有它的规则，对一件器物的称谓，一句话的尾音，一些特别的饮食习惯，一些说不出理由的禁忌。每一个村庄都有它的向心力，一个村民与外村的人发生冲突，一般情况下都会向着自己村庄的人。特别是小孩子，在与外村孩子的战争中，如果某个孩子和外村的孩子关系好就会被目为"汉奸"。如果他做下一件对外村人有利的事情，他将永远不会获得原谅，他将在本村无立足之地。

特别是那些单姓的村庄更是如此，简直就如同一个蜂巢，全村人都有着血缘关系。如张家庄、李家村、赵家屯、刘家沟，这些村庄都是当年某个张姓或李姓的人，带领自己一家人迁来此地，埋锅造饭，驻扎下来，从此繁衍生息，多少年后，渐渐形成了一个村庄。这个村庄的规矩自然就是那个祖先按照他的脾性定下来的。村庄里的一切都按这个规矩来运行。有一些规矩也许当初制定的时候是大家在一起生活的必要手段，但是流传多年后走了样儿，变成了一种莫名其妙的东西，如鲁迅小说《祝福》里面，寡妇改嫁要到庙里捐一根门槛。

在这样的村庄里，辈分最大和最有威望的那个人往往就会成为这个蜂巢里的蜂王，也就是族长。这种族长权威的残余，一直延续到了中华人民共和国成立之后，奶奶那个村庄，全村姓庄，他们村的族长在土地改革时变成了农救会长，以致斗地主时他悄悄送信让同宗的地主快跑掉，躲到了青岛，因而免除了一难。全村人都尊敬地称他为"老会长"，这"老会长"后来就成了村支部书记，这老支书一直当到他老得打雷都听不见，才让一个年轻的接了班。村里人仍旧叫他"老会长"。

一个村庄最像一个蜂巢的要数南方某地的那种"围屋"。全村人共住一个圆形的巨大的房屋，每家仅仅占有一个小小的间隔，从外部形式到内部社会结构，真是像极了一个繁衍着无数土蜂的大蜂巢。在这个大蜂巢里，几乎不需要与外界进行任何交往都能自给自足地生活。这种紧密的生活环境，不可避免地要生成一种特殊的人际关系，成为一个相依为命的整体。如果在遥远的天际，有一个外星人从望远镜里发现了这样一个奇怪的圆形建筑，里面还不断进进出出无数的小生物，他只能认为是发现了一个发达的、巨大的蜂巢。

在一个单姓村庄里，族里的规矩甚至比王法还要权威，而族长的权力常常胜过当地的朝廷命官。族长的一句话就能消除族人的所有纠纷。有的族长坐大成恶霸，手握生杀大权的也不在少数。例如有的家族对通奸男女绑上石块沉塘杀掉，也都是由族长亲自下令执行的。

越往前推，古时候的村庄就更像一个小小的王国。看《水浒传》里面的"三打祝家庄"就可以知道，那个祝家庄里养着相当大的一支军队，战斗力完全可以和国家正规军相比。以致那攻城拔寨、连大名府都攻下的梁山一百单八位好汉三次进攻才能攻克。而梁山的首领晁盖不是死在与官军的战斗中，而是死在与另一个村庄——曾头市的战斗中。军队如此庞大，别的如公安、法庭等日常行政机构当然更不在话下。

再往前推四千年，那时候的村庄就是一个完全独立的小国家了。在中原地区四千年前的村庄遗迹已经很难找到，20世纪80年代，考古队在黑龙江省的北大荒发现了大批四千年前的村庄遗迹。原来四千年前的北大荒并不荒凉，那时候村庄的数量比今天一点儿也不少。这是一个让人吃惊的发现。在平地上，只要有一处高地，或是一座小山，那上面准有村庄的遗迹。在没有火器之前，高度对战争有着决胜的因素，像欧洲的古代城堡也都是建在高地上，或者干脆就在山顶上，就是利于防守。把村庄建立在高处，有很多不便，饮用水都要下山汲取，但是那时候村落安全占第一位。有一座方圆不过三平方公里的村庄遗迹，竟然有三道城墙。最后一道城防在山顶，面积仅仅有一百多平方米，这当然是本村庄的首领居住地。可想而知，那时候村庄与村庄之间的战争是频繁发生的。而这三道城墙之内，就是一个与外界隔绝的独立王国。

在村庄里走一走，那些陈旧的门楼，那些狭窄的小巷子，都有着岁月久远的痕迹。破败的门板，风雨侵蚀的土墙，都在向你诉说着那些五彩斑斓的往事。墙上的一块砖头，当年房主人在砌上去的时候也许都有着一段故事；街道上每一块被脚磨光的石头都记录着一代一代人的经历；每一个拐角都曾经引起过纠纷。一道很普通的、已经踩成缺口的门槛，老人告诉你，这道门槛已经经历过三代人了，他们三代人儿时学步都在这上面磕破过鼻子。一座破败的门楼，当初修建时不知耗费了主人多少心血。很多老屋都是经过了几代人居住也经过了几代人建设才成规模的。一个村庄的历史甚至比一个王朝的历史还要长久。

归来的游子无意中走进了一个小村庄，忽然记起当年这个村子里曾经有一个非常漂亮的姑娘，霎时间，这个本来显得陌生的村庄一下子亲切起来，少年时的激情在已经波澜不惊的心底翻腾激荡，花分外红，树分外绿，阳光也分外明亮。于是他就毫无目的地在这个村庄的大街小巷转了一圈又一圈，一直意兴盎然，似乎一种少年时的气味又让他闻到了；似乎转过某个街角会突然看到她那粗长的大辫子。可是停下来细一盘算，当年那姑娘若是还在，也是一个六十多岁的老太太了。

一个珠光宝气的女人走进一个村庄，使得整个村子都屏住了呼吸，她华贵的衣装和她的气质都是那样与众不同，街边闲聊的老头儿们几乎是一齐闭上了嘴巴。她边走边看，如入无人之境。当她走到一个坍塌了的老屋前忽然停住，阳光照射在她那曾经是美丽绝伦现在已经不再年轻的脸上，她久久地立着，一动不动，终于，两行泪水流了下来。没有人认识她，她那视村人如同无物的高傲神态又使得无人敢对她探问。她好像也不认识这里的任何人，也不想认识任何人。她到这里来干什么更是没有人知道。如同她进来时一样，她又在众人惊诧的目光中默默地走出了村庄。村头有一辆豪华的汽车在那里等着她。当小车绝尘而去时，大家才议论纷纷，但无人能猜测出一个令人信服的结论。对这个村庄，她是一个谜。

每一个村庄的历史都充满着无数的悲欢离合，那曲折跌宕绝不亚于《红楼梦》里的荣国府。每一个村庄都曾经发生过青年男女殉情的故事，双双跳井的，双双跳崖的，双双上吊的也都曾发生过，绝对比贾宝玉和林黛玉的爱情要惨烈得多。就是一对老夫老妻，也常有一方去世，另一方毫不犹豫地立刻采取一种非正常手段相跟而去的，他们绝对不是那种所谓的节烈，而是一种多年相濡以沫的刻骨的深情。在饥荒的年代，把仅剩的一点儿口粮省给对方，自己宁肯饿死的夫妻在村庄里并不少见。在突来的危难中选择死亡，把生机留给对方，更是司空见惯。

对我们今天的人来说，一部村庄的历史价值跟一个王朝的历史价值是同等的，它们都属于跟我们已经毫无关系的时空。甚至可以说，一个村庄的历史比一座紫禁城的历史更能真实地反映出一个国家的历史，而一个村民的生活状态，比一位帝王的生活状态，更能反映出我们整个人类的生存状态。从纯粹生命意义上来看，一个农民的生命历程绝对比一个帝王的生命历程要丰富瑰丽得多，从他坐胎那时起，他就在母体里为生存进行过艰难的奋斗。在哺育期更是经历过无数的惊险，疾病、寒冷和饥饿都时时威胁着他的生存，他吸取的乳汁也许是母亲从草根树皮里榨取出来的。长大后，他的生命经历也会充满着无数的生死灾难和悲欢离合。一个农民的生命被忽视是因为其时的社会地位，而后世对村庄历史的忽视却是因为一种文化偏见形成的习惯。村庄总是贫穷和落后，村庄里的人总是被认为愚昧无知。其实，村庄里也不乏大智慧和艺术欣赏水平高的人。好歹已经从事文字生涯近二十年的我，至今没真正读下来《红楼梦》，而我小时候就见过邻家那年轻的二婶，在冬夜里昏暗的电灯光下看《红楼梦》，看得泪流满面如痴如醉。但是，所有的古典文学没有村庄的一席之地，中国的四大名著里只有刘姥姥是来自村庄的，还成了大观园里姑娘们取笑的对象。

　　尽管村庄里人才辈出，仍旧没能使得人们改变对村庄的偏见，特别是近些年拍的电视剧，一演到村庄，里面的人个个都傻乎乎的。从小说到小品，都是竭力夸张村庄的土气、俗气，似乎只有这些才是村庄特色。古往今来，村庄总是处在一种失语状态，似乎村庄里的一切都不值得重视，城里人是犯了严重的错误才下放到村庄的。建国以来实行了半个世纪的户籍制度，更是进一步把城市和村庄做了严格的区分，一个人只要你出生在了村庄，就在脑门儿上被打上一个终生都无法抹去的烙印。

　　村庄和农民长期以来的失语状态使得人们已经习惯了对他们的淡漠，人类的历史于是就演变成了帝王们的家族史。而今天把一部王朝的历史演绎得那般瑰丽多彩，富于戏剧性，仅仅是一种现代人的"营销"策略而已。只要能把一个村庄的历史重现，那将是一部无与伦比的伟大杰作。

　　不可小视村庄，一个小小的村庄，它的内容比一本巨著还要丰富，它的历史比一个庞大帝国的历史还要久远。

美满姻缘

曾经以我三个伙计的故事写过一篇小说《美满姻缘》，三十多年过去了，我想知道这三个人的"美满姻缘"是否还美满。婚姻在当初大都是美满的，到后来能称得上"美满姻缘"的实在不多。三十多年后还仍然美满那才是真正的"美满姻缘"哪。

首先见到的是祥瑞，他正扛着锄头要下地，人当然也老得不成样子了，他比我大，七十岁了。在路边站下，他掏出一拃长的烟袋对我说，抽袋烟吧。我看着他的小烟袋笑了起来。他仍旧用烟袋抽烟，我敢说在全中国还用这种铜烟锅儿抽烟的人也没有几个了。四十年前他一到煤矿掏出这样一杆发亮的铜烟袋，大家都惊奇得叫起来，那年代抽烟的都用报纸卷烟抽，只有他用这么个铜烟袋锅儿。我问，这还是当年那个铜烟锅儿？

他说，那个早丢了，这个是我姑娘从北京一个旧货摊儿上给我买的，古董呢。

看他那一脸的心满意足，我相信他仍旧是美满姻缘。但他说自己有女儿叫我摸不着头脑了，当年他娶的是一个麻风病人，根本不可能生育啊？他从关里到我们煤矿时已经是四十岁的老光棍了，后来有人给他介

53

绍了一个从麻风病院出来的女人。据说麻风病已经治好，但痊愈的麻风病人已经失去了人形，一张脸吓死人，并且手指完全烂没了，连做饭都不行。大家都议论，要这样的女人有什么用？但祥瑞好像很满意，结婚后一脸幸福，所以我把他写进了《美满姻缘》里。

双喜家仍旧住在老房子里，我不用敲门就径直走进来，双喜懒，刚睡醒的样子，和祥瑞不同，他是一个有缺陷的人，只有一只眼睛。他的小女人仰起脸看着我问，你不是那个，那个？我说，孙少山。双喜说，我差点儿没认出来，你可是老了哪。我说，你还年轻吗？他笑了。倒是他的小女人几乎还是原来的样子，本来就是侏儒，小得不能再缩小了。当初相亲时女方的姐姐就对双喜把话说明了——咱们丑话说在前头，我妹妹可是只能给你做饭，别的都不能，你以后欺负她可不行！双喜连连点头，他以为只是不能生孩子，结婚后才知道这个仅有一米高的女人发育不全，几乎不能算是一个女人。但这小女人很勤快，把家收拾得井井有条，而且好脾气。双喜比先前上班精神多了，也笑脸常开。后来我把他也写进了《美满姻缘》，我认为姻缘美满不美满只要双方都满意就算美满了，不应该有别的标准。

我问起祥瑞怎么有女儿的事，双喜说，他俩能生出来吗？那是抱养的。

我又问小曾过得怎么样。双喜说，他那老婆还是大街上就拉尿，什么都不会干，能好吗？不过，他有儿子啊。

三十八岁的小曾娶了一个白痴女孩儿，比小曾年轻二十岁，他当年非常满意，曾经对我说，伙计，我这是伤天害理啊。我也把他写进《美满姻缘》里。现在儿子都成人了，他当然就更是"美满姻缘"了。

我这三个伙计，一个娶的是麻风病，一个娶的是侏儒，一个娶的是白痴，当年都很满意，三十多年后仍旧满意，称得上是真正的"美满姻缘"了。在农村过日子，没有女人是万万不行的，不管什么样的。你看双喜家，这个侏儒小女人收拾得窗明几净，再看那些老光棍的家，家家都像猪窝一样。即使在大街上，他们那穷愁潦倒的样子一眼就能看出来。

古语说，有耽男，无耽女，瘸的瞎的都有主儿。在中国广大的农村，自古以来都是只有男的打光棍而绝无女的嫁不出去。根本原因，据说在自然条件下，亚洲男女的出生比例是十五比十三，也就是说十五个男性中必然要有两个人打光棍儿。这差数看起来不大，但人口是流动的，凑到某一处就惊人了，我认真数了数，在岳父那个山村里，我的同龄人竟然一半是光棍！现在都已老去，他们的一生就这样了。这是一个自然淘汰的、失语的群体，他们自己都羞于出口，所以从来就无人关注。

网上有人说中国不久的将来会有三千万光棍，不知道如何解决。

墙

　　昨天又和门卫吵了一架。去年是和县政府的门卫吵过一架，今年又和镇政府的门卫吵了一架。总和门卫吵架，我不能不检讨自己，是不是太没出息了，怎么老和这般人一般见识？可又一想，一个老百姓，你和县委书记吵得着吗？你和镇委书记吵得着吗？你能打交道的不就是这些门卫吗？

　　先是这个门卫说我自行车放得不是地方，可这个大院里就没有放自行车的地方。又问，你找谁？我说找陈书记。他又问，两个陈书记你找哪个？我说了陈书记的名字，他又问我，要反映什么问题？我很讨厌"反映问题"这种说法，我说找他商量个事儿。他又问，商量什么事儿？我一下火了，呵斥他道，你算个什么东西？我商量什么事还要告诉你吗！

　　去年那次是因为一听我要见县委书记，那门卫很吃惊地说，县委书记是你想见就可以见的吗？我依仗着自己曾经在这个县政府挂职过四年，当年睡觉就在县政府大楼里，自然就吵了起来。如果检讨我自己，那是因为我有恃无恐，那个县政府大楼里有很多熟人；而这次是因为我就是本地人，这个镇政府大院正是当年我们生产队的地块儿，说撒尿都撒遍一点儿也不夸张。如果一个普通老百姓一定不会吵起来，他们对这套规矩都习惯了。

要说客观原因，20世纪90年代我在那个县政府挂职时那座大楼根本就没有门卫，现在，警察，双岗！当年我们这个镇的政府就是一排平房，根本就没有大院别说是大楼，干活儿口渴了进去讨口水喝也是常事。还有，当年镇政府的领导们大都是本地人，乡里乡亲的见个面都很客气，哪会有这么多的手续？现在的乡镇领导已经没有在本地居住的了，全都住在县城里，一来是交通发达了，上下班有班车，二来城市生活条件优越，当然，更重要的是和上级领导们走动方便。

一个农民要见一个乡镇领导要经过两道关口，首先要登记，哪里人，什么事情，见什么人，经过门卫的同意；第二关要经过办公室的询问，你的事情没有必要见书记，应该去找什么地方，非见不可，打电话征求领导的意见，看忙不忙，有没有时间接见。一个农民要见县委书记是难于上青天，如那次和我吵架的门卫是一个仪表堂堂的年轻警察，我介绍说和县委书记是老朋友了，请他打电话联系，他说他不能直接给县委书记打电话，这是规定，他没有资格打扰县委书记。他就叫我自己打电话联系，可我把电话号码给忘记了，他说，对不起，那就没办法了。这就是说虽然是老朋友也无法见了。正吵着，办公室主任出来说，这不是孙县长吗？

作为领导，他们可能只是为了办公环境清静一些，筑起一道墙，这道墙是"只防君子不防小人"，也就是只对普通老百姓有用。这些门卫，他们自然也明白自己的职责，就是专门为难老百姓，不刁难老百姓他们能干什么？如他硬要我说明白找镇委书记要商量什么事情。讨厌的是他们不怕和老百姓吵架，吵到领导那里他更来劲儿了，这证明他认真负责，工资不是白拿。我看穿了他们的把戏，两次见了县委书记和镇委书记后偏就不提和门卫吵架的事。

落　叶

　　天气凉了，我居住的石屋上上下下前前后后都是飘落的树叶，我的房子，墙壁完全是不规则的石块儿砌的，院墙也是石头的。那些日子，纷飞的落叶大雪一样淹没了这座林中的石屋。夜里，忽听一片哗哗的雨声，拉开窗帘一看，一轮明月在天，心里一惊，真正的秋天到了。早晨开门，满院子越过屋顶飘飞来的树叶。古诗云"梧桐叶落秋风起"，其实，最早的落叶是葡萄树，开始，我还以为它是有病了，接着，青桐的叶子也有些发黄枯萎，始知一年一度的落叶开始了。青桐就是古诗中说的梧桐，后来有人培育出了泡桐，大面积种植，渐渐就把这品种统称为梧桐了。这两种树差别很大，首先，泡桐并非最早落叶的。

　　接下去杨树林子里有了落叶，这是一种速生树种，生长迅速，据说原是为大西北绿化培育出的新树种，不料在中原地区种植非常成功，十年时间就可长成参天大树。春天，从它们萌发新叶到完全长成，整整一个月，而落叶从开始到最后一片叶子落光，我记着，竟然也整整花了一个月的时间。杨树叶子比较肥大，从高高的树梢上掉下来，一路上碰撞着，触地时发出巨大的声响。后一段时间，树梢头只有几片叶子了，黄昏时分，我仰起头留恋地看着它们，杏黄色的叶子旗子似的仍旧在蓝天下耀武扬威，映着夕阳是那么不甘，显示了生命的壮美。特别值得一提的是树林中这时候有一种草本植物红得鲜血一样鲜艳，大家都叫不上名字来，我年轻时从来没见过，只有这种东西能够在生命力强大的杨树林里生长起来。人类在培育有利于自己的物种，大自然也在培育自己的新物种。它能在山坡上、洼地里以压倒一切的力量繁茂地生长起来，气势汹汹。在秋天到来的时候又红得触目惊心。

在四周一片枯黄中，只有柳树和槐树还保持着绿色。但也是一种老绿了。石榴树细小的叶子是一种美丽的金黄色，它们不断地落进水池里，我不得不经常捞起来，以免堵塞水口。硕大的石榴还挂在枝头，妻子唠叨着要摘下来，再不摘就开裂了，我说正是要它们裂开，我喜欢它们暴露出那红宝石一样晶莹的籽粒。

有一夜下了一场冷雨，早晨我走到屋后的林子里，冷气袭人。忽然有一阵风刮过，沾上了雨水的树叶本就摇摇欲坠，此时趁机一齐降落，我站在林中只听得暴风骤雨般的响声，落叶在我的前后左右唰唰而下，淋在我的头上、脸上、肩上，密集的落叶是我从来没有经过的，真有些惊心动魄。

我如一只毛残皮缺的老狗，终日在树林里徘徊，脚下踩着沙沙响的枯叶，到小河边，到邻近的村子里，我发觉，这段时间里，不管走到哪里竟然每一脚都接触不到泥土，全部踩在落叶上面。一个衰老的生命在踩着细小的尸骨踽踽前行。

夕阳下，纷飞落叶里我还在，足矣！夫复何求？

然而，冬小麦已青青，正孕育着来年的生命。就是我的园子里也是白菜碧绿，萝卜青翠，菠菜虽然刚种上不久，也生机勃勃。

他和她的故事

　　他和她那时都还年轻，用现在的话说他和她还是男孩儿和女孩儿。他们每天晚上都在村外的大道上约会，当年的204国道天一黑不仅没有车辆，连行人都绝迹，乡村的少男少女们约会都习惯在大道上。有一天晚上她忽然坐在路边的沙堆上说肚子痛——沙石公路要不时修补，路边都堆积着沙堆，筑路工叫"料堆"。她就在这干燥的沙子上躺了下来，他听说她肚子痛就俯下身给她按一按，她忽然一把抱住了他，死死地抱住了他……一般情况，下面故事的发展就顺理成章了。可是，他是个不一般的尿包，一下子给吓傻了。并且病了，第二天还心跳得炕都爬不起来。我去看他，他对我讲了昨天晚上发生的事情，并要我保密，当然，特别是对女孩子这可真得保密。咱这密保的，半个世纪！国家档案都应该解密了。

　　我把这故事都给忘记了，昨天有人提出要搞一个同学聚会，说再不见一面就再也见不到了。她第一次来到他家通知他，看到他和她聚到一起，我忽然又记起了这故事。两个白发苍苍的老头儿和老太太了。

　　是她的哥哥坚决反对他们结婚，说他是"学上不成庄稼不能，跟上他一辈子喝西北风?"他看上去是一个整整齐齐的小伙子，可是中看不中用，庄稼地里干啥啥不行，只能算半劳力，挣二等工分儿。当年的农村，找对象首要的就是能不能挣工分儿。

并非人人都是梁山伯与祝英台，他没有梁山伯的执着，她也不具备祝英台的血性，就这样算了。他跟另一女孩儿结婚，她也另嫁他人。社会上大多都是这样的情况，以后各自成家，这种感情只能成为一生中的一个小插曲。因为他太厖包了，后来生产队长说，你去哄孩子吧，别下地了。他阴差阳错地当了民办教师，后来转了正，再后来成了公社干部，当了副乡长。其实很多干部就是这样当上的，他们都不是本职上的好家伙，那些好家伙都是在他们的本职上干了一辈子。

不幸的是她嫁的那个人半路上死了，她成了一个寡妇，跟他的那段浪漫就成了一辈子的伤痛。她曾经请我约他一块儿到她家玩儿，我跟他说时，他说，她一见面都要哭上一顿，鼻涕一把泪一把的，我不去。这次借筹划同学聚会她和他总算又见了面。

计划要进城去聚会，她说，我不去，别算上我。大家劝了许多话，摆了无数理由，她就是一口咬定，我不去。一个怨女孩儿楚楚可怜，一个怨妇让人同情，一个怨老太太让人厌恶。

第二天的聚会，一个个都老得不成样子了，都说要是在大街上见到谁也不会认得谁，聚会还是很高兴，说了些少年时的许多故事，即使夫妻都不能说的往事。他当然是参加了，在一帮老人中算是混得不错的人，退休老干部哪。但是她果然没到，而且谁也没再提到她。她在家里独自一人，此时一定会想到我们在一起，不知道她认为我们是什么样子？

61

鳍和脚的变迁

据说地球上所有的动物都是从海洋里进化来的，也就是说原来都是生活在水中的，后来爬上岸，渐渐地鳍变成了脚。有一些两栖类动物到现在还保留着一些变化的痕迹。这一过程是漫长的，别说怎样用鳃呼吸变成用肺呼吸，就是怎样把鳍慢慢变成脚就非常复杂。在水里生活，鳍是行动的器官，用来划水，到陆地上之后这一行动器官肯定是不行了，只好把它换成能走路的脚。它是如何一步一步地进行变化，这可能也是今天的科学不能回答的。只能按照达尔文的进化论来解释结果，而无法进一步描述变化的机制。我们知道，鱼的鳍是由一根根的鱼刺和一层膜连结起来形成的。首先，要把这一根根的刺变成一节一节的骨骼就非常难办。还要由肌腱联结控制运动，比单纯用来划水要复杂多了。用肺呼吸也比用鳃呼吸复杂得多。所以动物由海洋到陆地被我们叫作进化。

海豚的鳍在我们看来跟鲨鱼的鳍没有什么区别，但是有人把它们的鳍拍了个 X 光照片，让人大吃一惊，海豚的鳍跟鲨鱼的鳍根本就不是一回事。鲨鱼的鳍就是真正的鱼类的鳍，而海豚的鳍却是跟动物的脚一样。我们都熟悉，鲨鱼的鳍也就是鱼翅，是一种珍贵的食品，由一根根鱼刺形成的，做成菜很像粉丝。而海豚的鳍却是几乎跟人的手一样的骨骸。海豚用肺呼吸，是胎生而不是卵生，说到底，它们就是生活在海洋中的哺乳动物。可是它们是怎样又生出了鳍，又回到海洋中生活的呢？

有鳍类的动物到陆地上来，就跟一个失去了手和脚的残疾人一样，行动一步都十分困难，同样，一个有手脚的人到了水中，就是一个残疾的动物。尽管我们人类也会游泳，但在鱼们看来，那简直就是开玩笑。就是一个游泳冠军和一条最笨的鱼比起来，也是一条残疾的鱼。所以海豚当初又回到了海洋中生活的时候一定也是经过了一个漫长的时期。你想想，把两条后腿并成一块儿，连起来，再把两只后脚掌变得跟鱼的尾巴一样便于划水，这需要多大的工程？再把两条前肢变成鳍，腿跟鳍看上去完全是两种器官。这么大的差别，除了上帝之外还有谁能完成？

动物从海洋到陆地是进化，用鳃呼吸的胎生动物从任何一个方面来说都是更复杂的，海豚虽然又回到了水中生活，但仍旧保留了哺乳动物所有的特征。所以海豚比任何鱼类都要聪明得多。海豚从陆地到水中并不能说是一种退化。但是由局部来说，从脚而变成鳍是一种进化还是退化呢？

我们来想一想，为什么海豚又要回到海洋生活？这恐怕是一个很难回答的问题了。

生不逢时

庄少文死去四十多年了吧？他没有后代也没有亲属，不会有人还记得这个世界上曾经有过这么个人。我忽然记起他来是因为中央电视台举办的汉字听写大会，每次看到中央台的播放都不由得感叹——如果庄少文生在今天，冠军还有别人的？

庄少文，考你个字。

只要《康熙字典》上有的。

他总是这么回答，不管面对什么人他都不动声色地这样回答——只要《康熙字典》上有的。

我们全镇也找不出一部《康熙字典》，所以也没人考过他是否真的——只要《康熙字典》上有的。《新华字典》，那不在话下，我曾经手捧一本《新华字典》考过他。因为我们这里普通话都读音不准，他会一连写出好几个近似的字，这个吗？这个吗？不管多么生僻的字，只要《新华字典》上有的，他都能写出来。有一年王北大也来考过他。王北大据说是北大毕业的，因为被打成右派给下放到我们这里中学当教师，当年全县只有他一个北大毕业生，因此就省略了他的名字，只叫他王北大。

王北大抱一部不知道什么字典，当街拦下庄少文，庄少文从肩上放下粪桶，就在大街上考起来。顾不得粪臭熏天，大家都围上前看热闹，只见王北大高高地昂着那硕大的脑袋，抑扬顿挫地读，庄少文手拿一根树枝在地上一笔一画地认真写，在王北大的读声中从来就没有停下一会儿，甚至都没有犹豫过。王北大站起身子双手抱拳说道，庄先生，佩服了，再会。

庄先生！哈，多新鲜！从此我们见了他挑着粪桶过来就喊，嗨，庄先生！他脸一下子涨得通红，嗫嚅着，别，别……看他那恨无地缝可钻的样子，完全是可怜他，后来终于不喊了。尽管王北大没考住他，也丝毫没引起我们的敬重，他实在是太笨了，连独轮车都推不了。在农村最简单的活儿就是推独轮车，只要有力气往前拱就是，最笨的人也会推。可是独轮车到了他手里，三步必倒。锄地也不行，锄头到了他手里像瞎了眼，永远分不出禾苗和野草，该锄掉的留下了，该留下的给他锄掉了。他只能干一样活儿，挑大粪。那时候每个生产队都有一个专门挨家挨户挑大粪的人，除了四类分子就是特别蠢笨的人。肩上一根扁担，两头挂两个粪桶，手里持一个日本鬼子钢盔做的长柄掏粪大勺子——这绝不是对日本人的不尊重，实在是他们的钢质太好了，又轻薄又结实。挑大粪的只能算是三等劳力，比方我们一天挣十分工分，他们一天只能挣七分工分。

庄少文按年龄算起来应该是我们的父辈人，可我们从来也无法给他父辈应有的尊重。在村里大家佩服脑袋笨但手却灵巧的人，对脑袋灵光却四肢蠢笨的人只有嗤笑。直到今天我也对那些能工巧匠佩服得五体投地，对脖子上长着一颗脑袋却指挥不了手脚的人很瞧不起。他曾经有过一个老婆，过了些日子那女人就走了，大家怀疑他是否男人的活儿也不会干？他从来不洗衣服也从来不洗脸。从他身上我得出一个结论，人的脸其实是没必要每天都洗的，污垢厚了它会自动脱落，每个人的皮肤都有自洁功能。谁家过年不吃顿饺子？他不会包，把面粉和馅一块儿放锅里煮。他对人这样解释，吃到肚子里还不是一样？

汉字听写大会越来越精彩，越来越受欢迎，考题越来越难，字越来越生僻，我也越来越想起庄少文，挑一担粪桶踽踽走来，蓬首垢面，眼珠都不转一转，唯口中念念有词。

杨靖宇和岸古隆一郎

岸古隆一郎下令军医打开杨靖宇的腹腔，他要弄清楚在冰天雪地的山林里杨靖宇是靠什么活着的。他确信在层层围困下杨靖宇已经弄不到一粒粮食了，但他那些和杨靖宇打过照面的部下形容杨靖宇在雪地上行走如飞，真如神人一样。数年来，抗联一路军在他的辖区内活动，他和杨靖宇一直是对手。他知道杨靖宇身高在一米九以上，而这对于他这个身高不到一米六的小个子来说简直须仰视才行。多年交手，他觉得杨靖宇就是一尊神。现在他决心要弄明白这个对手到底有什么神奇之处。当他看到杨靖宇的胃袋里只有几小团棉絮和一点儿树皮碎屑时，不禁打了个寒战，从头冷到脚。日本军人崇尚的是精神，认为精神是不可战胜的，所以他们敢于以弹丸之地向全世界所有大国开战，他现在看到了一种比他们要强大得多的精神。他在日记中这样写道："天皇陛下发动这次侵华战争或许是不合适的。中国拥有像杨靖宇这样的铁血军人，一定不会亡国。"

他取下杨靖宇的头颅游遍城乡，在中国人看来这是残忍，是对英雄的侮辱。但以日本人的风尚并非完全是这样，特别是具有尚武精神的岸古隆一郎在感情上并不是这样的。当然，主要还是一种宣传，威吓中国人，但也含有一种崇敬，他认为这是杨靖宇身后的荣耀。将军百战死，头颅万里行。日本武士剖腹自杀后，都要由介错人当即取下头颅遍示众人，这是一种程序。姜文的电影《让子弹飞》中有一句对话："我自杀时请你当我的介错人。"恐怕绝大多数的观众都弄不明白什么是"介错人"。武士剖腹，不能立刻死去，为减少痛苦，都会委托一位信得过的朋友或亲戚砍下他的头颅，这个受委托的人就叫"介错人"。一般都是请刀法娴熟的武士担任。二战日本战败后很多军官剖腹自杀，他们委托的介错人大都是自己的部下亲信。现在的照片资料显示，剖腹者跪地准备剖腹自杀，身后都站一持枪士兵，不明白这种程序的人对这种画面会感到很奇怪。这持枪士兵就是介错人，那时介错人不用刀而用步枪了。

岸古隆一郎为杨靖宇举行了隆重的葬礼，亲自主祭，又亲自为杨靖宇在松木上题写了墓碑——杨靖宇将军之墓。抗战胜利后，当地政府为这块墓碑颇费踌躇，很明显这是敌人对杨靖宇的尊崇，彰显着杨靖宇的伟大，但同时，岂能保存一块敌人写的墓碑？最后还是一烧了之。

岸古隆一郎知道真正打败杨靖宇的并非自己，而是程斌。程斌原为抗联一路军一师师长，杨靖宇的得力部下，也是最亲近的人。他叛变后像狗一样紧咬住杨靖宇的踪迹不放，致使一路军疲于奔命。最恶毒的是他破坏了杨靖宇苦心经营多年的所有秘营，秘营就是杨靖宇在森林里建立的几十个存放粮食和弹药的据点，每转移到一处都可以得到补给，抗联就是靠这些秘营存活的。程斌把这些秘营一个个全都挖了出来。最后的时刻杨靖宇弹尽粮绝，孤身一人，已经五天粒米未下肚，他委托一位当地山民赵廷喜下山给他买点儿吃的，不料赵廷喜却报告了日伪特务李正新。

1945年春，山西太原，省长官邸，大势已去，身为副省长的岸古隆一郎让夫人带一男一女两个孩子喝下了毒牛奶，然后剖腹自杀。

程斌随岸古隆一郎到了山西，得知岸古隆一郎自杀，和铁哥们儿张奚若、王佐华、白万仁枪杀了有宿怨的吉野小队长和两个日本兵，带着七支枪投奔了国民党军队，后被解放军俘虏，加入华北野战军。1949年2月，进入华北军区后勤部军械处工作，转业后为沈阳一粮所主任。1955年秋天，"肃反"运动中被人举报，判处死刑。

音　乐

任何企图用语言解说音乐的做法都是愚蠢的，但我还是要打开电脑来写——CD 机里正在播放莎拉·布莱曼的《七月里的冬天》。

窗台上那盆仙客来只开出一朵花，但美的恰恰是因为它只有这一枝花，亭亭玉立在我的窗台上。窗外是那棵大杨树繁茂的枝叶，几乎遮蔽了我的整个窗子。已经是秋天了，那浓重的绿色中有少数的叶子已经变成了杏黄，风吹动，飒飒地抖动着。与窗台上这枝凝然不动的仙客来形成动静相映的一幅画。今天有些阴，太阳的光线偶尔从那云层透出一缕。我的音箱很好，那忧伤的旋律在我的房间里回荡。玉花在厨房里洗什么东西，哗哗的水声也不能影响这种情境。她是很喜欢听音乐的，也很敏感，但她总不能坐下来专心地听。

音乐能让你想起过去的很多生活片段，那种细腻和真切是语言所无法达到的。风吹动街上的落叶和草茎，还有鸡毛，它们在墙角堆积。冬天的阳光昏黄而无力，但它是金色的，有一种深入骨髓的凄美。这样的情景是我的童年。街道两边是陈旧的房屋。那是贫穷但又宁静的时光。那个古老的小镇。另一幅图景而是在严寒的小山村了，鸡也被冻得缩在墙角咕咕地呻唤着，空无一人的小街两旁是木棍子夹成的篱笆，人家堆放的劈柴。地上是冰雪，玉花从街的那头走来，脸冻得通红，远远地看见我就笑了。

我一句也听不懂她唱的是什么，但音乐就是不需要语言的。在那样的一间昏暗的小屋里，几个青年在拉胡琴，大家别的什么想法也没有，只是想把琴拉好。大家贫穷得衣衫褴褛，可是心里充满了欢乐。饿了，有一个人就到瓦盆里抓一把地瓜干，回来抹一下嘴巴继续。我不会拉胡琴，但我喜欢听他们拉。大约就从那时我学会了唱京剧。

《七月里的冬天》听得我浑身无力，心里凄凉得不行。我不知道吸毒是种什么感觉，我想也只能如此。永地从外面走回来，嘴里打着口哨儿，他刚学会，每时每刻都在打口哨儿。玉花说，永地，你看看鸡窝里下蛋没？永地一边嘴里不停地响着一边把脑袋探进鸡窝里去。这是玉花专门求人用稻草编的专给鸡下蛋的草筐。它是挂在墙上的。玉花在屋里炕上企盼地望着她的儿子，永地却抬起脑袋来对她摇了摇。因为他嘴里还忙着打口哨。我看见一个孩子像大人那样摇脑袋感到非常滑稽。

我不知道为什么这首歌叫《七月里的冬天》，这是怎么啦？简直让人想死去，好像只有死去才是幸福的。我想起了煤矿，想起了那在冬天结了冻的坑口，想起了风吹动柞树林里呼呼响，想起了沿山谷野马似的奔跑的风雪。

人和生命只有在音乐里能得以重温。生命如流水。过去的就是过去了，只有音乐能让你回到从前。但也不可常去回味。回忆太多了容易中毒。近些日子我正在读刘小枫的《拯救与逍遥》，对生命的无奈既感到悲凉也感到欣慰。有生就有死，这是大自然中所有生物的常态，所有生命都应该对死亡持一种欣然接受的态度。但是人们总是对死亡"终究意难平"。这"终究意难平"的不甘就是所有艺术宗教的起源。音乐就恰恰是"终究意难平"啊。

自然之美

看一个朋友装修房子，我才知道现在房屋的内部装饰已经达到了何种程度。装饰一处住室内部费用达到几十万已经很平常。也确实称得上美轮美奂，古代帝王住室也不能相比。但是，尽管房地产开发商们把房子造得越来越漂亮，最强调的还是他们留高楼大厦之间的那巴掌大的一点儿绿地，不厌其烦地向顾客介绍了又介绍。可见，自然之美仍是不能代替。

自然之美是有生命的，你把室内装饰得再美，它也不能让你住在里边百看不厌，时间一长，必然就会"审美疲劳"。而自然之美是变化的、生长的、有性情的，它不仅能弥久亦新，而且会与你的生命产生共鸣。

高山的雄奇、大河的壮美、大海的浩瀚当然会让你震惊，但这还不足以让你领略自然之美的真谛，当你旅游到此，惊叹过之后也就渐渐淡忘，这其实就跟你在电视上看过的那些美景没什么大的区别。要真正能感受到自然之美，那就是在你生活过的地方。那里在外人看来毫无特别之处，但是你在那里生活久了，会发现自然之美蕴藏在那一石一水、一草一木之间。它们与你息息相关。坐在飞驰的火车上，看到一个农民在一条小山沟里牵一头牛走过，你心里一定会产生一种怜悯，终其一生在这样一个丑陋的山沟里是多么悲哀啊。可是只要对比一下你就会明白：他生在这里，长在这里，这是他的家乡，想想你的家乡，能比他这条小山沟更美吗？

春天刚到的时候，我看到山坡上出现第一抹轻绿，像一匹薄纱，像一片淡云，它的出现让我的心里都血流汹涌。到中午，这片轻绿已经加重，像天上的大笔涂的一块不规则的水彩。我坐在树下看着阳光穿透它们嫩黄的叶片，玻璃样透明。

一场夜雨过后，早晨起来出门一看，大吃一惊，昨天那样萎靡的玉米苗突然长高了，而且一派欢欣鼓舞。你似乎能听到它们孩子般一齐发出呼喊。

我坐在黄昏的山坡上，看着对面的山坡仍旧被阳光照耀得光辉灿烂，而这边的山坡却在阴影中了。一头牛犊在用还没长出犄角的秃脑袋顶那辆停在地头的破车，一下一下，饱含着怨气，一边嘴里发出痛苦的哞叫，而它的妈妈拉着犁正走到田垄中央。它的痛苦越过河沟，越过阴阳分界线直传入我的心里，我的心也在一阵阵发酸，真想过去对那个趟地的农夫说，快收工回家吧，你不管别人多么痛苦？

麦田被风吹动，阳光下闪着波光，恰如一波一波推涌而过的波浪。人们造出"麦浪"这个词太妙了！

我见过的最美的绿色是在一片春天的落叶松树林里，那是在白刀山林业局干活的时候。落叶松，顾名思义，它们在冬天是要落光树叶的，春天又早早地萌发。那种绿透着嫩黄，最难得的是它均匀、柔和，因为针叶不反光，让你看上去眼睛特别舒服，舒服得像你的肺吸了一口新鲜的空气。那种绿色染遍了所有的空间，空气都是绿色的。

一个下午，我在一座荒岗上漫无目标地走着，忽然我被一丛红茅草吸引住了，不由得停下脚步。那已经是深秋了，田野上光秃秃的，这丛红茅草叶子一片火红，而上面的草缨却又是雪白的。风吹动，那雪白的缨穗猎猎抖着，生机盎然。那时候天空碧蓝，四无人声，仿佛天地之间只有我和这蓬红茅草，一刹那间，我感到我们的心是相通的。

我居住的那条山沟是一条浅浅的山沟，两边是馒头状的一些山包，看上去很丑陋。因为它像别的山沟一样，不可能是笔直的，在离村子不远处拐了弯儿，这就使你不可能望得到山沟的尽头。我的房子在村子的最南头，每天的傍晚，薄暮冥冥，我会在自家的院子里，越过篱笆望着那由于昏暗而变得幽深的山沟出神，我觉得那边有许多的人在走路，牵着牛赶着羊，有老人，也有小孩儿，他们越过山沟向东边走去，匆匆地，不知他们从哪里来，也不知道要到哪里去。他们看上去陌生，却在我的心里又好像有着某种瓜葛。

天空中拉拉扯扯走过几块黑云，我觉得那是我拉着我的儿子和妻子在人生的路上走过。是那么孤单无助。

太阳下山之后村子里反倒更明亮起来，这是因为山那边的太阳把光投射到天上，天空的反光布满了村子。房屋、木棍障子、堆积着牛粪的街道，还有几只聚在一起讨论着什么的狗，一概在这无光的时空里清晰毕现。让人感到奇怪的是一切东西在这段极短的时间里都失去了他们应该有的阴影，这是一个陌生的、无影的世界。整个天空都是光源，这就使得那些房屋的背面，树的底下，全都比白天明亮得多。人在这样的世界里走起来变得轻飘飘的，像失去了重量。

在城市里居住了多年之后，我每次回到父母所在的村子里，都会在夜晚走出屋外，站在村头，为的是看一看真正的黑夜，黑夜是美的，面对着这样的黑夜，你才会感觉到我们的眼睛实在是被各种人造光给害苦了。城市的夜已经不是真正的夜，你永远不可能摆脱各种灯光的污染，村里的夜是自然的夜，它能让你的眼睛获得真正的休息。还有静，这更是难得的享受，这时候你才感觉到寂静是天下最美的音乐。

神　圣

　　一上车，我几乎没有思索就坐到了神圣旁边。这趟县城跑乡村的小客车上有很多空位，我为自己径直坐到神圣旁边略感局促。首先是两条粗壮的大腿让我一震，神圣穿一条短得不能再短的毛边牛仔裤头，两条大腿暴露无遗。皮肤不细腻也不白嫩，甚至可以说是粗糙，但这粗糙却像年轻的速生杨由于生长过快而表皮皱裂，更让人感到那种不可遏止的生命力。汗毛也很粗，每个毛孔都在散发着蓬勃的生气。更触目惊心的是那两只大脚，坦然地平放在塑胶鞋底上——只有两片鞋底，当中伸出一根细绳儿夹在大脚趾和第二趾之间，这是世界上最简单的拖鞋。皮肤晒得黑黑的，五个脚趾像相亲相爱的五姊妹，却又顽强地显露着各自的特性。这趟客车我常坐，唯独这次……

　　趁又有人上车，偷偷向旁边看一眼，神圣上身只穿一件无领衫，圆柱样的脖颈上赤裸裸的一无所有。神圣的衣着简化到了极致，再也不可能节省哪怕是一丝布条儿。胸部微微隆起，尚未发育成熟，这恰如田垄上种下的花生，将出未出之时，把土壤顶起一个小包，下面正孕育着无限生机。神圣十五六岁的年纪。清水出芙蓉，天然去雕饰，强健，朝气蓬勃，照亮了整个车厢。我想象，这双自由自在的天足，如果给它们套

75

上一双世界上最时髦的高跟鞋也会显得丑陋不堪；这无拘无束的脖颈，哪怕是世界上最昂贵的钻石项链挂上，也将成为一无是处的累赘。我不明白为什么高跟鞋好看；我不明白钻石项链为什么昂贵。

我终于壮起胆向神圣脸上瞄了一眼，我心都颤抖起来，几乎什么都没看见，只看到了一个词——圣洁。我是个没有宗教信仰的人，在那些所谓的神圣的地方，面对那些神圣的人物，从来没产生过这样的震撼。"神圣"这个字眼在我的文章里经常出现，那只是习惯而已。"神圣"这个词在数不胜数的媒体上已经是个被用滥了的词，但我相信那也仅仅是人云亦云而已。我猜想，佛教徒见到了释迦牟尼的舍利子大约就是这种感觉；我猜想，基督徒见到了耶稣殉难的十字架大约就是这种感觉。人应当敬畏的，只有生命；人应当崇拜的，只有生命。那些轻视生命的教义，不管它多么深奥；那些草菅生命的行为，不管它多么冠冕堂皇，都让他们自己玩儿去吧！

神圣的东西就是这样，它强烈地吸引着你，但你又不敢亲近，我坐到了座位的最边上。看过一眼不敢再看，我觉得自己从来没有这样微不足道。如果她只轻轻地对我说三个字"跟我走"，我就会忘记自己的年龄，忘记自己的身份，甚至忘记我的家人，一直在这车上坐下去，从此一去不复返，不知所终。

但神圣要下车了，我恭敬地站起来，让她离座，目送她走上路边的小道。她走在生长着旺盛的玉米和大豆的田野上，甩动着黧黑的四肢，强烈的阳光下旁若无人。

瘦得皮包骨的模特儿搔首弄姿走在 T 型台上；装着假睫毛的影视明星们假惺惺地笑着走在红地毯上；古代把女人的双足缠成那样丑陋的畸形，这都是我所不理解的"美"。生命力就是美，自然的，就是美，这是颠扑不破的真理。

路边有一个石碑，上面刻着"灰村"两个大字。我很熟悉，这个村子烧石灰已有数百年历史。谁家女孩儿初长成？

喜　鹊

　　又是一个暴风雨的天气，看屋后那棵巨大的杨树都在动摇，只是那只老喜鹊不再见了。那是两年前的一个狂风暴雨的天气，乌云把天空遮蔽得跟黑夜似的，暴雨抽打得屋顶一片急响。我偶然一回头，看见后窗外那棵大杨树的枝丫下有一只喜鹊，它在那个枝丫下躲雨，那根枝丫正对着我的后窗。看它在这种狂暴的天气中那种瑟缩的样子，我忽然心里对它充满了一种强烈的同情，在不可抗拒的大自然面前我们是一样无助，我很想邀请它到屋里来共同度过这危机四伏的时刻，我想对它说，进来吧，我不会伤害你的，真的，我不会伤害你的，但我又无法把自己的诚意传达给它，我们只能默默地相望着。后来在所有的坏天气里都会看到它在那根枝丫下躲雨，我们都是那么默默地相望着，它总是形单影只地蹲在那根枝丫下。别的喜鹊都是成双成对，不知道为什么它只有自个儿，也许它的配偶在某次事故中身亡了。在后来的每次相对时我心里又对它增加了一种悲悯。今年的暴风雨又来时，它不见了，再也不见了，喜鹊不是一种长寿的鸟儿，一定是它老了，去世了。

　　我对喜鹊的好感绝对不是因为它的名字吉祥，而是童年亲眼见到的一幕场景。当一只鹞鹰俯冲进寺院里捕捉鸽子时，那些肥大的鸽子或是乱飞乱蹿或是躲进窝里大气不敢出，这时有两只喜鹊却向着鹞鹰展开了猛烈的攻击。它们一上一下，毫不畏惧地啄、抓，其中一只被鹞鹰扑在下面，它背部向下时，仍旧把爪子握成拳头向鹞鹰猛击。我发现喜鹊体形虽比鹞鹰小，但它们的腿却比鹞鹰的腿长，只要它正面面对鹞鹰，这种凶猛的猎手总无法近身。那一场恶战，直杀得败羽残甲满天飞。最后是鹞鹰落荒而逃。从那，我就对喜鹊刮目相看。

我在东北生活了三十多年，没见到过一只喜鹊，我总以为东北地区没有喜鹊。1998 年大洪水，我们乘船前往灾区，在经过一片被大水淹了半截的杨树林子时，我忽然觉得有一些熟悉的身影从眼前掠过，那时已经是黄昏，四周一片茫茫大水，而这片水中的杨树林子被夕阳照耀得金枝玉叶，美艳无比，其中有一群黑白相间的鸟儿在上下翻飞。喜鹊，我又见到喜鹊了！这是我三十多年后第一次见到喜鹊。如同见到了家乡的亲人，那天直到晚上我都激动着。1998 年大水是在嫩江流域，原来嫩江流域是有喜鹊的。但是在松花江流域和牡丹江流域我始终没见到过一只喜鹊。

回到故乡，我房前屋后的杨树林子里有很多喜鹊，每天从早晨到晚上，它们都在我的房子周围喳喳地喧哗。那天雨后，我坐在大门前，看这些蓬勃的庄稼和野草，忽然发现两只喜鹊在刚栽种的小杨树林里起起落落。杨树的下面种的是大豆，大豆长得很茂盛，看样子它们是在跟豆地里什么东西在纠缠。不一会儿我就看见一只野兔从豆地里窜出来，它是草黄色，很顽皮地扭着身子跳跃，时而向杨树上的喜鹊伸出前爪，时而把白色的肚皮朝天，时而一头钻进豆里再不见踪影。而它上面那些喜鹊就相呼应地展开翅膀，忽上忽下一阵喳喳叫喊。它们在嬉戏！我大为感动，飞禽和走兽在互相嬉戏！这是很少见的现象。我们人类除了自己养的宠物已经绝不会和任何别的动物有这种天真烂漫的游戏了。我们和动物之间总是处在一种或是利用或是敌对的关系中。

前些日子中央电视台播出一则新闻，一个人教会了一只喜鹊说话，清楚又准确，比鹦鹉和八哥说得还好。这也是一件从来没有过的事情。但我想，只要有一只喜鹊会说话，那么肯定有千百只都会说话，只是没人想到要训练它们说话。

现在是秋风秋雨，我又想起了那只老喜鹊，它再也不会到这根枝丫下躲雨了。我不知道为什么它偏偏选中了和我的后窗相对的这根枝丫，别的喜鹊为什么就不来这根枝丫下。它和我这是一生中的偶然还是命中注定？

细节造就伟大

　　我种的那棵葡萄接连三年颗粒无收。刚要成熟，马蜂就盯上了，它们这一叮还不打紧，关键是叮破了皮，大群的苍蝇蜂拥而至，如果没有马蜂，苍蝇是吃不了葡萄的。这些苍蝇打也打不退，直叮到全部腐烂。我找到葡萄园，人家告诉我，你套袋儿呀，现在生产资料商店有专门套葡萄用的纸袋儿。忽然想到《红楼梦》里，大观园实行承包责任制后，一个老婆子就用这办法儿对付马蜂和苍蝇的，只是我当时没在意。几百年前就有人发明这办法了，我竟然毫无所知，惭愧啊！只不过那老婆子用的是纱袋儿。

　　荣国府里一个女人对另一个女人说，我那衣箱拔了缝了……"拔了缝"这句话不是现在年轻人能听懂的。我也只在小时候听人这么说过，其实就是裂了缝。过去做家具，拼木板用的都是骨胶，骨胶最大的坏处就是一受潮就开裂。现在都不用骨胶了，家具拼缝都用乳白胶，再没有这毛病了。"拔了缝"这一说法儿就永远不能为大家明白了。

　　《红楼梦》中还有王熙凤脚跐在门槛上和人说话的样子，我在农村也常见这样的女人，大都是泼辣的。《红楼梦》里这样的生动细节比比皆是。

　　荣宁二府里的故事，其实还比不上一个普通的小村庄，一个毫不起眼的小村子如果把它的历史故事写出来，远比一部《红楼梦》要惊心动魄得多，悲欢离合的家庭哪里没有？要死要活的青年男女哪个村子没发生过？洪水天旱，饿殍遍地，兵荒马乱，生离死别，比查抄宁国府惨烈多了。贾宝玉经历的那点儿事儿算什么？这就是有人说的，自然界并不缺少美，缺少的是发现。的确，没有曹雪芹，大观园里的少男少女们消失在历史的长河里不比一棵草还能冒点儿烟。

要说曹雪芹的人生经历，实在是平庸得不能再平庸了，没上过刀光剑影的战场，没见过血肉横飞的场景，没遭遇过生死瞬间的险境，没到过大漠荒野，没漂过汪洋大海，没渡过长江黄河，没登过泰山黄山；我甚至怀疑他连近在咫尺的长城都没去看过。于是，一部《红楼梦》只能是写一些居家琐事，鸡毛蒜皮。说到底，《红楼梦》里只有一些日常生活细节。正是这些生活细节让读者结识了众多的活生生的人物。至于说生命哲理，越不过老庄佛家；至于说建筑、医理，现在的一个专科生都比他高明得多。

故事可以编，细节只能来源于记忆，曹雪芹对于生活细节和场景的记忆超出常人。

读《我的前半生》时，我想，除了才情不如曹雪芹外，若论荣华富贵，溥仪可比曹雪芹不知强几百倍，人家那才是真龙天子，曹家望其项背都不能；若论人生的大起大落跌宕起伏，溥仪可是世所仅见；只要溥仪有曹雪芹一半的才情，仅仅记录下来他的日常生活细节，也会是举世闻名的皇皇巨著。可是《我的前半生》中恰恰少的就是这些。我只记得他为了骑自行车方便，把紫禁城内所有妨碍出入的门槛全都锯断。少年时的溥仪绝不是个唯唯诺诺的窝囊废，也是个充满活力的少年啊。可惜他对生活场景的记忆不行。

细节看似微不足道，但对于艺术来说，至关重要。一部《红楼梦》不是别的，是细节造就了伟大。

小学老师

下学后，我去了冰天雪地的黑龙江，她去了永无冬天的福建，天南地北。这次故乡见面已经过去了整整半个世纪。好笑的是她仍然那么呱啦呱啦爱讲话，现在，作为一个老年人爱讲话显得很开朗，当年，作为一个小学生爱讲话却是大毛病，是老师最头痛的学生。她对小学时代的记忆就是总被老师拿教鞭戳额头，你给我闭上嘴。我记得老师用教鞭敲着讲台不断地叫着，不许讲话，不许讲话！

老同学见面，话题就是讲当年的老师和同学。她说，你还记得吧，那个姓张的老师，高个子，戴一副厚眼镜儿……我说，张总统。她说，你还记得吧，有一个教历史的女老师，福建人……我说，鲍永生。她说，你还记得吧，还有一个教代数的女老师，会唱歌儿，特别喜欢男同学……我说，林小鹏。她说，你还记得吧，有一个女老师也是南方人，她的丈夫是军官……我说，茅洪智。

我的记性明显比她好。

说了一大堆，发现我们讲的都是中学老师，小学老师我能记得住名字的只有一个女班主任毛瑞珠。而她也只记得她的班主任，连姓什么都忘记了，抓耳挠腮：你看，你看，那个叫什么来着？我考中学的报名费还是他给我交的，没有他我就不能上中学……突然她大叫一声，记起来了，脸肿！

莫名其妙，这算什么记起来？但我记忆深处一个闪电，姓孙！

她叫道，对对对，是姓孙。

这个姓孙的老师是她的班主任，只担任着我们班的算术课。我记忆中最深的也是他总是一双眼皮肿得发亮。他对着空了一半的教室，不是呵斥，而是少气无力地恳求，好好听讲，好好听讲。然后转过身去，在黑板上写算式，手指上都缠着绷带，有一根开了，脏兮兮地拖着，露出通红的冻疮。不知听谁说，他家孩子多，他那点儿口粮舍不得吃，都分给孩子们吃了。他饿得浮肿，这是那年的通病，他一双眼皮肿得像灯泡儿。到今天我也一直不明白为什么挨饿反倒会浮肿，这是怎么个机制？他的脸色焦黄，嘴唇也干燥得开裂了，数道血口子，每说一句话都要用舌头舔一舔。奇怪的是当时我一点儿不觉得感动，甚至觉得，这样子了你还来上什么课！我还坚持到校上学是因为我是班长。那是个寒冷又饥饿的冬天。

她说，有一天我不知从哪里偷了一把豆子，在火炉上炒，他也吃了几粒，他拉上裤腿给我看，说，你看，我的腿肿成这样了，你一定要坚持去考中学，我给你交上报名费。

那是个寒冷又饥饿的冬天，终于熬过了，成了遥远的记忆。今天，这位姓孙的老师肯定已经不在人世，名字都被他的学生忘记。他留给我们这两个白发苍苍的老同学的影像是落魄又伟大的瞬间——脸肿！

第　二　辑

缺损的人格

给朋友照了一组他讲话时的照片，他一见很震惊，我怎么会是这个样子？这是我吗？如果我是电脑高手，他肯定会怀疑是我制作的。其实，他从来就是这么张牙舞爪。我奇怪他居然不知道。看着自己这些表情生动的照片，他自嘲道，一个书画聚会我怎么弄得像秋收暴动？

他是独生子，小时候就养成为所欲为、咄咄逼人的性格，后来在一个边缘小单位当了一辈子头目，因为上级很少关注这样的单位，他就在这里当起了说一不二的土皇帝，这一当就是一辈子了。他对部下从来就是这么训话，但从来没有人敢说出过，更不会有人有意给他如此拍照。

我生活中遇到的独生子（当然是我们那个时代的，不是现在的计划生育后的独生子），他们几乎都没能发育成完善的人格。溺爱使得他们依赖性强，像我这位朋友，小时候一直是母亲给他洗脚，洗到二十多岁，结婚后又是老婆给他洗到了如今，只要不死就注定要给他洗一辈子了。溺爱中长大的独生子性格暴躁，一遇到不顺心的事就会大发脾气，从来不能接受任何挫折。这个朋友，父亲是村长，他从小就生活在一个唯我独尊的环境里，直到即将退休他都不知道如何尊重别人。

马斯洛把这种人格叫作儿子型人格。

我的孙子一出生就有六双眼睛盯着，他整个生长过程中，都要在这六双眼睛紧密的注视下。他刚七个月，听到最多的话，也是唯一能有反应的话是：对不起。只要他一哭，大家就会对他说，对不起，对不起。我不无忧虑地想，在这样一片"对不起"声中长大，他如何去判断是非？这孩子就是个天才也很难有一个完整的人格。

　　过度的溺爱会形成一种缺损的人格——儿子人格，过度的压迫更会形成另一种缺损的人格——奴才人格。

　　我的祖父那一代人，他们在严酷的封建压迫下生长起来，形成了一种奴才型人格。逆来顺受几乎是每个老百姓一致的性格，甚至成了他们生活的信条。祖父给我的教育就是要听话，不听话要吃亏。当年日本人侵占了我的家乡，我的父辈们很多人都当了"二鬼子"，伪军。多年后，我和一个"二鬼子"一块儿锄地，歇息的时候，他抽了口烟袋回忆道，小日本那枪打的就是靠（准），我和一个日本兵一块儿在土围子上站岗，他指着几里外的一个挑担子的货郎咕哝了一句，意思是让我看他的枪法，他举起枪不用瞄，叭的一枪就把那人给撂倒了，真他娘准呀！

　　多少年后我还能清晰地记起他的语气和眼神，敬佩之情溢于言表。

　　我到八女投江的遗址去过，现在大家都误以为八女投江是在牡丹江，其实是在乌斯浑河。在那里，当地人告诉了我一个让人震惊的事实，她们的部队在夜里宿营时由于天气太冷，架起了一蓬篝火取暖，被当地的一个农民发现了，这个农民连夜去报告了日本人，于是就在第二天早晨，上演了那感天动地泣鬼神的壮烈的一幕。她们中年龄最大的叫冷云，年仅二十二岁，最小的好像刚十五岁，完全还是一个孩子。她们拒不投降，义无反顾地投身到了冰冷的滚滚江水中。抗联第一路军司令杨靖宇牺牲后，日本人解剖了他的尸体，从他的胃里只找出一点儿草根树皮，一粒粮食都没有，据说解剖的日本医生都流下了眼泪。前几年我又看到了一份报告，杨靖宇之所以被包围，直接的原因是他给了进山打柴的一个农民几块大洋，请他下山给买点儿粮食，结果这个农民却拿着这几块大洋去了日本关东军讨伐队。另一位抗联大英雄赵尚志则是直接死于他的同胞之手，一位假装要跟随他抗日的中国人混入他的队伍，从他背后开了枪。

让中国人最没面子的不是不及中国十分之一的小日本占领了大半个中国，而是在所有电影电视片中，只要一出现日本鬼子的军队，后面总会跟着一队"二鬼子"——伪军。这真让我们这个礼仪之邦丢尽了脸面。二战中别的国家好像都没有这么多的伪军。这是天生的吗？当然不是，这就是大清国统治二百多年最大的功绩，也就是他们最成功的事业——把中国人都训练成了奴才。大清国的老百姓是一种奴才型人格。连王公大臣都要自称奴才，何况老百姓？既然身为奴才，哪来的祖国？

祖国，在今天的小学生嘴里是常用的一个词，但是我从来就没有在祖父的嘴里听到过。在父亲嘴里有时冒出这个词，听上去也是很别扭。像从我的嘴里冒出个"OK"。在大清国的治下，"祖国"这个词是犯忌的，你说这个国家是你的祖国肯定是大逆不道。你若认为这个国家有你一份儿，那是注定要被杀头的。既然如此，那么当"二鬼子"就跟今天打工一样，给谁干还不是干？于是我的乡亲们就当了"二鬼子"。

在东北一个县里挂职的时候，我曾经代表县政府接受了一个老鬼子兵的忏悔。可以感觉到这个日本老人很真诚，连连鞠躬，老泪纵横。前些天我去拜访了老邻居，一个八十五岁的"二鬼子"，谈起当年事，他一点儿也没觉得当"二鬼子"有什么不妥，而我这个后辈，一点儿也不感到奇怪。

我差点儿成了英雄

十三岁那年，队长把一杆装有铁头的扎枪塞到我的手里，派我看庄稼。我尽职尽责，整天站在岭岗最高的一个坟头上，看守着我们生产队的那一片田野。我觉得自己就像那手持红缨枪的抗日小英雄，豪情万丈。已经是秋天了，玉米棒子成熟，高粱穗子也红了，经受了一年饥饿的人们都在虎视眈眈，我保持高度警惕。那天快黑的时候，下着小雨，一个人从高粱地里钻了出来，背着一筐青草。我断定有问题，跑下去一看，是我家斜对门的邻居，他应该算是我的长辈，但我毫不客气地命令他站住，我扯下他的筐，发现在青草里面夹着八个高粱穗。他吓得脸发白了，当时他说了些什么，我都不记得了，只记得我很兴奋，是战士抓到了一个敌人的兴奋。我要押着他交给队长，他怎么哀求，我无动于衷。

多年之后，前面的情节都模糊了，或许因为过于激动，当时就不怎么清楚，而下面发生的情节，历经半个世纪，仍旧清晰如昨。他是一个高大的汉子，我须仰面相对，突然他矮下去了，就在那一瞬间，他在我的下面了。这时，我意识到他是跪倒在地了。天色已经昏暗，但是我看得清一张雨水混合着泪水的大脸在我面前，同时，他不停地双手作揖。

90

别说是一个十三岁的孩子，就是一个成年人遭遇到这样的场面也会不知所措，我愣住了。我这一生从来没有对他人手执过决定命运的大权，当然也就从来没有人对我那样哀求过，更是从来没有人给我跪下过——除了十三岁那年，而且是一个我的长辈。至今我也不明白一个人为什么只要那样一跪就会给对方产生那么大的心理震撼，当时我是豪气顿消。不记得我说了句什么，反正我放过了他。

在课堂上，老师读那篇少年英雄勇斗地主分子的课文，声情并茂，我在下面却坐立不安。我困惑了，那个下着雨的昏暗的傍晚清晰地出现在眼前，那天我该不该放过他？我为什么放过了他？那个地主分子同样是给我们的小英雄跪下哀求过，但小英雄革命意志强，阶级斗争觉悟高，顶住了阶级敌人花言巧语的迷惑，坚决不放过，于是穷凶极恶的地主分子下了毒手，把小英雄活活地捅死了。而我们当时的情形是，昏暗的四无人迹的荒野里，一方手执锋利镰刀，一方手执扎枪；一方是五十左右的大汉，一方是英勇无畏的十三岁的少年，比他们那个双方手无寸铁的场面更具危险性。如果我坚决不放过他，可以确定，无论是他砍死我，还是我捅死他，我都会是当之无愧的少年英雄，而他绝对是遗臭万年的阶级敌人——他历史上当过伪军。可是我顶住了他那么多的好话，最后却被他一跪就勇气崩溃。

今天，对于当时该不该放过他我已经不再困惑，那个杀人的地主分子只不过是偷了一捧辣椒，而我这个长辈只不过偷了八穗高粱，那真是一个荒唐的年代。令我困惑的是为什么我会在他一跪之间顿时崩溃？从形体上来说，一个人跪与站之别只不过是高度上差了半截，从方式上来说只不过是双脚接触地和双膝接触地的区别，为什么我对他那么多哀求的好话都无动于衷却在一跪之间顿时意志崩溃？这值得人类文化学家和心理学家好好地研究。

去年，我那位长辈邻居死了，他活了九十一岁。或许是他那一跪改变了我们俩的命运？我从东北回故乡见过他数次，我都装作没看见过去了，我知道他一定不会忘记那凄风苦雨中昏暗的一幕，不会忘记为了八穗高粱给一个孩子下跪的耻辱。我也从来没有跟任何人提起过此事，从来没有。因为我拿不准在那种情形下被人给跪下是一种荣耀还是一种耻辱。

慈禧太后和英国女王

　　活了一百多岁的英国女王去世了，全世界的人都纪念哀悼。慈禧太后去世一百多年了，至今都被人们讽刺咒骂。一个留给后世的是白发如银慈祥仁爱的老奶奶形象；一个留给后世的是愚蠢又阴险的老妖婆的形象；一个死后哀荣备至，一个死后暴尸荒野。同是显贵一世的女人，是什么原因造成了如此大的反差？难道真的是因为一个生性慈祥宽厚，一个狠毒愚蠢？我相信这位英国女王确实是一个坚强博爱的伟大女性，否则不可能深得英国民众的爱戴。我也相信慈禧太后确实是一个奸诈狠毒的女人，她囚禁了锐意改革的光绪皇帝，屠杀了那么多的革命志士，还把珍妃投到井里给淹死……可以说是死有余辜。是什么造就了这两个同样权倾一世的女人这种性格上的巨大反差？是地理上的差异吗？

　　我最近读了一个英国人写的回忆录，他说慈禧这个女人很聪明，而且很爱学习，六十岁还学英语呢。她也在一定程度上进行过革新，兴办学校，鼓励实业。他还说慈禧很有幽默感。难道这英国人说的是实话吗？对于把珍妃投井的事儿，一个老太监是这样说的——当时清廷决定逃跑，全部离开北京，只有珍妃硬是不服从，坚决不走，要留在北京，慈禧认为万一她给洋人糟蹋了，这不是丧尽大清祖宗的脸面吗？于是下令把她扔到井里去。这故事听起来仍旧是非常残酷，但以慈禧当时的地位这么办好像也有她一定的道理了。

查了下资料，慈禧出生那年，马克思已经十七岁。这叫我吃了一惊，在我的印象里慈禧是一个年代久远的封建残渣余孽，而马克思却是一个活生生的现代人。不能相信她比马克思要年轻得多。这就是说，远在慈禧降生的时候，欧洲那边已经发生过文艺复兴运动，法国已经发生了资产阶级革命，而马克思已经在英国推行他的共产主义思想了。到英女王登基时，整个不列颠都沐浴在资产阶级民主的阳光里，人文主义春风到处荡漾。所以英国女王的进步思想不难理解了，她要想回到慈禧那样的封建独裁统治也是不可能了。

而当时的中国仍旧是吾皇万岁万万岁，长城内外大江南北到处飘荡着的是黑暗的封建独裁统治阴魂。不要相信今天电视剧里那样吹捧清朝的皇帝们，好像他们个个都勤政爱民英明仁慈，都是老百姓的大救星。事实上从他们靠刀枪杀得尸横遍野夺取天下那时起，从来就没有放下过杀人刀，先是为夺取皇位兄弟自相残杀，后来即使权力不再受到挑战之后，又大兴文字狱，仅仅为一句话、为一个字都要杀上数百人。在刀光剑影里出生的慈禧，靠杀掉她那些位高权重的叔叔大爷登上王位的慈禧，满身血污的慈禧，你怎么能指望她有半点儿仁慈？

不同的文化氛围造就了两个不同的女人，这是历史的必然，是我们中国的悲哀。

惯坏了的人类

　　农村来的打工妹说，等俺有钱了，油糕蘸糖吃，要蘸红糖蘸红糖，要蘸白糖蘸白糖，豆浆要两碗，喝一碗，倒一碗！

　　她的最高理想就是"油糕蘸糖吃"。其实，在我年轻的时候，这么高的理想，想也不敢想。我曾经发过誓，只要天天有地瓜吃，我就一辈子什么也不想了。那是我在吃了几个月的草根之后，偶然吃到了一个地瓜，我给那种难以形容的香甜一下震住了。我当时在心里暗暗地许了这么个愿。一辈子都忘不了。当然后来天天有地瓜吃了，再后来，天天有玉米大饼子吃了，我不敢说是我奋斗的结果，因为别人也都这样了，这是社会在进步，托国家的福。可以说，在党的领导下，我已经超额地实现了自己的远大理想。今天，不仅仅是能天天吃上大饼子，馒头也能天天吃了。"油糕蘸糖吃"也不在话下。

　　这是一个在公共汽车里反复播放的笑话，里面不乏嘲讽的意味。可见在吃的这方面，中国人几十年的变化可以说是天翻地覆。精彩之处在最后两句，要两碗豆浆，喝一碗，倒一碗。为什么要喝一碗倒掉一碗呢？典型的小人得志的心态。她从来没有奢侈浪费过，她要倒掉一碗豆浆，狠狠地浪费一把！

人类基本的生存需求也不过如此。可是人类又天生有一种喝一碗再倒掉一碗的天性。比方说，一块一口就能吃掉的月饼，偏要千层万裹，包装得金碧辉煌，其实吃完就成垃圾。浪费掉的远比吃到肚子里的价值高得多。大家都喝过易拉罐饮料吧？你知道制造商是怎么计算成本的吗？饮料成本四成，包装六成。也就是说你喝一罐饮料，只有四成是喝到肚子里去的，那六成是扔掉的。到市场上买一棵白菜，手提着就可以拿到家，可是总要装到一个塑料袋里，到家就扔掉。扔掉就扔掉，这些多余的塑料袋又到处飘扬，成了有名的白色污染，铺天盖地，甚至深山老林里也不能幸免。给我们当导游的西安女孩儿，家庭并不富裕，没有父亲，只靠母亲把她拉扯大，很让人同情，可是她吃馍——也就是馒头，总要扔掉一部分。我给她指出来，她说，她就有这毛病，总是信不着自己，洗多少遍手也觉得不干净。手指接触的那部分从来不吃。

　　以上是微不足道的小浪费，大的浪费更是让你"匪夷所思"。一个外县的城建局长充其量也就是个科级干部，但他每次到省城里办事，不管是公事还是私事，总要驱车数百公里坐那台 4500 丰田大吉普车来，为了把他这一百多斤运送到省城要驱动好几吨重的一个大机器，还要外搭上一个人。本来他是可以乘上火车睡上一夜就到的，可他就是要这样无谓地浪费一把。光是过桥费就远远地超过他的车票钱。

　　有一天早晨我从一个宾馆下楼按了电梯按钮，电梯上来了，在电梯里只有我一个人，我发觉自己很可笑。下五层楼对我来说是举腿之劳，可是我却把这个好几吨重的大家伙吊了上来放下去，我这不足六十公斤，消耗的能量是我徒步下去的数百倍，更可笑的是我要下楼去跑步啊。

　　有一次我替一个编辑约了王安忆一篇小说，稿子打印在一份校样的背面。这个编辑说，这么大个作家连稿纸都买不起？当时我一看却十分感动，她是舍不得浪费这么好的纸。现在每年不知多少万吨的纸都是在浪费，大量的印刷垃圾充斥在各个角落。每一个政府部门每月都要印刷大量的什么报告总结之类的材料，其实有很多都是连看都没有人看的，发下去也就被随手扔进纸篓里了，还有那些印制精美的广告满世界都是。造纸技术越来越发达，印刷机器越来越迅速，它们每天以惊人的速度在转动着，吞食大量的纸张。纸是什么？纸就是木材，就是森林。人类把大片的森林砍伐倒，锯成木材，打成木浆，再把木浆制成纸，而这些纸就瞬间被一批批做成了垃圾。王安忆的文章可以打印在纸的背面上，而那些文字不通的小秘书的文章却要打印在精美的新纸上。几天就要用麻袋往外装。

那个亿万富姐总是出毛病，被人追着骂，可是很多年前有一则消息让我很感动，据说她到哪里吃饭都是在包里自备一双筷子，她不用那种一次性的卫生筷。一次性的卫生筷发明在日本，可是日本人从来不用他们本国的木材，很多年前我就知道中国有许多专门做出口卫生筷的木材加工厂，也就是把我们的森林卖给日本人去消耗。中国现在几乎所有的饭店都在用一次性卫生筷，连那些小吃摊也不例外。我们一边投入资金在搞绿化，一边却每天要"吃"掉十几亩森林。

人类正在穷凶极恶地掠夺大自然，石油、煤炭、森林、草原，还有野生动物。美国人好像最提倡保护生态环境，可是这个世界上的人类如果都像美国人那样人均弄那么多汽车，恐怕地球都给辗烂了。

上帝给了人类超凡的智慧，人类在这个地球上几乎可以为所欲为。人类已经给惯坏了，无节制地消耗自然资源。森林消失，土地沙化，江河污染，空气污染，浩瀚的大海竟也能给污染。人类疯了。据说，上帝要毁灭一个人，就先让他疯狂。是上帝让我们疯狂的吗？他真的要毁灭我们吗？

神圣的后院

　　孔子故居被皇帝封为"大成至圣先师"，受历代帝王们前来朝拜千年不衰，对东方文化的巨大影响都称得上绝无仅有。孔府、孔庙、孔林里件件都有来历，在这块土地上每走一步都能感觉到历史的久远。每一块砖，每一片瓦，每一棵树，都浸透着神圣的气息。

　　在这里，在曲阜，这孔子的故居里，历史的年轮被完整地保存下来。在这块历经数千年不变的空间里不仅一切都经得起检验，而且还可以为别的历史做证。

　　我参观孔府的时候天气阴冷，加上里面全是灰砖黑瓦，光线就显得特别阴暗，这就更加重了这座古老建筑的肃穆庄严，历史的厚重深沉地压在了人的心上。我把手放在一棵柏树粗糙开裂的树干上，久久地抚摸着，这棵柏树虬枝盘根形状怪异，它被人用铁板箍了三道，否则就有可能裂成碎片。在它的一侧立着一根水泥柱，用来支持这倾斜的树干，如果撤掉它立刻就轰然倒下。但是当我仰起头向上看时，在它的上头仍然有着翠绿的一蓬枝叶。它还活着，无可争议地活着，这个数千年的生命。存活在地球上的生命除了树，别的任何生命都是望尘莫及。历经数千年的风雨沧桑，它仍然在呼吸，在生长，在享受着日月精华。这不是树，这是生命的精灵，我恨不能跪倒在地对它膜拜，这是多么伟大的生命啊。在孔林、孔府、孔庙，这样的千年古柏到处都有。在孔子的故居，每一寸土地都是神圣的。

指着嵌在院墙上的一个石槽，女导游向我们发问，大家能猜出这是干什么的吗？这是一个嵌进墙壁里的花岗岩打凿的石槽，距地面高出一米左右，突出墙壁约三十公分，也就是一半在墙里，一半在墙外。石槽的边缘都给磨得很光滑，这说明当年是经常使用的东西。但，这是干什么用的呢？没有人能猜得出，女导游告诉大家，这是一个供水槽，里面就是孔府内院，外面的男人是不能进入的，那时又没有自来水，只能用人担水，担水的男人就把水倒进石槽里流进内院，用水的女人就在里面接。这戒备森严为的就是防范外面的男人和孔府里的女性接触。孔府里"男女授受不亲"的实物就摆在这里，你还有什么可说的？转进院里，女导游让我们从石槽探头向外看，什么也看不见。水的通道设计成一个直角拐弯儿，水能流进，目光却不能穿过。这是防止外面的男人和内院的妇女有目光交流。不仅是男女授受不亲，连目光的交流也在禁止之列。导游还让我们把手伸进输水口里试一试，结果我们发现那水道连手都伸不进去。难道他们当初设计时连男女通过水口拉手都想到了？戒备森严到如此程度，监狱也不过如此。这就是历代衍圣公们居住的地方。这就是"仁、义、礼、智、信"的发源地。

再看石槽上给磨损得深深凹下去的缺口，正是水滴石穿哪。"半部论语治天下"，孔圣人要以自己的思想学说在世界上建立一个礼仪之邦，而在他的家里却要以一个石槽来维系礼义秩序。千年的府第尊严，万世师表的礼义道德，原来是这般脆弱。

生命之美

那天早晨，在弟弟家，一位邻居进屋对弟弟说，使一使猪。弟弟正在吃饭，挥了挥手，那人就走了出去。我没在意他们是什么意思，一会儿当我走出去时，在院子里我看到了惊心动魄的一幕。弟弟养的那头公猪硕大的身体正竖立起来，跨在一头母猪的身上。这是冬天，早晨八点钟了太阳刚刚升起来，院子里满是太阳金色的光辉。公猪那银色的鬃毛一根根涂上一层金红色，它那白里透红的皮肤在金色的阳光里闪烁着蓬勃的生机。那头母猪低着头，一副温柔的神态，一动也不动。在那一瞬间，我被一种雄伟的美感震撼了。我从来没有发现猪会如此之美，我也没有在任何摄影、雕塑和绘画中见过这种场景。

那位农民守在一旁十分欣喜地看着这对交配的牲畜。我掉头走开，但心在咚咚直跳。我忽然想到了雄伟、雄壮这类的词语，这些词语大约就是在这种场景启发下产生的。雄性之美只有在如此情况下才表现得淋漓尽致。这是一种生命之美，是美的极致。公猪强大的生命力让我感到了一种让人崇敬的壮美。弟弟的这头公猪具有强大的生命力，它一年就能创造数百甚至上千个生命。在我们这个星球上还有什么比创造生命更重要更伟大的行为？

花木在什么时候最美？毫无疑问，当然是在开花的时候。花朵之美就是因为它的花蕊里正在孕育着生命。大自然中所有的生物在它们孕育生命的那一刻都会显示出它们的极致之美。母狗发情时油亮的毛皮，鸟儿求偶时的舞蹈，少女春心萌动时脸上的红晕，都是一种生命之美。甚至毒蛇们在交配时的纠缠在一起，也会显示出无比的优美。我真佩服《动物世界》的制作者们，他们在播放蛇的交配过程时配上了一首优美的钢琴曲，非常动人。

"断臂的维纳斯"为什么美？有人说它展示了一种圣洁之美，有人说它表现了一种神秘之美，有人说那是一种残缺之美，种种不已。归根到底一句话：是她那宽大的骨盆可以给胎儿提供一个足够的生育空间；她那坚挺的乳房可以提供婴儿足够的乳汁，她健壮！除此之外，还有什么呢？它是一种生命之美。它能够孕育健康的生命，断臂不断臂都在其次了。

失恋的少女能够为她失去的爱情唱出优美的歌声，而一个百万富翁绝不可能为他失去的百万金钱而歌唱。相比较来说，那个百万富翁失去百万金钱的痛苦绝不会比那个少女失去爱情的痛苦轻。他为什么就不能歌唱呢？这是因为，爱情是生命的孕育的前奏曲，而金钱却不是。

为什么人会觉得曲线要比直线美？也因为大自然中所有的生命都以曲线呈现的，而直线完全是人为的。你不可能在大自然中找到一根真正的直线。现代科学证明连光线都是弯曲的。

在那金色的冬天的早晨，我为什么要突然掉头走开而不能像那位农民那样在那里坦然地欣赏那幅生命之美？我只是那么慌里慌张地瞥了一眼，赶紧逃离，过后还心有余悸。我认真地反思了，因为我已经不是农民了，我是一个文人了，一个有知识有身份的人了。一个作家在那里看猪交配，成什么体统！这就是文化的作用。逃走归逃走，但是那幅场景却永久地印在我的脑袋里。

文化是人类的进步，但是，文化也有时会残酷地屠戮一些美好的天性。你不能不承认女人缠脚也是一种文化现象。可以想一想，那些八九岁、十几岁的女孩子幼嫩的天足该是多么优美啊。可是文化偏偏要残酷地把它们摧残成畸形。现在回过头来，我们可以发现那些被人类文化摧残成的畸形小脚是多么丑陋，甚至可以说是肮脏。可是当年那些男人却赞扬说是美。

文化犯下的罪孽比女人缠足更为严重的是对生殖行为的丑化。这种人类最基本的行为被丑化成了一种不洁，一种人世间最肮脏的行为。丑陋、肮脏、罪恶的意识已经深深地根植于人类的灵魂中，所有文明的人类无一幸免，已经数千年。真的是从夏娃偷吃了"善恶之树"上的果子开始的吗？如果那是一个神话，那么又是从什么时候开始的？当时人类是一种什么心态？

这种文化的罪大恶极在于它使全人类人人都在心灵深处蒙上了一层肮脏的污垢和挥之不去的罪恶感。因为再傻的人，也不可能不知道，也不得不承认他是从那种肮脏的罪恶的行为和那种肮脏的罪恶的地方生育出来的。

坦然地面对生命之美，恐怕我们人类再也不能坦然地享受了。除非全人类都回到了蒙昧时期。但是它不能被消灭，它在时时吸引着我们，从幽禁的地下放射出强烈的光芒。

懦弱者的自白

今年是龙年，龙的形象铺天盖地而来。在电视屏幕上，在报刊上，在儿童玩具上，在商店门面上，甚至在吃的食品上，到处都有龙那张牙舞爪的样子。用"张牙舞爪"这成语来形容龙是最恰当不过的，我怀疑这成语就是由它而来的。

我是一个很懦弱的人，从小就胆小没出息，第一次见到龙的模样就给吓破了胆。好像那是在一座寺庙里，本来那里面就阴森得可怕，一到它出现在我面前时，我尿了一裤子。直到今天，我见了龙仍然心有余悸。永远张着那血盆大口，永远瞪着那暴突的眼珠子，还有那尖利的大爪子，叫人如何不害怕？我觉得世界上没有比龙的形象更可怕的了。也许，对于强者来说，龙的形象象征着力量和权威，它是强者的化身，是无所不用其极的化身。它的口大得不能再大，它的爪子尖利得像钢铁做的大钩子，刺穿人的胸膛抓出人的心脏毫不费力，它的牙齿利剑一样，切断人的脖子咬碎人的脑袋如同儿戏。它的背鳍都如锋利的钢刀一样峥嵘。对强者来说，它就是最理想的化身，他们恨不得摇身一变就地成为一条龙。

稍大，我从书上知道了龙是代表皇帝的，如皇帝穿的衣裳叫龙袍，皇帝坐的凳子叫龙墩，皇帝睡的床叫龙床，皇帝的眼睛叫龙目，皇帝的脸叫龙颜——龙颜大怒，皇帝的心叫龙心——龙心大悦，皇帝的儿子叫龙子，皇帝的孙子叫龙孙。龙就是皇帝，皇帝就是龙。皇帝是真龙天子，在世界上只有皇帝才是真龙，别的都是假的。总之，龙和咱们老百姓一点儿关系也没有。唯一和老百姓在游戏上可以沾点儿边的是元宵节舞龙灯，但咱们只能作为龙的腿跟着跑，半步不能出格儿，不用动脑子，甚至可以是瞎子，只要会跑就行，那正是龙所需要的。

最早出现的龙其实和蛇并没有什么区别，我在高句丽国王的墓室里见到过一条龙。那是一幅壁画，它和一个乌龟纠缠在一起，是一条地地道道的蛇，没有角，没有背鳍，没有牙齿，口也不大，甚至连爪子都没生出来。这证明在唐代龙就归帝王所有了。到今天我们所看到的如此武装到牙齿的龙完全是皇帝们一代一代培养出来的。他们梦见自己的脑袋上渐渐生出角来，脊梁上噌噌地向外长钢刀一样锋利的背鳍，手指和脚趾一用力，变成像铁钩子一样能置人于死地的利爪，口也越张越大……于是他们就能虎视眈眈地俯视着天下百姓黎民。

我的爷爷和中国最后那条真龙——宣统皇帝溥仪是同年生人。我从来没听他说过我是什么龙的子孙。他倒是向我说过许多龙不能和咱们老百姓有联系的故事。甚至某某大臣因为影壁上画了一条龙给满门抄斩，某某丞相因家里搜出一件带有龙饰的衣裳给砍了头，这些大人物都不能跟龙沾上边儿，我们老百姓不是更不可以吗?《聊斋》里讲了一个宰相家傻儿子闹着玩儿穿上了纸糊的龙袍差点儿给抄斩。我最早见到的那龙据说原是明朝大臣张尔丰家的，他偷偷在家里弄了那么一条龙塑像，不料给人告到京城，皇帝大怒要派人下来查办，张尔丰得到了消息，连夜让人在家里塑起了一些神像，把家变成一座庙宇，这才逃脱了灭门之灾。

看着满大街飞舞着的龙，我感到奇怪，什么时候我们都变成了龙的子孙？是从那个台湾歌手来大陆唱那首歌儿起？他唱"我们都是龙的传人"，一呼百应，一时间长城内外大江上下都在唱"我们都是龙的传人"了。一个个惊喜地发现自己一夜之间变成龙的子孙。谁如果不说他是龙的传人那就是中华民族的罪人。然而作为一个懦弱的人，龙的形象总让我感到恐怖。我怎么会成为这个怪物的子孙？它那么厉害怎么会要我这个无用的东西做子孙？

龙啊，新千年里您老人家能不能笑一笑，不再那么总是恶狠狠的？龙啊，既然我们都是您老人家的子孙了，请您善待我们啊。

飞行的石头

　　我问儿子，一块被抛出的石头如果有思想的话，它会怎样想？儿子笑道，你别来唬我，这句话是这样说的，如果一块被抛出的石头有思想的话，它会认为它是在按自己的意志飞行。我说，对了，你其实在很多时候也是一块被抛出的石头，却总自以为是。

　　儿子对我们这一代人很是看不起，他从网上看到，20 世纪 50 年代的《人民日报》曾经报道过某地亩产十万斤小麦的新闻，他说那时期中国人的智商都有问题。其实，如果他生在那个时代，他也会同样地对小麦亩产十万斤不提出异议，人的思想是很难超越他那个时代的。许多事情的发生，在时过境迁之后，都会觉得不可思议，比方说当年女人的缠脚，现在来看就觉得奇怪，不可理解。不说女人们遭受的巨大痛苦，单把一双天足给摧残成那个样子真是又丑陋又肮脏，竟然会觉得美，这就不可理解。我母亲那一代妇女都是缠脚的，我一点儿也不陌生。把全部的脚趾都折断之后，脚背的骨头也折断了，畸形的不单是丑陋，简直让人感到恐怖。为了保持那种畸形，很少放开，包得严严实实，很少洗脚，那脚就变得腥臭肮脏，可当时的男人们就是欣赏。当年的人文环境把人天生的审美感觉都改变了。从这个意义上来说，每个人都是一块为时空所抛出的石头，却都在扬扬自得地以为是在按照自己的意志飞行。

时空决定人的思想意识的例子比比皆是，如一个女孩儿，未婚丈夫死了，尽管一次没见过面，她却决定一辈子不再嫁人。在今天看来，那是一个脑子有毛病的傻瓜，然而古代就认为是贞节。如果她因此而寻死，就会成为皇上都要颁旨表彰的社会楷模。

用不着去嘲笑过去的人们，今天我们同样正在做着让未来人们感到不可思议的傻事。

有人说过一句极端的话，人是一种用屁股思索的动物。看似荒唐，其实很有道理，这是说每个人所处的地位，对人的思想的制约。比方说，前些年挤公共汽车是大家每天必须面对的生活，当你在车下的时候心里想的是车上的人为什么就不能赶快向里挤一下让我上去？而当你一步跨进车门的时候，这数公分的距离就立刻把你的思想给完全颠覆了，你会想，司机快关门开车，下面的人不要挤了，有下一趟车。

人的屁股决定脑袋，这几乎是一个真理。儿子常常感叹说，现阶段中国人的素质根本就不适于民主。原因其实很简单，他现在屁股坐在领导着一百多人的小头目的位置上。如果他将来领导一千人呢？他会认为中国人的素质永远也不适于民主。所以，我对那些领导着成千上万人的领导干部还能提倡民主，是由衷地佩服。如果一个领导着上亿人的领导者还提倡民主，那他实在是一个伟大得不能再伟大的人了。

把自己身上绑满炸弹，去把那些素不相识、无冤无仇的女人和孩子连同自己一块儿炸死，在古代看来这也完全是疯子的行为，但这样的事情在今天仍在不断地发生，而那些人也显然不是疯子。在某些方面，我们人类其实并没有多少进步，仍然处在一个屁股决定思想的时期。

当然，在任何一个时期，也从来不缺乏反叛者，他们反抗当时的愚昧，按照自己的意志行事。但如果认真地考察每一个人，就会发现这与他们的心理结构有很大的关系。也就是他们的基因决定了他们与众不同的行为。

二十多年前美国人发明了一种专门治疗妇女购物癖的药物，我记得很清楚，我当时正在扬州开一个会，从一家商店的电视上看到的这个消息，这样一件看似很平常的新闻，对我的震动却非常之大。从那时起，我就对人类的理性产生了怀疑。你想，购物，无论如何也是一系列的理性行为，怎么可以凭一种药物就能改变人的思想呢？购物，首先要准备购物的款项，然后要去商店，在商店里还要反复挑选，选中自己决定要买的商品之后还要讨价还价，之后就是付款，这一系列的行为绝不可能是一时的情绪冲动，而是经过大脑缜密的思维来行动的，这些完全理性的行为怎么可以通过服用一种白色的化学粉末儿就能改变呢？这种"物质变精神"过程也太简单、太直截了当了！我甚至觉得说不定将来会发明一种药物可以改变人的宗教信仰，服药之前是真虔诚的基督教徒，服上一种药物立刻就变成另外的教徒了。如果这样，人类还有什么理性可言？理性如此之不可靠，我们每个人在认定一件事情的时候都应该对自己的判断加以质疑。

一块被抛出的石头仍旧认为是在按照自己的意志飞行而扬扬自得，它永远也不会明白自己的轨道是被时空所决定了的。

鲁迅小说里的细节

鲁迅小说《孔乙己》有一个细节，孔乙己给打折了腿之后，坐在一个蒲团上用手走到了咸亨酒店，两手满是泥。一般人对这个细节不会太在意，我却记得牢牢的，因为我是先见到这种实际的情形，而后读到小说里这个细节的，"不谋而合"。我记得是上初中，新课文照例是由语文老师先读一遍，当我们的女老师在上面读的时候，我在下面也认真地看着课文。当她读到《孔乙己》这一细节的时候，我给惊呆了。盯着书，眼前一片模糊，几乎不敢相信这段文字，在我的脑海里出现了完全相同的一幕。

那是在 1958 年的秋天，天气已经很冷了，我在公共食堂排队打饭的时候，就像咸亨酒店的那个小伙计一样，忽然听到来自地下的一声哀求，低头一看，是我们家的邻居老太太王大嬷嬷，她如孔乙己一样，坐在一个蒲团上，蒲团是用一根布条儿挂在脖子上（这点与鲁迅小说里的孔乙己不同，他是用草绳挂在脖子上的）。她求我给她把那个泥盆递进食堂窗口里去。就如那个小伙计看到的一样，两手满是泥。她也是用手走来的。当然她不是被人打折了腿，她是被公社的牛给顶倒摔折的。她家里只有一个老伴儿，偏偏那老头子又瘫在炕上。当时村里所有的人都必须吃公共食堂，家里的锅都砸烂大炼钢铁去了，她就只能用手走着到公共食堂来打饭。人都说孩子最有同情心，其实那错了，孩子有时最没有同情心，我当时很厌恶，虽然我们是最近的邻居。那时候全国大炼钢铁，人民意气风发，到处红旗飘扬，我觉得她是有意弄出个可怜相来。今天来想，她是实在没有办法。

在读到鲁迅这篇小说的这一细节的时候，离那个很冷的秋天已经过去四年了，我忽然把那件事回忆得一清二楚。那情景跟小说里竟然是一模一样。我简直大吃了一惊。

腿折了用手走路，必须是这个人穷得连根拐杖都置不起——用拐杖比用手要强十倍。他没有亲人，否则用不着他出外，而坐在蒲团上这一巧合，就是因为没有比蒲团更合适的用具。断了的腿当你用手走路的时候，它不但不能起辅助作用，而且成了累赘，拖在地下显然不行，必须把它吊起来。如果你用一块破布兜起来不行，布没有刚度，太软，而且也容易磨破。用木板也不好，太硬，而且不是那么容易给拴住吊起来的。显然，蒲团最合适。所以，当一个人折了腿而又必须外出时，他只有用手走，也只有用蒲团，这是最佳选择。

这就是大师，他的小说每一个细节都经得起推敲。

如果是一般作者，当他写到孔乙己被打折了腿又出现在咸亨酒店的时候，一定是在地下爬着去的，这是最容易想到的，而且这样更容易引起同情。我们在许多电视剧里都看到类似的场景，一个断了腿的人在地下爬着，身后拖着一道痕迹。实际上，如果你当真断了腿，你爬一下就会发现，这是最不可取的。速度太慢。如果到咸亨酒店有两千米，足够孔乙己爬上一天的。如果是一个高明的作者，他会写孔乙己简单地用一根草绳把腿给挂在脖子上，不是爬而是用手走，这样就快多了。如果他能想到在下面垫上一个蒲团他就是大师了。大师和一般作家之差就是一个蒲团的差别。就是因为孔乙己下面有了这样一个蒲团，于是在将近一百年之后，在北方一个小镇，一个和当年咸亨酒店小伙计差不多的孩子，看到了一模一样的一幕。当他读到这篇小说的时候，他感到了惊心动魄的震动。

千秋功罪说大清

又读了一篇歌颂乾隆的文章。古今中外，从来没有像今天这样多歌颂皇帝的文艺作品。从小说到散文，从电视剧到电影，从戏曲到话剧。电影、电视剧已经有了歌颂秦始皇的，歌颂汉武帝的，歌颂唐明皇的，歌颂康熙和雍正的。歌颂大清皇帝的文章已经从努尔哈赤写到了顺治，从康熙到雍正到乾隆到道光，他们无一不是文韬武略盖世英才。例如说乾隆，他多才多艺，诗词曲赋书法绘画音乐都有很深的造诣。他才华奔放又头脑清晰，理智与情感在他身上达到了近乎完美的统一，他为人极其理智，反应灵敏，处理问题果断迅速。他做事极有条理，不躁不乱，很有涵养。他懂五种语言，身体素质极佳，运动天赋突出。他为人刚毅极能吃苦，他每天天不亮就起床处理政务。他每天工作十二小时以上。俗语说人无完人，这不就是一个完人吗？世界上可能有如此完美的人吗？这不但是一个完美的人，简直就是一个神人了。电视剧已经从努尔哈赤拍到了康熙，从雍正拍到了乾隆，还要继续往下拍。据说鸦片战争时的道光皇帝也是一个性格坚毅、成熟稳重、智勇双全的人，而且是历史上最节俭的皇帝。当然也要拍电视剧了。只不知道如何处理鸦片战争这件事。

所有歌颂皇帝的文字和影视，依靠的都只能是史书的记载。因为大家谁也没有当皇帝的经历，连见也未从见过。史书是如何写出来的，我想大家不会不知道。史书所记载的如某年大旱饿死多少人，我相信是真的，史书上记载皇帝的道德功绩，我一概认为要大打折扣。因为我有这经验，如1958年"大跃进"包括红头文件在内的所有报刊书籍，所记载的钢产量、粮食产量都不可信。我甚至亲耳听到过我们的村长在千人大会上说他用土高炉一夜炼出了二十吨钢。当事人的亲口证词，这都具有法律效应，不比史书记载的真实？再比如"文革"中的中央红头文件所记载的那些叛徒内奸的罪行也都不可靠。你怎么能知道乾隆的史官所有的记载没有水分？即使皇帝亲口说的也未必可信，他金口玉牙那是杀人，说杀谁就杀谁。说到他自己，他未必不信口开河自吹自擂胡说八道。如学者们所引用的康熙的一段话："朕自幼至今已用鸟枪弓矢获虎一百五十三只，熊十二只，豹二十五只，猞二十只，麋鹿十四只，狼九十六只，野猪一百三十三只，哨获之鹿已数百，其余围场内随便射诸兽不胜记。朕于一日之内射兔三百一十八只，若庸常人毕世亦不能及此一日之数也。"今天的学者们以此来证明康熙的超人武艺。其实这不过是康熙信口开河胡说八道而已，而且自吹自擂得并不高明。首先他获虎的数目太多，而别的种类太少。虎处于生物链中的最顶端，自然界中数目永远极少。除非贵为天子的他不屑于射熊，否则不可能在获虎一百五十三只的同时仅获熊十二只。可是他又射兔子。二十年前，鄂伦春族八十三岁的老乌对我说，他的爷爷曾经捕获过一只虎，他的父亲一只也没有捕到过，他本人呢？他不好意思地笑笑说，只捕获过两只梅花鹿。他一辈子打的全是些野猪、熊、狍子之类的，不计其数。老乌的爷爷肯定武艺比不过康熙，但他是专业猎人啊。在打猎这方面康熙再厉害也是一个业余的。一个业余猎手与一个专业猎手是不可同日而语的，而且时间也不允许，他除了打虎还要处理国家大事呀，他怎么能打到一百五十多只

113

虎呢？只有一种体面的解释，那就是他被部下们给糊弄了，千军万马大家一拥而上，把不是他打的也说成是他打的了。否则就是他金口玉牙胡说八道。至于他说在一日之内射兔三百一十八只，那肯定是在养兔场里了，在野外一天你见都不可能见到三百只兔子。"若庸常人毕世不能及此一日之数也"，这可是自吹自擂得过火了。

说说大话，人之常情，可惜的是后人却当成金科玉律引用了。

乾隆一生写诗四万一千八百首。我想这可是真的了，可惜的是我一首都没有读过。

说他扩建了圆明园，重修了大内三海，重修了北京城，这不是他亲自动手干的吧？能都记到他的账上？

至于在他的治下中国人口由原来的一亿增加到两亿多，我相信这也是真的，但这也能都算到他个人的账上吧？孩子是他爹妈生出来的，仅仅是他杀戮得少而已。这问题很复杂，好比院子里的一棵树，它长大了，主人并没有施肥也没有浇水，仅仅是没有砍杀它而已，你说这是主人的功劳吗？你不说是他的功劳，可是如果他一斧砍了不就没有这棵树了吗？新时期以来，改革开放最大的成绩莫过于农村的分田到户，我一直以为这是中央某个领导的创造发明，最近看电视才知道那是一些农民自发地搞起来的。他们像地下党那样秘密串联，按手印，宣誓，只是我们没有扼杀它而已。那么是这些农民发明的吗？好像也不是，数千年以来，农民种地不都是一家一户地种吗？仅仅是到了人民公社时期才强行弄到一起种。换一个角度看，仅仅是倒退一下而已。

人民就是这样，好比是大自然，只要你不妨碍它，它会自己生长的。它长得好，算到你账上可以，不算到你的账上也可以。

大清厉害不厉害？当然厉害了，要不怎么能夺得大明的天下？可是，也只能说是它比大明厉害罢了。当时的大明是个什么东西呢？

清朝出了这么多出类拔萃的好皇帝，可惜中国就是从清朝二百年才远远地落后于西方国家的，后来竟然连一个小小的倭寇都打不过了。它万万没想到在它灭亡了八九十年之后，又颂歌迭起。怎么说帝制也是不科学的，皇帝一人能力再大也不可能比两个人的能力大，但他犯了傻，一个人干出的傻事却是一百个傻子都干不出来的。

感激春天

春天到了。讴歌春天的诗词文章车载斗量，但能表达我对春天如此感激之情的却没有。春天带给文人墨客的是"春来江水绿如蓝"的诗意，带给当年我们这些农村孩子的却是生机，我说的"生机"是生存的机遇。

十三岁的我像一只羊趴在地下，狼吞虎咽地吃着野菜，一边豪气冲天地心里想道：想饿死我？没门儿！度过了饥饿漫长的冬天，这就是春天给我的信心。当时我正吃的是一种叫荠菜的野菜，一到春天这种瘦小的野菜遍地都是，它们很小，一棵也只有几克重，但味道鲜美。不用炒，煮都不用，就那样趴在地下挖出来抖掉泥土就可塞进嘴里吃。十三岁的少年，只要给他一线生机他就会充满不可一世的气概。

母亲说过，她孩子时也是每年春天都要吃树叶和野菜过日子的。这就是说，我们家这根生命线，不知有多少次眼看就要断掉了，只因春天及时到来，又给接续上了。事实上，大部分中国人的生命就是这么延续下来的。从历史上来看，我们这个有着号称五千年文明的古国，仅有最近大约三十年敢说不再有饿死人的历史。

春天可吃的东西实在太多了，苦菜、荠菜、曲毛菜、马齿苋，今天上山看见一种开着紫色小花的野菜，忽然想起它的味道，面乎乎的很不错，只是怎么也记不起它的名字了，罪过，罪过。还有众多可吃的树叶，柳树叶、杨树叶、榆树叶，特别是那种榆钱儿放锅里蒸熟了吃简直就是面包，但很少能有人吃到，我只吃过那么一点儿，终生难忘。柳树叶子也很好吃，那些新发的嫩叶泡水里淘去苦味儿煮熟就行了，如果能蘸上大酱那就更是鲜美得能撑死人。你要注意找那种冬天给砍了枝干的柳树，那冒出来的新芽又肥又壮，枝条和叶子都能吃。你捋吃了之后，用不了多少天它就会重新再长出来，你可以再捋吃。春天的慷慨大方真是无以复加。杨树叶子不太好吃。

成千上万的生灵都对春天充满了感激，只不过它们不会写文章罢了。比方说麻雀，如果你用心观察，会发觉春天的麻雀比去年秋天减少了一半，那一半都在冬天里冻饿而死了。还有那些老牛，它们牙口不行了，嚼不动坚硬的干草了，勉强地活着，主人还指望着它春耕呢，它就那么走着走着忽然倒地，再也站不起来了。距春天只有一步之遥。至于那亿万只虫子，能爬出土的都是春天给予它们的生命，大部分都在冬天里冻饿而死。

我的一个伙伴，眼看就要摸到春天的大门槛儿了，结果却没能坚持住。那年村领导每家每户都发一张表格，是浅蓝色的纸，上面标明各种干草和干树叶所含的营养成分，指导大家进行食用。我记得很清楚，其中洋槐树叶子含的蛋白质最高，而茅草根含的淀粉最高。但干的洋槐树叶子根本就不能吃。茅草根倒是可以吃，甜丝丝的。干草的高营养价值确凿无疑，这有牛羊在那儿证明着，但人为什么就不行呢？多年后，我的儿子上大学了，恰好学的是畜牧，我向他请教这个一直困惑我的问题。儿子告诉我说，牛马的胃里有能分解草的细菌，而人的胃里没有，所以人不能吃草。原来如此。当年如果能发明一种办法把分解干草的细菌移植进人的胃里就解决大问题了。

我炒了把荠菜给孙子吃，并告诉他，自己是孩子时经常吃这东西过日子。不料孙子一尝大声说，爷爷，好东西都让你们当年给吃掉了！

送给盲人的红玫瑰

在病房里，我问史占学，现在你的眼前是一种什么样的感觉？他在煤矿井下给炮崩瞎了双眼，瞎得很彻底，不仅眼球，眼睛的轮廓都没有了。他说，伙计，眼前是一片墨黑儿墨黑儿的呀。

我心里掠过一丝诧异，你眼睛都没了怎么还会感觉到黑呢？人们总是说"失明的人面对的是永远黑暗的世界"，过去我一直认为这是一种谬误，既然已经失明了就不会再有什么黑白之分。可是史占学现在就说他眼前是一片墨黑。这是怎么回事？

我把一束玫瑰花送到他手上说，我给你带来一把玫瑰花。他小心翼翼地抚摸着说，真鲜嫩呀，是刚开放吧？我说，当然。他又问，是什么颜色的？我说，红的。他激动起来，说，真漂亮，真好看啊！声音都颤抖了。此时此刻，一蓬火红的玫瑰在他的脑海里轰然怒放。

给盲人送鲜花，我这个荒唐的行为竟然做对了。但我忽然产生了一个疑问，如果史占学是一个先天性的盲人他会激动吗？他会知道什么是玫瑰花吗？他根本连什么是红色都不可能知道。这样一想，我感到了震动。我从小到大，直到今天的一种思维模式动摇了，我总是认为这个世界上，一个东西它在那儿我们才能感觉到它在，它是完全不依赖于我们

119

的意识，结结实实地存在。用哲学术语就是：物质是第一性的，是完全不依靠人的意识而客观存在的，而我们的精神意识是客观物质在我们头脑中的反映。我从小受到的教育和我生活着的社会普遍就是这样认为的。我们现代的中国人对此不仅仅是坚信不移，而且已经渗入到血液中，成了一种思维习惯。对唯心主义那一套嗤之以鼻，一个苹果放在盘子里你闭上眼睛不去看它它就不存在了吗？可是这一捧送给盲人的红玫瑰忽然动摇了这一信念。

如果我的伙计史占学不是一个半路失明的人，而是一个先天性的盲人，他对玫瑰花是一种什么样的概念？他对一切的鲜花是一种什么概念？他根本就不会知道什么是鲜花。在他的意识中所谓的鲜花不过是植物生出的一种有些特殊的叶子而已，它们形状特别，而且特别鲜嫩，很快会败落，有的还会有一种好闻的气味儿。我想，这就是他对鲜花的全部认识了。假设史占学是一个先天性的盲人，我既然送来了一把红玫瑰，我就必须先让他感知什么是红色。我会给他讲，所谓的红色就是血液的颜色、火的颜色，初升的太阳也是红色的。然而史占学会因此就知道什么是红色吗？他会问，我们的血是什么颜色？火是什么颜色？初升的太阳我也没见过是什么颜色呀。很显然，我用什么方法也无法让史占学明白什么是红色。甚至连颜色这个概念，在先天性的盲人那里也不曾存在过。这样一来，我知道了我们一般人根本就不可能让盲人知道什么是红色，也就更无从让他感知什么是红玫瑰了。

在这里令人吃惊地发现，红玫瑰这一存在首要的条件是人必须有对红玫瑰的视知觉，起码要有颜色的意识，如果没有这种意识，红玫瑰就不可能存在。也就是说它不是一种客观存在。对先天性的盲人来说，我们所认识的所有鲜花都是无法存在的。如果全世界的人都是色盲的话，世界上的一切就没有颜色了，也就没有五彩缤纷的鲜花了。我们经典的

120

说法是人的精神意识是客观事物在头脑中的反映，现在却颠倒了，红玫瑰这一"客观存在"的事物成了依赖人的感觉而存在的了。

在那一瞬间，史占学脑袋里一束红色的玫瑰花开放了，可以不可以这样说？我送来的这把红玫瑰对于后天失明的史占学来说，是依赖于史占学过去的记忆而重现在他脑海里的，而不是现实中放在他手中的这把红玫瑰而存在的？而我为他买来的这束玫瑰花实际上对他来说已经不存在了？

更有甚者，中国有位古人王阳明说过："在我未观花时，我与花俱寂；我观花时，花与我一时明白起来。"他的意思就是在他没看这朵花时，他与这花都还不是一个真实的存在，只有当他来看这花时，这朵花才真正出现在这个时空之中。

真唱与假唱

　　很多人都在呼吁要对假唱立法打击。假药能吃死人，假酒能喝死人，对这些制假都枪毙也应该，而对假唱者却不能这么说了。假唱不应该，但是对假唱如此义愤填膺的人却也是神经不正常。

　　与一位朋友在饭店里吃饭，要的是手擀面。吃完时，朋友伸头向厨房里一看，回头对我说，大师傅一点儿没流汗，我们上当受骗了，不是手擀的。那天很热，如果大师傅用手擀肯定会汗流浃背。没错儿，是机器压的。这位朋友嘟嘟囔囔一直不痛快。我劝他说，只要味道一样，你管他机器压的还是人擀的。他说，那不一样，他没流汗！我说，这就怪了，你吃的是面又不是他的汗。

　　痛恨歌手假唱的人其实也有点儿这种情绪。人花钱不是要听好听的歌吗？你不是要看他的表演吗？你听到了，看到了，享受了，是不是他在真唱和是不是假唱就那么难以忍受吗？依我想，唱歌儿不是手擀面，用不了多少力气也流不了多少汗，只要歌手能唱得如磁带一样好，他不会怜惜这点儿力气的。他所以假唱大约是因为他太累了，或是感冒了，演出时达不到录音那么好的效果，所以就假唱了。说到底还是为观众听到一定水平的歌儿，而那些痛恨假唱的人我想也不会是因为没听到好歌

122

儿愤怒的。他是为他的钱，他花了钱而没有看到演员"流汗"。他要的是汗，而非歌声。

事实上，你在所有晚会上听到的唱，都是假唱，当歌手把麦克往嘴边一送，就是在告诉你他开始假唱了。因为你所听到的歌声不是真正他的声带发出来的，而是音响里的纸盆发出来的。进一步讲就是你感觉到的空气的振动不是歌手的声带的作用，歌手的声带绝对没有这么大的能量，而是电的能量带动的纸盆。我想这种常识人人都会知道。如果你真想听歌手的真唱，那只有请他到家里，让他嘴对着你的耳朵唱。

轮到我们自己，其实我们都喜欢假唱而不喜欢真唱。比方说你到卡拉 OK 去唱歌，音响设备最低也给你的声音加上了混音，让你的歌声听上去更洪亮，更余音缭绕。还有一些更高级的现代技术让你的歌声更优美，让你听起来更得意。你这不是自欺欺人吗？

京剧爱好者们都知道，现在电视台播放的京剧节目有一半儿都是假唱，那就是冠冕堂皇的"音配像"。就是把已经故去的演员们的录音和现在演员们的表演合成。我相信这些只表演的演员一定不情愿假唱，更愿意把自己的声音放到磁盘上，而非那些老唱片上的声音。因为，即使那些去世的名角儿真的唱得比自己好，当时的录音设备也达不到现在的水平。可他们不得不忍受，而且还觉得荣幸，因为那些人名气大呀。特别是有些年轻的演员虽然名气没故去的名角儿大，但唱得绝对比他们好，可是他们只能哑巴似的在那儿表演，不允许在磁盘上发出声音来。我都替他们觉得这是一种痛苦。

现在大家都在声讨假唱，我们不妨设想一下，把它反过来，所有演唱都要像京剧的音配像那样假唱，谁也不准发出自己的声音来，那么这种假唱将会变成一种可怕的惩罚。

杜鹃杜鹃

小时候学的课本上说杜鹃是益鸟。当年我们把鸟儿分为两类：一类是益鸟，如燕子、杜鹃等，因为它们吃害虫，要保护；一类是害鸟，如麻雀、乌鸦等，因为它们吃粮食，坚决要消灭。麻雀和苍蝇、老鼠、跳蚤给列入必须消灭的"四害"中。要保护的益鸟中，对于燕子，确实觉得它们善良温柔，很可爱，而同样列为益鸟的杜鹃，总觉得不是那么让人舒服。它们太霸道。

杜鹃自己不哺育后代，而是把卵下在别的鸟儿的巢里，让它们代为孵化。幼鸟出壳之后，还要代为哺育。偏偏它们的雏鸟儿又特别大，比哺育它们的鸟儿大得多。我记得课本上有一幅图画，一只小鸟儿站在巢边，把一只辛辛苦苦捉来的虫子送到杜鹃幼雏的口里，而这只被哺育的杜鹃幼雏比那只小鸟儿足足大出好几倍，相比之下简直是一个巨无霸。我恨这杜鹃的狡诈，又恨哺育者太傻，怎么会连是不是自己的孩子都认不出！

有一年我孤身一人，在东北的深山里开荒种地。夜里，常常听见有杜鹃绕着我的草棚子悲鸣。它叫着王哥哥、王哥哥……据说是两个挖参的小伙子在山林里迷了路，一个饿死了，一个还在拼命地满山喊着找他，最后都死在了山里，变成了杜鹃鸟儿。我当时就觉得自己像这鸟儿一样，也同样是孤身一个在这荒山里谋生存。那声音很悲凉，我听着听着就流下泪来。

后来又从什么书上看到杜鹃原来是一个四川叫杜宇的不得志的国王的灵魂变的。因此也就渐渐忘记了杜鹃过去的那种恶行，在感情上原谅了它们。原来它们也有这么悲惨的身世。不料前天看了一个电视片《迁徙的鸟儿》，对杜鹃的恶行又记了起来，而且比以前更甚。很简单的一个画面，一只幼鸟正把一枚还没孵化出来的卵奋力地推出巢去。几乎是一闪而过，但让我感到了一种巨大的震撼。这只杜鹃幼鸟也是刚刚孵化出来，肉乎乎的一根羽毛都还没长出来，眼睛都还没睁开呢。但是它就那么闭着眼睛，努力地把那枚同样是一个生命的卵向巢的边沿挤、推，直到把这可怜的毫无知觉的卵推下去摔碎。这种阴险的谋杀让人不能不毛骨悚然。不但霸占了别人的巢穴，让别人哺育自己，竟然还要谋杀人家的后代！这真是人间少有的罪恶。

谋杀进行得并不是很容易，谋杀者也是刚出壳儿，全身光秃秃的，它不能用翅膀把卵推出去，只能用它的脊背，用光溜溜的背去推那枚同样光溜溜的卵，不是件容易事。它拼上全力，一次次失败，一次次重新努力，终于成功了，我似乎听到了啪的一声，那枚卵，也就是这个巢穴里未来的小主人，给摔碎了。谋杀成功。在那一瞬间，我觉得这小东西丑陋极了，凶恶极了，简直就是一个丑恶的化身。这个丑恶的小精灵让人觉得可怕，是一个小魔鬼。

让人不能不深思的是，它是从哪里得知必须进行这种谋杀的？它刚刚出生啊。从达尔文的物竞天择理论来看，这应该说是一种生存的智慧。可这种智慧是从哪里来的？就是训练一个刚出生的婴儿也难以达到啊。

对一些不能解释的动物的行为，我们往往就会说是一种本能，但杜鹃的这种行为绝不像小羊天生见了老虎就知道害怕的那种本能，这是一种非常复杂的足智多谋的行为。我们不能不得出这样的结论：在大自然的一切行为中，是有一种大的意志存在的，冥冥之中，一切事件都在它的支配下运转。这种周密、这种深思熟虑都不可能仅仅是偶然。

竹子和小麦

作为一个长期生活在东北地区的人，一进入繁茂碧绿的竹林难免有些兴奋。我指着这一株株高大粗壮的毛竹说，知道吗？这是和小麦同一科目的植物。从大家诧异的目光里我看出他们都难以相信。的确，这么高达几丈粗有碗口的植物怎么能和那种纤细矮小的庄稼是同一科目？而且，众所周知，小麦是一岁枯荣，年年播种，竹子却是冬夏常青的多年生植物。还有，人们几乎天天都在吃小麦磨出的面粉，你吃过竹子磨的面粉吗？

有些知识就是这样的，你偶尔翻一翻书看到一点儿新奇的事情，就足以让你到处炫耀一阵子的。小麦和竹子是同类植物，我是从一个比利时作家梅特林克的书上看到的，他也是偶尔提到的，但是他对自然界广博的知识让我不能不深信不疑。

仔细看一下，竹子尽管它跟树木一样高大，而且多年生，但还是有些根本上的不同的，如：它的茎没有所有树木那样的木质部分，也没有树皮，不像树木那样有主根。它中空有节，它的根是须根，这倒是和小麦一样。据梅特林克的观点，小麦原来是和竹子一样的多年生植物，也从来不结籽。只是因为气候变了，有了严寒的冬季，而这种竹子同类的植物却是终年常青不耐寒的，为了生存，它们就想出了一个办法，把生命结成果实，保存起来，越过冬天之后到来年春天再重新发芽生长。于是我们就有了吃的面粉，有了面包有了馒头有了面条有了饺子有了……总之，它们未从想到为了自身的生存竟然让我们人类得利了。

以上观点用达尔文的进化论完全解释得通，当气候变得寒冷的时候，一些竹子不能适应气候就渐渐给冻死了，而其中有一种植株非常小的却生长出了果实，度过了寒冷的冬季生存了下来。这就是小麦。"物竞天择"嘛。但是接下来，梅特林克又说，如果把小麦播种到赤道附近没有四季的炎热地区，小麦又会不再结籽，重新回到四季常青植株长年不死的状态。这让我大为惊异，我打电话问农业大学毕业的儿子，他表示怀疑，不能吧？我问他，你所在的广州种不种小麦？他说，没看到。广州还仅仅是接近热带的地区，海南岛种不种小麦？如果他们种的话，那么那些真正在赤道地区的新加坡、印度尼西亚、刚果、厄瓜尔、巴西种不种小麦？如若他们都不种小麦，那么这事就非同小可！这不仅仅是有没有面粉吃的问题，这还是一个进化论都难以解释得清的问题。你想，一粒小麦种到了赤道地区，突然，它不再结籽了，而且长生不死，这一定是它的本质发生了变化，这种变化是进化得来的吗？有一种理论认为，世界上的任何事物都是从量变到质变的，那么这种由一年生植物变成多年生植物，由结籽的庄稼变成颗粒不收的野草，由麦子变成"竹子"的变化算得上是质变了吧？可是经过什么量变呢？

竹影萧萧，麦浪金黄，大自然的奥秘是我们人类所永远不能穷尽的。迄今为止，我们所有的真理都只能是一定程度上的真理。那种"放之四海而皆准"的说法无异于痴人说梦。

胶树的刺

　　非洲有一种胶树叫阿拉伯胶树，从电视上看也不像是那种橡胶树。这种胶树的枝干上长满了刺，刺的作用是用来保护树叶，对付那些吃树叶的动物的。这些刺又长又尖锐，大约大象的皮也能刺穿。如果说这是这种树千万年长期进化的结果，那么它们能随机应变的本领就不可思议了。那些矮小的树上长的刺远比高大树上的刺长得又长又大而且密集得多——因为它们的叶子比那些高树的叶子被吃的机会多，而且，在同一棵树上越是低矮的树枝长的刺越多，高处的树枝上就相对少一些。这同样是因为低矮的叶子更容易被吃。这种应变能力就很难简单地用进化论来解释了。

　　更有趣的是研究人员做了一个试验，他们把一部分树用铁丝网给圈了起来，让这些树处在一种保护状态中，动物根本就无法吃它们的叶子，奇迹出现了，这些胶树的刺明显地出现了退化。他们把铁丝网外的树刺和铁丝网内的树刺进行比较，这种差别是那样巨大，反映出它们处在保护中的时候绝对不会再浪费力气去生长那种对生命无用的刺了。

　　这些树还在不断地进行着军备竞赛，树与树之间为了不让自己被吃掉过多的叶子就更多地生长刺，这样树林里的树刺就比单独一棵树上的刺长得更多。因为这样那些动物来吃树叶的时候就可能去选择刺比较少的那棵树，当这棵树要保护自己时就必须更多地生长树刺。

　　达尔文的理论是生物进化时是一种随机的状态，也就说它们并没有一个明确的目标，在适应环境时是出现多种形态的，只是这些变化中那种更能适应环境的变化给保存了下来，而那些比较不优秀的物种就给淘汰了，这样就出现了适应环境的物种。这用来解释树要长刺是说得通的，那些没长出妨碍动物吃叶子的树给淘汰了。可是这种理论无法解释树们这种"军备竞赛"，这太复杂了，不是遗传基因所能解决的。那就只能有一个解释了，有意为之。冥冥之中有一个自然意志在支配着，它在深思熟虑之后做出的决定就是解决办法，而且是随时随地解决这个矛盾。

　　看电视的时候我也只为那些尖利的巨刺所吸引，为它们的神奇感到不可思议，现在又想到另一个问题：那些手里拿着卡尺的研究者，他们只是关注胶树的这种变化，至于是什么东西在更深一个层次上支配它们的生理机制来发生这种变化却是不去想的，这就是专业人士的局限了，他们往往只去关心他们那个领域里的问题而不去想一想更深层面上的问题。刺目的阳光，干旱的大沙漠，那些灰白色的可怕的尖刺，认真的研究者，都留在了我的记忆中。

我们这一代

　　我们这一代常常指责我们的下一代缺乏理想，没有奋斗精神，懒惰，浪费……事实上，作为人，我们这一代才是质量最差的一代。文化知识差是大家所公认的，在本该读书学习的年龄去上山下乡了。还有别的方面则很少能有人认识到。

　　缺乏同情心，亲情淡薄。长时间接受着阶级斗争的强化教育，不能不有这种效果。许多令人发指的罪恶，在冠冕堂皇的口号下都成为伟大的行为。一有风吹草动，亲朋好友，甚至父子之间、夫妻之间互相揭发，互相攻击，都属正当行为。

　　贪婪。长时间的贫穷造成了对金钱过度的喜爱，或者说是痴迷。我一个伙计现在每年纯收入都在七八百万元以上，但是他近七十岁了仍旧每天要到那黑暗潮湿空气污浊的矿井下面去忙碌。那生存环境，就是我这个在井下干了近二十年的人觉得待一分钟都是痛苦的熬煎，他这个亿万富翁却能长年"乐此不倦"，让人觉得不可思议。这在外人看来可能是一种勤劳进取的精神，只有我们自己知道，这完全是出于一种对金钱的迷恋。他自己也困惑，感叹道，伙计，你说我这是图什么？还有一个伙计七十多岁了还找了个给工厂打更的差事儿，他身为公司经理的儿子苦着脸说，爸爸，你这是给我丢脸啊！只要能挣钱，我们都是欲罢不能。

道德感差。三年自然灾害期间，正处少年时期的我们这一代，几乎都有过偷盗的行为。当然绝大多数的人都没有成为小偷儿，但这是一种禁忌的突破，这种行为哪怕只发生过一次，都要对我们的终生产生无法估量的影响。人类文明几千年所形成的道德禁忌对我们这一代人来说，在需要的时候突破它并不困难了。

不仅仅在道德方面，三年自然灾害使我的同龄人在身高上都低于任何一代人。我们在十三四岁正长身体的时候却长期吃不饱，三年之后再拼命吃也无济于事了。不用说我们的下一代，就是我们的父辈也普遍比我们长得高。

撒谎。"文革"的大字报大辩论，锻炼了我们这一代，撒谎不再成问题。所谓的"大辩论"是一种彻头彻尾的撒谎大比赛。大家可以用同一条"语录"当武器互相攻击。语言本是一种表达的工具，但在大字报大辩论中这种本质被彻底颠覆。最近，我一个伙计打了人，派出所来调查时，问他，某某控告你打了他，是不是事实？伙计说，什么某某？我不认识有这么个人！他的回答使我大吃一惊，我本以为他会说我并没打过某某之类的话，不料他彻底否定了这个本来是熟人的人的存在。从根本上让事实不存在。他慷慨激昂的样子一下子让我想起了"文革"大辩论时他这个红卫兵小头目的风采。有人说，语言与其说是它在企图表达什么，不如说它是在企图掩盖什么。

当今社会上的很多劣迹，我相信只有靠我们这一代人消失才能消失。好在这已经为时不会太久。

内　敛

　　中国人和外国人在性格上的差异是中国人比较内敛，而外国人比较狂放。即使中国人有手舞足蹈的时候，和外国人也是大有差别，比如莫斯科街头那些跳舞的老人和哈尔滨大街上扭大秧歌的老人的表情大不一样。那些跳舞的俄罗斯老头儿和老太太表情生动丰富，让人看得出他们是从心里快乐，而哈尔滨街头扭大秧歌的老头儿和老太太们大都表情呆板，举手投足间都有一种被迫的感觉。这也许是因为东北大秧歌与俄罗斯民间舞蹈不同，大秧歌要求整齐划一，要求规矩，而俄罗斯民间舞蹈则是自由发挥随兴所致。但哈尔滨的老人们之所以选择了扭秧歌，俄罗斯老人之所以选择了跳舞，这就是两个民族的文化差异了。

　　中国人的这种内敛的特点在汉族人身上表现得尤为突出。我在黑龙江农村时，居住在一个荒凉的山坡上，冬天的早晨，看着山外的农民进山打柴，他们从山脚下的大道赶着马车或牛车走过。天气寒冷，那些朝鲜族人都是站在车上，啊啊地唱着，好像是用唱歌来抵抗严寒，而汉族农民全都蜷屈在车上，尽量地缩紧脖子，一声不响地忍受着寒冷。这现象让我百思不得其解。还有，比方说朝鲜族屯子里青年人结婚，老人们都会跳起舞来欢迎新娘，而汉族村子里结婚，老人们只是招待客人大吃大喝。这虽然说是一种风俗，但更是一种民族性格的差异。为什么会有这种差异呢？

好像古代的中国人不是这样的，比方说我们都熟悉的那首诗，李白乘舟将欲行，忽闻岸上踏歌声……他的朋友汪伦唱着歌走着舞步给他送行来了。尽管李白常常有"白发三千丈"等不着调的夸张，但我相信他这一送别的细节是真实的，而细节，往往比那些改朝换代、战争杀伐更能接近当时人们的生活状态。不过，你设想一下，如果是今天，在码头或车站一个大老爷们儿又跳又唱地送朋友，那不是神经病是什么？

读古诗词的时候，我经常会有这种很诧异的感觉，古代人的生活状态跟我们今天大不一样啊，他们不是像我们今天这样谨小慎微中规中矩唯唯诺诺地生活着呀。不只是老百姓，如曹操横槊赋诗，周瑜醉酒歌舞，作为高级领导都是一种失态吧？

这不能归于是天性上的差别，我觉得我孩子时也并不像现在这样呆头呆脑，也爱说爱笑，也调皮捣蛋，也爱唱歌儿，也会吹笛弹琴。可见小时候我是一个很活泼的孩子，也就是很张扬。我的爷爷常责备我话太多，不稳重，他在临终时还让人带口信给我，说我脑子够用，但聪明外露。他老人家一直为我的外向性格担心。他不知道那时远在东北的孙子早已经变得老实听话，规规矩矩，再也不多说多笑，更不再唱歌弹琴，一天天正在变得沉默寡言，木头木脑。

我这一辈子是这样活过来的：从来不敢在公众面前发言讲话；从来不敢对领导的话说"不"字；从来不敢在领导面前放声大笑；从来就对陌生人心怀恐惧；从来没喝酒情绪失控过；从来没跳过舞；真的，一次也没有。我就这样呆头呆脑、诚惶诚恐、唯唯诺诺、谨小慎微地过了一辈子。

在农村，公牛一般都是要阉割的。阉割过的公牛老实，听话，只知道干活，再也不想别的。大家都知道，阉牛就是把它的睾丸给割掉。虽然只去掉了那么多余的一小块儿肉，但它从此就会大有改变，再也不会发怒顶人，不会调皮捣蛋，永远失去了那种狂放的生气。有一种阉的手术并不给它割掉，但是更残忍，那叫"捶牛"，就是用两根木棍把牛的卵子夹紧，绳子捆住，然后一下一下往下捶，直到把牛的睾丸给捶得稀烂，完全失去功能。从此牛就不再调皮捣蛋。

回到故乡重见少年时的伙伴，他们感到诧异，觉得我就像什么时候被人给阉割了似的。他们不说我是被阉割了，而是说我一定是被什么人给"处理"过了。让我郁闷的是，被什么人"处理"过了，自己却一点儿也不知道。

外语的歌唱

很多歌手都喜欢用外语歌唱，或是在歌唱中夹上几句外语，尽管他们面对的大多是不懂外语的观众。我想可能是他觉得此时汉语不足以表达他的激情，或是汉语的音节不如外语那么感觉好。这都是无可厚非的。关键是他的外语是否地道。多年前我对一个朋友说起一个语言学习的理论，这个理论认为人学习语言的天赋只有孩子时最佳，也就是十岁以下，过了这个年龄可能一辈子都学不好了。这位朋友当即反对说，这是胡说八道，那些外语学院的学生很多都是二十多岁了才开始学，不一样都讲得呱呱的吗？我一下子哑口无言，觉得这个理论也许是不对的。后来我听那些老外讲汉语，又恍然大悟了。他们的汉语大多数都讲得磕磕绊绊的，但是他们若回国去讲，他的同胞们听起来一定是"呱呱的"。我相信，这些外语学院的大学生在我们这些不懂外语的人听起来是"呱呱的"，而在那种外语的国家一定不是这么回事了。大约就像我们听老外讲汉语一样别扭。当然也有人能讲得很流利，但那是少数的语言天才。

至于用外语唱歌儿，自然就更是这种情况了。我听老外们唱京剧，说句不好听的，真是一种折磨。如果是一个中国戏迷唱成那样子，他打死也不敢上台。就因为他是老外，我们就拼命地给他鼓掌，这当然是一种善意的鼓励，但他不会这样认为，他会以为他唱得很好了。其实，连业余的水平也达不到。比方说一个埃塞俄比亚的黑人朋友在晚会上给我们唱京剧，就是出于礼貌我们也会给他鼓掌。有一天他回到埃塞俄比亚，在某个文娱节目中来上一段中国京剧，黑人同胞们肯定会报以热烈的掌声。这样，他在国内外听到的都是掌声，自然就会认为自己水平很高。中国演员在晚会上用意大利语唱歌儿，大家不懂意大利语会给他鼓掌，如果他到意大利去用意大利语唱，不管地道不地道，观众也会给这个会用意大利语唱歌儿的黄皮肤鼓掌。同样，这中国演员也会在国内外都得到掌声。至于真实的水平如何他自然不会知道。这就是一种永远的"隔墙"，他们几乎没有知道自己真实水平的可能。

有没有不鼓掌的时候呢？就是有，也没关系。比方那黑人朋友在埃塞俄比亚唱京剧没人鼓掌，他会想，可怜，他们不懂汉语，不懂京剧呀。如果在中国咱们不给唱意大利语的演员鼓掌，他自然会想，中国有几个人懂意大利语呀？

监　狱

人们都说监狱是改造犯人的地方，事实上被监狱改造好的犯人却是极少数的。大家都记得那个改造少年犯的电视剧，他们用了一些真的少年犯来当演员，因为这些少年犯演得好，后来就给他们减刑了，放了出来。可是几年后这些少年犯差不多又都给抓进去了。他们演成功了改造好的人物，却没有演成功自身。

当然也有很多从监狱里出来变好了的人，其实那都是一些真正悔罪了的人，即使不蹲监狱也已经悔罪了，并非监狱的作用。

监狱的功能主要还是作为对犯人的惩罚。就是你犯罪了，必须以这种蹲监狱的方式来付出代价，对社会上有犯罪动机的人来说，起一种威慑作用。这种威慑作用也是主要对没有蹲过的人，已经蹲过了的人威慑作用反而不那么大了。他们甚至会觉得不过就那么回事，没什么了不起的。比方说下煤矿，在没下过煤矿的人来说，那是个阴冷、潮湿、空气污浊、危机四伏甚至经常死人的地方，简直比监狱还可怕。可是我在那下面干了十六年，现在回想觉得可怕，当时却很平常。在矿井下面甚至还有人唱歌儿，你不会相信吧？大家说笑话更是经常的事情。

当今世界上最有名的蹲监狱的人当然是曼德拉。他蹲了几十年监狱不但没有"改造好"他，反而使他更坚强。不但没有摧毁他的精神，而且也没有摧毁他的身体。另一个蹲监狱的名人就是甘地了。具有戏剧性的是他没死在监狱里却在当上总理之后被枪杀，如果仍然蹲在监狱里他倒可以不发生这种不幸。

我认识一位20世纪40年代的女作家，她是个为人非常善良又对人态度和蔼的女人。说话总细声细气，一个真正温柔的女人。她总是养一些花花草草的送人，她所在单位的同事几乎没有人家里没有她送的花。有一次我看她正在侍弄一盆花，不小心把花的一柄叶子碰折了，她当时那种痛苦的样子就像是她自己的胳膊折了一样。我对这位女作家感到百思不得其解，她这样一个瘦小、温柔又心地善良的人怎么会蹲监狱呢？监狱把她这样手无缚鸡之力的女人关起来干什么？她是一个"行路恐伤蝼蚁命，爱惜飞蛾纱罩灯"的善人，怎么也会蹲监狱呢？

她蹲过四年国民党的监狱，六年日本人的监狱，八年"四人帮"的监狱！

她的笑容总是那样纯真，简直是个孩子，是从心底里发出来的。十八年监狱竟然没有使她对这个世界产生一丝厌恶一丝恐惧。她又是那么与人为善，总是在关心着别人的冷暖。我每次从她的目光中总是看到，你好吗？夜里睡得好吧？你早饭吃饱了吗？你不冷吗？你心里痛快吧？我几乎怕见到她，面对这样的目光常常让我自惭形秽。她这样的人怎么会蹲十八年监狱？

终于在她退休那年我总算找到答案了。她要去投靠深圳那里的女儿生活了，而她这边的房子自然应该留给哈尔滨的女儿了。可是她不，她一定要上缴给国家。很多同事都劝她，你这边的女儿房子不宽余，还是给她住吧。甚至单位领导也告诉她按国家政策，房子并不一定要上缴。但她就是坚决要上缴。她说，这是国家给我的待遇，她没有权利享受。

我知道她蹲监狱的原因了：一是她太善良，对不平的事抑制不住总要表示态度；二是过于执着，她认定的事情绝不改变。就这两条注定了她会总蹲监狱。

监狱就是这样一个奇怪的地方。

人在战乱中

　　北京，1995 年，七十六岁的山田久雄脱离日中友好访问团，独自一人登上了飞往牡丹江的客机。他的同伴们这时还在等飞回日本的国际航班。他在牡丹江下了飞机又在当地部门的安排下由一名翻译陪同，乘一辆小汽车往东宁县进发。作为二战时期的关东军士兵，他当年曾经在东宁要塞驻扎过，更为重要的是他十七岁的弟弟就战死在了东宁。汽车飞驰，望着车窗外一掠而过的山野，山田久雄如在梦中。时光已经过了五十年。

　　1995 年我正在东宁县挂职。我被委派招待这位日本人。他的个子比我还要矮小，好像只有一米六，但人很精神，头发花白了，身手矫健。他说他原是日本开拓团的农民，在佳木斯那边种地，主要是种稻子。战争后期，兵源缺少，他就和弟弟被征兵了。那年他十八岁，他弟弟只有十六岁。他在东宁要塞驻扎过，是第一国境守备队的炮兵。番号是七七七部队，驻守第四处，在勾玉山服役，驻守四〇九高地，使用的是四寸口径的步兵炮。最让我惊叹的是他还能记得当年的碉堡号码，是八一九号。

　　他用中文说出"郭林船口""三股流儿"这几个地名。这是当年绥芬河上的渡口。一年后，当南方战线吃紧的时候，他就被调到了南方。从此和他弟弟分离，再也没能见面。1945年8月13日，苏联红军进攻的第四天弟弟就被打死了，而他在中国的南方做了俘虏。他说，如果当年他没调走，仍旧留在东宁，他也当然要被打死在这里。守在要塞里的军队当时已经和上级失去了联系，根本不知道日本天皇已经宣布投降。他们仍旧在抵抗，结果全部被歼灭于地下工事里。他说，这次来东宁恐怕是最后一次了，已经七十六岁了。他一来是为了看看自己当年当过兵的地方，二来是凭吊弟弟的亡灵。弟弟的尸骨抛在了何处不知道，还是一个只有十七岁的孩子。

对于那场战争，他沉重地低下了花白的脑袋，他说，我对不起中国人民，我有罪。

过去我早就听说过许多日本老兵表示对中国悔罪的事情，有的跪在了卢沟桥上，有的跪在南京城，今天我是亲眼见到了。他流下了眼泪，可以说是一张脸上老泪纵横。这是悔恨的泪水。我无言，我不知道在那场战争中他应该负有多大的责任。

那是我第一次接受一个人的忏悔，真诚的忏悔，而且是一个老人。又过去十年了，他那老泪横流的样子仍旧在眼前，恐怕那也是我今生接受的唯一的忏悔了。我想不出在这个世界上还有什么人会对我忏悔。并且我检视自己，我这一生恐怕也没有什么事情会让我对着一个人流下悔恨的泪水了。山田久雄本是一个种稻子的农民，是战争强行把他拉到队伍里来。特别是他的弟弟，那年仅仅是一个十六岁的孩子，他能为战争负多大责任？他付出的却是生命的代价。人在战乱中就如同一根草屑被卷进了漩涡中，完全是身不由己的。战争就好比一台巨大的机器，当它轰鸣着转动起来时，作为这台机器上的每一个螺丝钉都要不由自主地跟着一起滚动。

也许有吧？我不曾听说过有德国老兵到俄罗斯去表示过悔罪，倒是他们的一位总理跪倒在了大屠杀纪念碑前。与此相反的是，日本的首相数次跪倒在被国际法庭判罪处死的战犯亡灵面前。这种差异让人百思不得其解。我特地向人请教过，有人对我说：这是东西方文化的差异。在西方文化中，皇帝在上帝面前是与普通人一样的子民，皇帝从来不具有超人的神性，因此他们要为自己犯下的罪行负责。所以，德国民众没有把战争责任承担在自己身上，他们认为是国家元首把他们拉入战争的，他们要严厉地追究发动战争的希特勒等人的责任。而东方文化中，皇帝总是被神化了的，他永远是圣明的，无须对他的过失负责，作为战争领导人之一的日本天皇在战后仍然受到日本人的尊崇。

我对这方面的知识甚少，但我也能感觉到东方文化中的一些值得怀疑之处。例如我看到杭州西湖岳飞坟前跪着的秦桧，心里就想，他怎么能杀得了兵马大元帅岳飞呢？区区一个宰相。在此跪着的分明应该是下令杀岳飞的那个南宋皇帝赵构。赵构在位时当然没人能奈何得了他，而在他死后已经历几朝几代了，仍然不认为他有罪，而把杀岳飞的罪魁祸首定为秦桧，让他一跪跪到 21 世纪，而且还拉上他的老婆来陪绑，这可真就是一种文化现象了。

敬畏年轻

　　我的一个伙计现在承包一个煤矿，自己当上矿长了，月进百万。他有一次对我说，他决定把一个调皮捣蛋的矿工开除，这个矿工临走时说了句让他魂飞魄散的话。他说，这家伙扛着行李走出门又回头对他说，矿长，我斗不过你，可是你活不过我。当时我就闷住了，半天说不出一句话来，你想想，可不是，他今年才二十四岁，我已经六十四岁了，再过二十年我变成灰了，人家还活蹦乱跳地活在这个世界上呢。

　　我拍着腿大笑，我告诉他，我是早就有这想法了。就是看到大街上那些灰头土脸汗流浃背的民工从我身边走过，看着那些向我讨小钱的蓬首垢面的小孩子我也常常心里产生一种敬畏的感觉。他们的生命正年轻，这是你无论如何也不能不感到自己不如的。

　　据说那个全国有名的巨贪对一个采访者说，我现在最羡慕的人是他。采访者顺他的手指看去，院子里有一个清洁工正在扫地。曾经身居高官的他，过去的威风和荣耀一去不复返了，他的生命已经屈指可数，在这个时候他看透了生命的真正意义。

　　我们看那些出大力气辛苦工作的人，看那些没有钱的人都会觉得他们活得太苦了，其实，在他们并不会总觉得苦，如果那样他们就活不下去了。他们也有他们的快乐，甚至比我们这些坐在办公室里的人活得更快乐。我记得当年我从矿井下爬上来见阳光时那份心情比现在得到什么都要高兴。当然，要我回到那种生活中是绝对不行了。人是被环境铸造成的，我已经被铸造成了现在这样生活的人，当然是无法再回去了。

一位亿万富翁颤颤巍巍地从小车上走下来，前呼后拥，令所有看到的年轻人都要产生一种敬畏，其实，我们应该像那个矿工那样才对——你比我有钱，但是你活不过我！多么气壮山河！对那些高官也应该抱有这样一个态度——你比我官大，但你活不过我。

在公共汽车上每当有年轻人给我让座，我心里就产生一种说不出的感觉。对方当然是一种好意，我却难以接受，而且心里常常想，比试比试，我干什么也不会比你差啊。也许过不了多久我就会习惯人们这样对我了，到时候如果有年轻人不给我让座我还会说他没礼貌呢。

敬老，是一种美德，但更是一种怜悯，你活不了几天了，我要照顾你一下。但是人就是这样的一种习性，当成为习惯时，他就不会这样想了，成了理所应当。特别是那些有权力的人，不仅仅是把这种敬畏当成理所应当，而且往往会认为年轻人所以尊敬他乃是因为他比年轻人聪明，有能力。有一位老科学家非常聪明，他说人年老了其实并不是值得尊敬的，比方说那些院士，当他给评上院士的时候大都是没有什么作为了，往往在他有成果的时候不怎么被人重视，因为他年轻。

年轻人敬老是一种美德，但我们作为老年人千万要头脑清醒，不能以老自居，更不要觉得自己比他们聪明，比他们正确。

现在不称同志，称先生了。我被人称先生心里很舒服，扬扬自得。可是，"先生"则先死这是自然规律啊。有什么值得高兴的？

沉重的母爱

　　对于母爱的沉重我是前几年就感觉到的。一位与丈夫离婚的年轻母亲，对她的儿子那份爱让人看了感到可怕，她的目光时时不离开那孩子，只要儿子在家，她就不让那孩子离开半步。那男孩儿已经十多岁了，他的一举一动都在她的监督之下，唯恐有一丝一毫的失误。这男孩儿对母亲这种无微不至的关怀非常苦恼。其实对任何一个人的关怀真的"无微不至"都是受不了的。这位离异女人知道她的这种爱太过分了，但她控制不了自己。她无法把自己的目光从儿子身上离开一时一刻，无法把自己的心从儿子身上放下一时一刻，总觉得儿子只要一离开她就会发生危险。失去了丈夫之后，儿子就是她的一切，是她的生命，是她生活的全部。为了儿子能出国读书，不懂一句英语的她费尽心机办了出国手续到美国打工。她从美国给我来信说，只要有一天能把儿子办到美国读书，她就是累死也甘心。我相信她最终能达到目的，她是个非常执着的人，有一种拼命精神，但同时也为这个儿子担忧，这孩子将要一生都背负着沉重的精神负担。

　　中央电视台正在播放电视剧《嫂娘》，曾经让我感动得流泪，但流过之后却非常不舒服，特别是那么多跪地相抱痛哭的场面甚至流血的场面都给人一种残酷的感觉，而这残酷的原因主要是张敏给自己定的目标太高，达不到，自然付出代价太高。她要把丈夫的五个弟妹全都培养成大学生，这对今天的一般中产家庭都是难以做到的，更别说一个农村妇女。她硬要做到，于是就出现了许多令人感动的悲惨故事。张敏出于一种责任感，要把五个弟妹都培养成人，这是让人敬佩的，可是只有上大学才算成人吗？她出于一种强烈的母爱，又把自己的意志强加于人，当有一个弟弟不想念书，她甚至不惜动用拳头。非如此不可吗？

她有一种顽强的意志，顽强得令人可怕。弟弟们在她的这种母爱感动之下，为了实现这个目标去卖血，饿得昏过去，甚至偷盗。她以对自己的摧残使得弟妹们在她面前下跪，哀求她珍惜自己。为了给她买营养品，一个弟弟甚至于给痛打他的无赖们下跪，失去一个人最低的尊严。我相信她的弟妹们终生都无法忘记这份耻辱。

张敏为了弟妹们上大学，牺牲了自己的爱情、生活，甚至生命，非如此不可吗？在她看来上大学与当农民是天堂和地狱之差，其实并非那样，生活在底层的人们也可以生活得快乐。我知道生活在底层的人虽然劳累和贫穷但并没有上层人所想的那么可怕，因为我有亲身体验。

张敏的目的达到了，她的五个弟妹都上了大学，她死可以瞑目了。我们可以想象，这五个年轻人都有了好工作，坐在窗明几净的办公室里，结了婚，生了孩子，但这难道就是真正的幸福生活？他们真的因为阿嫂的牺牲而得到了幸福？我相信他们将永远背负着一种愧疚和债务，永远生活在一个阴影下。

职业习惯

　　一个人在一秒钟之内做一个动作，令全世界所瞩目，我想没有人能比得过齐达内了。我很少看足球比赛，但偶然看到了齐达内用脑袋一下子把马特拉齐撞倒在地，不由得哈哈大笑：这是典型的职业习惯！除了足球运动员，任何一种职业的人在那种情况下都会抽对方一个耳光，或是打他一拳，只有足球运动员才会用脑袋。用手是他们的禁忌，这已经成了他们一种在任何情况下的生理反应。

　　人的职业常常会让你不自觉地养成一种特殊的习惯，也许你自己并没有觉察到。如果你参加一个临时拼凑的旅游团，有的人总要盯住你的脚看，这人准是修鞋匠。如果有人每到一处都要喝得醉醺醺的还要大发演讲，这人十有八九是人民的勤务员。如果有人总要毫无礼貌地盯住你的眼睛看，看得你心里发毛，这人大约是干公安的了。如果一个人到哪里总要抓起一把土来端详，不管脏不脏，这人是农民，不信你问问。如果有人下了出租车忽然掏不出车费来，你千万不要认为这人是穷得没车钱，恰恰相反，这人是真正的大款！一来他很少打出租，二来他衣袋里没有带钱的习惯，这些小事总由跟班的打理。如果行进中车辆忽然稍稍不规则地动了一下，第一个从座椅上跳起来的人肯定是挖煤的矿工。他随时都在准备逃生。

我在旅行中就多次出过这样的洋相，全车人都坐着没动，只有我一个人跳了起来。面对着他们一片茫然，我羞愧得无地自容。这是十六年煤矿生涯给我留下的职业习惯。当年它也许是我能手脚俱全爬出煤洞子的保证，今天却是我常出洋相的病态反应。

好像是马克思说的，人是社会关系的总和，那么，人的职业就是你生命的组成部分。也许你还浑然不觉。

楼上的人与笼子里的鸡

楼下有一卖活鸡的，现卖现杀。

每天从鸡场用三轮车装满四五十只鸡，一天卖完，杀完。他手持一柄磨得已很短的尖刀，把称过的鸡拧过翅膀和爪子，往两腿间一夹，一手捏住鸡头一手用刀一抹，顺手丢进一只桶里。待抹了脖子的鸡在桶里扑腾一会儿，拎出来往旁边热水桶里一浸。热水桶下有一煤炉，水总保持在似开不开之间。再拎出来，三把两把就把毛脱干净了。再开膛，掏出下水，装进塑料袋，递给买主。

触动我的是这一宰杀过程完全在那些活鸡面前进行。它们无动于衷地观看着同伴被杀、被脱毛、被开膛。一个个瞪着圆溜溜的眼睛，却不吃惊不慌神儿，不担心下一个即轮到自己被揪出来。"不知生，焉知死"。也许在它们看来这一切皆属正常现象。

叫我惊异的是它们的老实。车斗只有尺把高，上面根本不遮盖，它们却没有一个跳出来过，老老实实地挤在车斗里，也不是不动，动也只在车斗里动。有时一只被挤出来，却又自动跳进去挤在一起，似乎除此之外别无天地。它们在鸡笼里待惯了，外面的世界已经使它们惧怕。

许多年前我参观养鸡场，看到那些密密匝匝养在笼子里的鸡，感叹

150

道，这还能叫作鸡吗？那时我还不知道放它们出来它们也不跑。现在才知道这些鸡已绝对不是鸡了。在农村杀一只鸡首先要出动好几个人捕捉，捉到后它挣扎，大叫，弄得全村的鸡都不得安宁。看到同伴被杀，其他的鸡都惊慌得四散奔逃，咯咯大叫，甚至一夜不敢归宿。

人类的智慧已经使鸡变为非鸡。

人类的智慧同时也正在使自己变为非人。

伊春五营林业局的主人热情地开车拉我们去红松自然保护区看原始大森林。车开到山上，那位南方来的经理硬拉才把他二十岁的儿子拉出吉普车，这小伙子一心想躲在车里戴着耳机子听流行歌曲。他虽然不得不跟我们爬上山，但对展现在眼前的原始大森林特有的风光毫不在意。我们都为这大自然的景色感叹不已，他却弯腰屈背低着头只顾听歌曲。

还有一次是县政府机关组织野游。到一条景色优美的作为界河的小河边，河水清澈见底，哗哗流淌着，中俄两岸的树木几乎要在河面上交汇到一起。但是最年轻的两个小伙子却对此视而不见，他们待在驾驶室里玩扑克，根本不下车。他俩大约不理解我们在这又是树又是河的地方有什么好玩的，而我想象不出两个人的扑克怎么会那么吸引他们。

乡下人看居住在楼房里重重叠叠的城里人就像城里人看生活在笼子里的鸡一样。但是城里人发明了电视机、录音机、电子游戏机、卡拉OK、扑克牌、麻将牌，在屋子里生活得津津有味儿。

我们的后代将越来越把生命消耗在屋子里，山岭河流、树木花草将离他们越来越远。笼子里的鸡只会感到笼子里安逸温暖，绝不会意识到生活的悲惨。同样，生活在屋子里的人也绝不可能意识到远离大自然在屋子里度过一生的悲惨。

人类的智慧可以使自己躲避风霜雨雪一年四季生活在自己制造的空间里，却不能使自己觉察到正在变成鸡。

表弟和狗神

　　表弟来到镇上，说要到小王家庄去，顺便来看看我。我问去小王家庄干什么，他说狗丢了，找狗神去。我说，狗神？狗丢了找狗神？他说，狗神其实名字叫福来，从小爱吃狗肉，专门以偷狗为生，这一带的好狗都被他偷去卖了。我问，你怎么就知道是他偷去了？他说，我那是专为看家花七百块钱买的一条黑盖大狼狗，别人偷不去。这就成笑话了，为防贼养的狗倒被贼偷去。据他说，狗神多厉害的狗都能偷走，多凶的狗见了他哆嗦得连叫都叫不出来。我很想见识见识狗神，决定跟表弟一起去小王家庄。表弟到市场那儿买了两瓶酒提上，我笑他说，见小偷都要送礼啊？他说，不送礼人家不给啊。

　　稀里哗啦的破农用车开到小王家庄的大街上，打听狗神住哪儿，一个老头往前一指说，你看哪家最破哪家就是狗神家。把车停在一家门楼都塌了的院子前，我们走了进去，院子里长满了青草。

　　狗神是一个很不起眼的男人，中等个子，邋里邋遢，一副没睡醒的样子。表弟递上两瓶酒说，伙计，都是支家过日子，不容易，你把我的那狗还给我吧。狗神抬了下眼皮说，我没见你的狗，我什么时候动你家的狗啦？表弟又低声下气地说了一些话，狗神就是说没有。突然啪的一声，狗神的鼻子淌血了，只见他往后一跳叫道，于四，你打人！表弟不出声，跟进一步，狗神像下部受到了一种机械的撞击，捂着裆弯下了腰，脸上冷汗直冒。半天才哼哼道，你打人，你打人。表弟依旧和颜悦色地说，我什么时候打人啦？谁证明？转头向我，你看见我打人了？我说，没看见。狗神说，我报警。表弟把手机递给他说，对，打110。当表弟又把狗神从地下揪起来时，狗神说，行了，行了，四哥，我赔你条狗不行吗？表弟说，不行，福来，我就要我那条，你得给我找回来，找不回来我每天来送酒给你喝，跟你探讨这件事。

几天后他们最终达成了协议，狗神给表弟偷来一只藏獒。交接那天我去表弟家看狗。快天黑时，狗神扛一个麻袋进了院子，打开一看，吓人一跳，这只狗大得像头狮子。但好像狗神身上有一种气味儿，吓得大狗直往后退。狗神把铁链交到表弟手上说，四哥，咱们这可两清了。就在表弟刚把狗链接到手上一拉，那狗呼的一声扑了上来。狗神果然手疾眼快，当头一棒，那大狗惨叫一声倒地，爬起来仍旧愤怒地咆哮着，却不敢对狗神靠近。表弟脸都吓白了，说，这狗我不能要，不能要……狗神说，看你……强行把铁链又塞到表弟手里，说，你只管拉住。

福来的棒子只有二尺来长，但抡起来这一顿暴打，那真叫惨不忍睹，表弟拉住铁链它又挣脱不了，直打得那狗最后连叫都不叫了，他还不住手，像抽打着一团皮毛。他扔掉棒子说，牵一边儿去，保准老老实实。这只藏獒再爬起来时果然像只绵羊了，乖乖的，鬣毛都服服帖帖，威风全然不见。福来说，有不怕打的狗？老虎狮子一样打出来！

我想说，你也一样。

现在，这只藏獒真是对表弟忠心耿耿，而一见了我就凶暴得吓人，全因为我当时没有参与打它。

脸面与屁股

新千年里的中国城市，从南到北都在种树种花栽草坪美化市容。虽然还不能说与发达国家相媲美，与前些年的脏乱的确是大不相同了。就是小县城也颇具此风采，不再是那种灰头土脸的样子。难怪有些外国人到中国来一看，惊呼中国的生态环境大为改观。城市，总是一个国家的脸面。

走在城市的大街上，两旁是茂盛的树木，看看新栽的碧绿的草坪，看看花坛里鲜艳的花朵，心里常常想道，洋人的城市也没有什么了不起嘛，赶上他们也并不如想的那么难。不幸的是我因事从南到北到乡下又去走了一趟，自信心不由得一落千丈。在南方，乡村与乡村之间的距离在急剧缩短，村与村之间那本来就少得可怜的土地上，柏油大道和高速公路吞食了大片农田，能生长庄稼和野草的面积丧失殆尽。从中原大地奔走内蒙古草原，看到的是大面积的草原沙化，即使没有沙化的草地也裸露着地皮，草长得又瘦又矮，别说是风吹草低见牛羊，草连牛的蹄子也盖不住了。东北大平原上被称为大地之肺的湿地正在消失，被开垦成耕地，赖以生存的动物遭到了灭顶之灾。这些平原地带还给人留下想一想的时间，最让人触目惊心的是那些山区和林区。去年夏天雨水大，几场大雨过后，许多山包都给剖开了。水流如利刃般将失去植被的山坡切割得七零八落，一个雨季就冲刷成深达两米的沟壑。站在这崭新的沟前，你才能深刻地体会到植被就是山的皮肤，失去皮的保护就如同被割破的沙袋一样，一触即溃。植被的形成需要千百万年，而破坏它却只要农民开垦成农田种一季庄稼。

我推着自行车沿山根走，一边是光秃秃的山包，一边是白花花的沙石。洪水滚滚而下时，质量轻的腐殖土被冲走，大量的沙石就在平地上沉积下来，大片农田给吞没，变成寸草不生的沙石滩。这是一种双重的破坏，万劫不复的破坏。

在林区，每个林业局都在超量采伐。大家形成上下一条心，只瞒住了上级的检查人员，而这些检查人员也多数是甘愿被欺骗，喝几顿酒，捎上一袋礼物，或者干脆收下装了人民币的一个纸口袋满载而归，根本就不去采伐过的林子里看一看。

在靠近农村的林区，不但原生林已经荡然无存，人工林也开始锐减，前些年有树可伐时，他们还有能力栽树，当没有了原生林可伐了他们就只能采伐人工林以维持生计。我亲眼看见大片的人工林被开垦成耕地，满地的树桩和玉米茬混在一起。惊人之笔在这里，林场把这些土地租给农民耕种，他们来收取地租。很多林场就靠收地租过日子。可想而知，林场会热衷于植树造林吗？

电视有时实在是个坏东西，它每年春天都要把一些领导干部植树的镜头放给大家看，让大家以为中国到处都是绿树成荫。它的镜头从来照不到这些偏僻的山区。机关干部总在大道边植树，以便让人能看到，看不到那不是白植了吗？即使在这样的地方也是种上了不问死活。长途汽车上看到窗外某某报社绿化林，某某局绿化林，而牌子的背后却是光秃秃一片，这简直脸面也不要了。

中国大地上，高楼大厦拔地而起，城市建设日新月异。大量资金潮水般涌入都市，而农田建设却是没有投入，到处都能看到残破的水渠、毁坏的堤坝，道路没人修，当年我骑自行车常跑的田间道路现在却要扛起自行车才能过去。近些年总产量的提高完全依靠大量地投入化肥，超量地提取了地力，使土质严重退化，这样的耕作方式几近于杀鸡取卵。

中国的生态环境正如同一座泥塑神像，大家齐心协力往他脸上涂金抹银，让他看起来面目光鲜金碧辉煌，却不知他的屁股下面正在溃烂坍塌。总有一天他会轰然倒塌，那时大家才会发出一声惊呼。

第 三 辑

我的两位表叔

我的两位表叔是真的亲戚，不是铁梅那样的表叔。他们一位姓杨，一位姓刘。相同之处是两个人都身材高大，都当过兵，都被炮弹炸掉一条腿，都是从大腿那儿没了。不同之处是：杨表叔当的是解放军，腿是被国民党的炮弹炸掉的，因此他是革命荣誉军人；而刘表叔的腿是给日本人的炮弹炸掉的，因为他当的是国民党兵，所以他不但不能是荣誉军人，不打成反革命就够照顾他的了。

在我童年的记忆中，杨表叔待人和蔼可亲。他特别喜欢小孩儿，这可能是因为他家没有孩子的原因。据说我那表婶原是窑姐儿，人很漂亮，但是不能生育。他母亲坚决不让他要，哭着骂道：旺儿啊你要气死我了，娶了那婊子咱家就断子绝孙了！可是表叔不听，腿都没了我还管什么子孙不子孙？还是娶到家了。他们两口子特别喜欢招小孩儿到家里去玩儿。我小时候几乎是天天泡在他们家。表叔常常从衣兜里摸出糖果来给我吃，以至他只要一伸手去摸衣兜我的眼睛就转过去了。当他摸出烟来时让我非常不舒服。

杨表叔本来是一个小地主，土改时斗地主把他关进了监狱。好像是1947年吧，前方吃紧，上面下令，凡关在监狱里面的人如果愿意戴罪

159

立功就可以直接参军当解放军。杨表叔就报名上了前方。不多久就丢了一条腿，残废了。后来上级给他装了一条假腿。大约质量有问题，走起路来咯吱咯吱响。开始我不知道，很奇怪他的腿响我的腿却怎么也弄不响。他说这是功夫。刚安上假腿那天，表叔兴冲冲地走出来，一气儿走了五里路，结果腿给磨破了，痛得回不来了，坐在路旁又哭又骂。从他身上我知道了装假肢最大的困难是你的半截真肢要遭很大的罪。杨表叔是我们镇唯一的一个小照相馆的馆长，但是他不会照相，是政府安排的。

还有，杨表叔仪表堂堂，一些老人向我讲述某个人相貌好时总是说，嗨，那个人就跟杨瘸子似的那副相貌。

刘表叔和杨表叔最大的不同是他人很凶。他凶恶得叫小孩子从不敢接近他。他讨厌小孩子，常常会骂我们：滚开！妈拉巴子的！"妈拉巴子"不是我们那地方的方言，在我们听来是一种洋骂法儿。这是他当国民党军官唯一带回家乡的官话。据说他已经当到营长了。他这副凶相就是我童年最早认识的国民党军的形象。他没有假腿，支着一根拐杖。有一次我也胳膊窝下夹一根棍子，一瘸一拐地对伙伴说道，妈拉个巴子的，滚开！大家哈哈笑。没想到正被他看见，他一下子气得脸都青了，半天才吼出来，妈拉个巴子，你找死啊！

他当然不会有老婆，跟他做伴儿的只有两只羊。有一天他放羊，那时候太阳西斜，阳光照得他的那根拐杖看不见，只剩下一条腿，他看上去就是一个独腿的怪物，高大恐怖。

说起来真不可思议，刘表叔这条腿就是为杨表叔丢的。当年抽壮丁，因为杨表叔家有几十亩地，他们家就摊上一名。那时候抽丁是按土地抽的。杨表叔的母亲舍不得儿子去当兵，就找到刘表叔家……都是亲戚嘛。对刘表叔的母亲说，旺儿当兵家里就没人种地了，俺想叫你家石头去替他当几年，回来时我给他二亩地种。刘表叔家穷，能得二亩地是不容易的，就答应了。可以想象，刘表叔这样的凶人打仗当然是勇敢的，后来竟然当上了营长。可是台儿庄一仗，给日本人打掉了一条腿，回来时就这副样子了。杨表叔家给了他二亩地他也种不了啦。没想到的是后来杨表叔也去当了兵，也给炸掉了一条腿。杨表叔的母亲多次找人给杨表叔算过命，都说，这旺儿本来就是命定只有一条腿了，所以终归是要丢掉一条的。只可惜让刘表叔还搭上了一条腿。

1949年后，国民党跑到台湾去了，把刘表叔丢在了大陆。刘表叔的怨气难消，当然是看着我们小孩子都不顺眼，所以就穷凶极恶。

乡亲们因为他已经是个废人了，所以也不跟他计较，如果不是个废人，你想想，一个国民党的军官，不打他反革命还了得！

这次我回家乡，杨表叔和那和蔼可亲的表婶都没了。倒是刘表叔孤家寡人还活着，已经八十五岁了。我的伙伴问我，你想去看看他？我犹豫了一下，说，算了吧。他那副凶样子仍然令我不快。

父　亲

一个人打倒他的父亲，也就是打倒了他自己。

我犹豫了很长时间才决定写这篇文章。打倒自己就打倒自己吧。如果注定了是要被打倒的，那么就由自己来把自己打倒吧。

最早发觉自己酷似父亲的部分是声音。有几次我遇到高兴的事情嘿嘿笑了起来，笑声戛然而止，因为我突然发觉了这嘿嘿的声音极像父亲的笑声，于是我非常沮丧，再也高兴不起来了。最让我感动的一句歌词是《北国之春》里的一句"家兄酷似老父亲，偶尔相对饮几盅"。也许是上了年纪的关系，去年一位朋友给我照了一张相，我突然在这张相上发现父亲的面容。过去，我一直是认为自己脸上没有一点儿像父亲的。这张相不知道是怎么回事，父亲的神态突然出现在我的照片上了。这张相让我难受了好长时间，就是今天也让我不舒服。我撕掉它也不是，留下也不是。我讨厌自己像父亲的部分，但这又的确是我自己的照片。把这句话说出来吧，我厌恶父亲。

我知道，厌恶父亲的人很多，但在文章中声称厌恶父亲的人还没有。

那天姐姐来到我的办公室里，坐了一会儿，忽然说，你知道吗？咱

162

爹喝药了。我问什么时候,她说,大前天,就在和少明打架的第二天晚上,也就是你回家的第二天晚上。他吃了二十多片安眠药,幸亏发觉得早,找了个车拉到县医院,又抢救过来了。我说,我怎么一点儿不知道?她看着我的脸说,可能是娘不让告诉你。我沉下脸来说,你这不还是告诉我了吗?姐姐说,你连这点儿事儿都承担不起?我恨恨地说,他怎么不死了。

这话,只能是在姐弟之间说,外人谁听了也不会原谅的。当时我像被人在脑袋上打了一棍子,心都在颤抖。我真不愿知道这件事。我知道姐姐是犹豫再三才说出来的,我也理解娘不让告诉我的一片苦心。但我毕竟还是知道了。

无论是谁,都会认为他喝药是为和我弟弟打架,只有我心里知道,大部分还是因为我,那天晚上我斥责了他,历数了他的一生,使他觉得活着没意思了。

因为厌恶父亲,我很少回家,时间久了又想念母亲。那天我回到家里,母亲就向我诉说父亲又半夜里起来骂她,并且用脚踢她。原因是他要钱母亲不给他,不给他是因为他又赌博输了。不一会儿他回家了,我就斥责他,我说,俺娘都已经七十五岁了,不允许你再打她了。弟弟进屋听见了,指着他骂道,你这个老不死的。他抓起鞋底抽在了弟弟脸上,啪的一声很响,弟弟痛急了,尽管我和母亲拼命拉架,弟弟还是在他的脸上打了一个耳光。他从窗台上抓起了一把剪刀,要去刺弟弟,他说要和弟弟拼了,不活了。我和母亲全力夺下。这过程我记得一清二楚。

我无法弄清楚的是,他自杀是要以此来对弟弟进行最后的一次打击呢,还是他忽然悔悟了,不想活了?无论如何,我感受到的是一个沉重的打击。如果他那次死了,对我们全家将是一个一辈子都无法摆脱的伤害。他用他的残缺的刀,在我们每个人的心上都刺了一刀,使我们终生

163

都不能愈合。谢天谢地，他被救活过来了。我非常感激母亲和弟弟，他们使我逃过了一场灾难，而他使我更加厌恶他了，我再也不敢看他的那张脸。

我们全家都挨过他的打，当然是我的母亲挨得最多。你想想吧，七十五岁了还要挨他的拳打脚踢，年轻的时候该是个什么情形？她挨了他一辈子打。我一直引为自豪的是我在很小的时候就敢于反抗他。那天早晨刚吃过饭，不知道为什么，他揪住母亲的头发像拖一只口袋似的把她从院子里拖进了屋里，母亲只小声说，你打吧，你打吧。母亲挨他的打，不仅是从来不敢反抗，连骂一句都不敢。我见了他也从来都是老鼠见了猫一样，但不知怎么回事，那天我突然闯在他和母亲之间，直瞪着他说，不许你打俺娘！他吃了一惊，伸手抓我的时候，我转身跑出去，我在一条很窄的甬道上没命地逃跑，他在后面骂着追。我屁股上书包里的铅笔盒嗒嗒直响。这响声直到今天都在我的耳边不停。那是一个木板做的铅笔盒，形状像一口小小的棺材。它在我的屁股后响起来像梆子似的。那年，我只有九岁左右吧？

二十年后，当我和妻子打架，儿子哭着说，爸爸，你不要打俺妈了。我猛地想起我当年的那一幕。儿子也许是胆小，也许是他不恨我，他没有像我当年瞪着父亲那样，狠狠地瞪着我，他是哭着恳求我。但，给我的震动也够大的了。大约是从那以后，我们打架很少动手了。

在我们这个年龄的人，小时候不挨父亲打的是很少的，但都不会记仇，在今天说起来，都像讲笑话儿一样讲述当年自己挨打的狼狈相。我憎恨父亲是他因为赌钱而打母亲。开始，母亲还为他去还债，不是赌债，他为了赌钱而去借钱，他撒谎说是干别的用，向邻居和亲戚借钱。借了钱自然没有的还，人家就向我母亲说，母亲就把钱还上，她不好意思不还。我后来对母亲说，不要给他还。只要你还，他就永远能够借到，你就永远也还不完。我对父亲说，我应该供给你吃，供你穿，供你治病吃药，但我不能供给你赌钱，而且我也供不起你赌钱。我不知道这话有多少对的成分。他一年如果敞开赌到底需要多少钱，我不知道。据说他不是打麻将，而是打骰子。那种赌是输赢很快的。

一个人开始对儿子撒谎那就完了，什么威信也荡然无存了。他否认他赌，否认他输，我总是被他说得哑口无言，而且我也愿意他说的是实话。可是谎言不能经得住时间的洗刷。在农村，冬天无事干，赌博的人很多，几乎已经是公开的，但大多数的人仅是玩玩儿，输赢也不大。父亲的那一伙儿却是不折不扣的赌徒，有的已经庄稼也不种了。他们都很年轻。自然父亲就输多赢少了。他对母亲说要买玉米养猪，拿走钱却总不见玉米。冬天了，他说要去买一车煤，一块煤也没有买回来，钱也没了。母亲对他总是要上当，一次次。当母亲不上当时，他就打，就骂。母亲像防贼一样防他，把钱藏起来。他翻箱倒柜地找，找不到就骂。身边就是贼，母亲提心吊胆，只好把几千块钱交给姐姐保存。

一个父亲是无法对儿子承认错误的。他没有勇气承认他的赌博，他的输钱。他总是在徒劳地进行掩盖。钱到哪儿去了？在我这方面，我揭穿他的谎言也是轻而易举的，但我总没有最后的勇气。每次我一句句把他逼向结局的时候，我就丧失了最后的勇气。一个人是不能审问父亲的，就像你不能审问自己一样。最紧要的关头，你总是会下不了手。我无可奈何地说，我知道，赌博是很难戒掉的。他立刻反守为攻，那有什么戒不掉的？好像他根本就不赌博。

在我这一生，我是没有勇气敢于对打我的父亲进行反击的。我最激烈的行为是在逃跑无路的时候，抱住他，不让他打到自己。因为他习惯用器具打你，而不是用拳头或耳光，我很怕被打伤。所以就紧紧抱住他然后找机会逃掉。有一次，他在打我的时候，自己不小心碰在锅台上碰痛了，他气疯了，大叫着说我也打他了。母亲证明，我没敢动他一指头。其实他也知道我不敢打他，但我敢于逃跑，这对他也是不能容忍的。弟弟竟敢还手，这是我所没有想到的，我斥责弟弟说，你怎么一点儿也不懂得分寸？他一声不响。我对父亲说，他如果是因为你打他而还手，我也是不会让他的，但他的母亲被打了，他为了他的母亲而打人，那是我也不能说什么的，你的母亲挨了打，你会怎么办？你能不管吗？父亲在这个世界上唯一爱的人就是他的母亲，所以他无话可说了。

但是我对自己的这番道理是怀疑的，你的父亲打了你的母亲，你就可以为母亲复仇而打你的父亲吗？说严重一些，你的父亲杀了你的母亲，你就有权杀你的父亲了吗？

父子不和也许是家传，父亲和祖父打架的场面激烈得完全像仇人厮杀。大砍刀在半空横飞。我真不知道他们怎么能没有杀伤一个。他是家庭暴君，在他的身边让你活不下去，母亲年轻时差点儿自杀，我也有过活着没意思的念头，这是我在这个世界上仅有的一次。我孤身来到东北，大半就是为了逃避他。他老了，哮喘病使他再也没有力气打我了。他却又染上了赌博而不能自拔。对有些人来说，赌博几乎像吸毒一样难戒掉。弟弟家里很困难，整个冬天为省钱而不生炉子。但他就能去赌博，输钱。弟弟和他之间如同仇敌，他从不和父亲说话，在一栋房子里住他竟然不踏进父亲的房间一步，他宁肯到别人家里看电视也不看父亲屋里的电视。

在我们这一代人当中，最低有一半人是不爱他的父亲的。尽管有许多写父子感情的好文章，但我要说那并不是一种普遍的现象。有一半人想谴责他的父亲而不敢。除了那个"恋母仇父情结"之外，更大程度上是一种社会观念所造成的。这就是我们中华民族的传统了。我们的古训是，君叫臣死臣不得不死，父叫子亡子不得不亡。父亲打儿子是天经地义的事情。我记得我的父辈们在大街上闲聊时，有人喝一声，把他的儿子吓得索索直抖，他就会转过脸去对他的同伙们扬扬得意，这证明了他有家教，有规矩。打儿子，一直是他们那一代人引以为自豪的。当了父亲而不打儿子的人是要被大家嗤笑的，瞧不起的。

用棍子打，用鞭子打，捆起来打，吊起来打。罚跪，罚站，罚你不吃饭。我不记得有打死的，但我的一个伙计却的的确确是给他父亲打得半痴呆了。他的父亲也承认，他打了他的脑袋，打坏了。这样的父亲是我们村被大家一致称赞的，有威严有家教的楷模。

对我们中国人而言，现代社会的进步，不是人造卫星，也不是电视机，不是小汽车，也不是手提电话，而是父子关系的进步。我这一代人和我的父辈们一下子就有了天地之差。我的儿子们听我讲当年故事如同听天方夜谭。社会上的野蛮，你在某种程度上还是可以逃避的，父亲的野蛮是无法逃避的，这就注定了你童年的灾难、少年的灾难，甚至是青年的灾难。

我不大记得父亲给过我什么爱，但今年儿子和我闲谈起来，他居然也不记得他的妈妈给过他什么爱，只记得他的妈妈打他，拧他。我大吃一惊，我一直认为她是一个非常称职的母亲。我开始明白，孩子只能记住对他刺激最深的事情，那些爱对他刺激不强烈，所以他很容易就忘掉了。那么，父亲对我也可能是有过许多的爱，统统被我忘记了，只留下了他打我的印象。他的确是经常打我，我都上中学了，一直还不能知道哪件事他会打我，哪件事他不会打我，我总是在提心吊胆地过日子。他的怒火来得让你摸不着头脑，防不胜防。因为他不是为了教育你，他是为了发泄，他在别处受了气就可能在你身上找补。

多年不通音信的表姑打听到了我的地址，托我给父亲带一封信，这位表姑比父亲小将近二十岁，她只有一个姐姐而没有哥哥，也没有弟弟，父亲一直是她很崇拜的大哥哥。她生得很漂亮，是一个村子里的大美人儿。当我把她的信交给父亲的时候，我一直板着脸，也不说一个字。我看出父亲是很激动了，他拿信纸的手都在发抖。这时候我如果一开口说一句话，他就会抑制不住哭起来。但我就那样很冷酷地板着脸一声不响，使他的感情怎么也没法流露出来。七十三岁的他，在看信的时候，一定想起了自己年轻的时光，想起了许多美好的感情和美好的故事，想起了故乡的阳光和故乡的土地。我似乎看到了他的感情像潮水一样汹涌着漫了过来，但我狠狠地按下闸门，不许它流出来。我冷眼看着别处，对他连看也不看一眼，他挺过去了。咳嗽了一声，站起来，走出去。我始终坐着没有动。

表姑在她的第二封信上说，当她读到父亲的信上说，他的手都已经不会写字了的时候，她心里非常难过。我理解表姑的感情，当年父亲是村里的文化人，还教过学，很多人都夸他字写得好。他居然字都快要不会写了，一直崇拜他的表姑当然要百感交集。一是对年龄的感慨，一是对人生沧桑变化的感慨。我一直没有问，看来他是很快就给表姑回信了。当时我想，如果我在表姑跟前，我会说，他的手现在只会掷骰子了。他已经有几十年不看书也不写字了，他的手不会写字是理所当然的。他不是病，是退化。

但是现在我又一想，你能责备他的退化吗？你能责备他的不看书不写字吗？他写字干什么？写给谁看？

人生的结局，对每个人都是一个悲剧，但对父亲来说，来得更早一些。他对家里所有的人失去了感情，家里的人也对他失去了感情。他越来越陷入了孤独。他成天不在家，也许只有在赌钱的时候他才能找到一点儿乐趣。他对我说，如果让他在家里不出去，他是会闷死的。当他第二次对我说这话的时候，我毫不客气地说，如果在这个家里不出去能闷死你的话，那么闷死就是活该，那些退休的县长下来了也都是在家里，邓小平退休了还得在家里，你为什么就不能在家里？人老了，就得蹲在家里。

母亲天天守在家里，她从来没有对我说过要闷死的话，她有许多的活儿要干。她除了收拾家务还要养她的那些花儿。我每次回去都要为母亲养的花儿感慨一番，她弄了一些旧水桶、破脸盆做花盆，但那些花儿开得生机勃勃。她爱她的儿子，爱她的孙子，甚至也爱她那个智商有缺陷的儿媳妇。她总想为他们多干点儿活儿，让他们能轻松一些。这样她也就为自己解除了苦闷。人就是这样，当你要为别人活着的时候，你也就是为自己活着了；当你总想着要为自己活着的时候，你也就失去了自己活着的意义。我对儿子说过，人终归还是要在别人身上实现自己的，任何一个人都无法在自己身上实现自己。

父亲的陷入孤独，一方面是他不能再干活儿，没有了努力的目标；另一个重要的原因是他是一个人格不完善的人，用西方心理学的说法，他就是一个一辈子心理没有成熟的人。这种人他们会永远都是一种孩子的心理，哪怕他活到一百岁，他都要有一种依赖别人的心理。父亲是三世单传，到他这里他连一个姊妹都没有，他有一个哥哥，不到十岁就夭折，他的一个妹妹活到十六岁又死去，他成了唯一的活下来的孩子。祖母对他的溺爱是可想而知的。当他结婚之后，母亲又比他大三岁。这就愈加使他的依赖心理得以发展。对于母亲来说，他既是一个暴君，又是一个儿子，对他来说，妻子既是他依赖的母亲，又是他撒泼的对象，甚至是他的出气筒。

这样的人是不适合当父亲的，他没有责任感。甚至他都想在儿女身上寻求安慰，寻求保护。这类人的明显特点是有点儿小病就会大声哼哼，希望得到别人的同情与安抚。有一天我睡在母亲身边，半夜时他忽然叫醒母亲给他拉开电灯，他要撒尿。其实那电灯的拉线他伸手就可以拉到，但他像个孩子那样要母亲给他开灯。一个人在这种半睡半醒状态中是最能显现他的深层意识的。肯定他一辈子都是这样，我之所以能注意到这点，是因为我从不要求妻子给我开灯，而是相反。他让我大吃一惊。

多年以前，他就开始对我悲戚戚地说，我还能活几年？我活不几年啦，我活不几年啦。我对他这声调儿厌恶透了，终于想出了一句对付他的话。当他又一次对我这样哼唧的时候，我恶狠狠地说，你以为我能长生不老吗？你知不知道在你死了不要多久，仅仅过二十年我也得死？他一愣，无话可说了。我对他说的不过是一句实话，他好像第一次发现这是一个事实。

与他相反，我不记得母亲有病哼哼过，不管多痛苦，她总是一声不响地坚忍着。母亲也从来不对我说她要死了，她活不几年啦的话。她所关心的是她的儿子、她的孙子怎么能活得好一些。

你如果打听一下，就会发现，夫妻俩，有病的时候，总是其中有一个大声哼哼，而另一个从来一声不响。判断一个人心理是否成熟，你只要看他是否经常在儿女面前叫苦就成。一个孩子从小被过分地溺爱，他就有一辈子心理不成熟的可能，他活到一百岁，在心理上都是一个想被人爱护的孩子。如果他再娶一个比他大的妻子，就更助长了他的这种不成熟的心理。这种人在潜意识中总有一个爱护着他的母亲存在，当真的母亲已经不存在了的时候，他就会把这母亲的存在移植到他的妻子甚至是他的儿女身上去。有很多人的妻子是非常称职地承担了这样的角色。她一辈子都像照顾自己的孩子似的照顾了她的丈夫，而很多男人也就终其一生都在妻子身边扮演着儿子的角色，甚至到胡子都花白了，还像小孩子一样在妻子面前做出一些撒娇的形态。父亲经常对母亲说，曼他娘，我馋了呀，你还不做点儿好吃的给我吃？

大约是每个男人或多或少都在妻子面前有过这种儿子心理，小说《白鹿原》里有一段非常感人的描写，当那个大儒朱先生在临死的时候，忽然要叫妻子一声妈，而且他真的叫了。作为丈夫而有儿子的心理，这并没有什么不妥的，但如果他是一个脾气很坏的儿子，那么当妻子的就要遭殃了。因为他毕竟不仅仅是儿子，稍不如意，他就会变成暴君。因为儿子的心理使他不能承担生活中给他的压力、他的痛苦、他的烦恼，他必须找一个诉说的对象、转嫁的对象、发泄的对象，别人当然不行，他只有发泄到妻子儿女身上了。我的母亲从二十多岁开始被父亲打骂，一直打骂到去年的七十五岁，今年刚开始，不知道他今年能否结束他这件干了一生的活儿，不再打骂她。

这种儿子心理的人，当他发觉别人不能像他的母亲那样爱护他，他就会心怀憎恨。特别是当他已经看到死亡在即，这一巨大的灾难他已经没有母亲来庇护他了，恐怖心理就笼罩了他的人生。心理失去平衡之后，他的整个生活就乱套了。总要有一种刺激的东西才能使他正常地呼吸空气，他无法面对一般人的日常生活。烦恼、绝望，充斥了他的心。

我每次到母亲家里去，只能见到她自己在家里，弟弟一家或是下地干活儿去了，或是玩去了，父亲自然是忙他的赌钱，不到吃饭的时间不回家。为了要都见一面，我就要住一夜，而这一夜每次都是不能睡好。只要父亲一睡着，他就开始磨牙，大声地说梦话，他的梦话总是恨恨地叫骂。我们是并排睡在炕上，他睡炕头，我睡炕梢，中间是母亲。有一次他竟然在梦中用拳头狠狠地捶炕沿。炕沿是木头的，我的脑袋正枕在上面，砰砰的响声把我吓得心跳不止。他的生活充满了毒汁。母亲的耳朵已经聋了，我很想给她买一个助听器，但是我一想到父亲那些声音，我就作罢了，她还是聋一些好。

他有气管炎，又拼命地抽烟，使他呼吸都困难，但他戒不了，这也是他这一类人格不健全人的特征。这就要大量地吐痰。他吐在地上的浓痰总是要母亲给他去收拾。当母亲惹他不高兴的时候，他就不再吐在一个固定的地方，他满屋到处吐，每一口痰吐一个地方，让母亲满地给他去收拾。他以此来报复母亲。这多么酷似无赖的孩子躺在地下打滚儿，故意弄脏衣服！这种行径发生在一个七十多岁的人身上，只能叫人厌恶。

有一天半夜里他又起来骂，因为母亲不给他钱去赌，事情总是发生在半夜，他怕弟弟干涉。他威胁着说要把母亲掐死，母亲第二天去找我姨，对我姨说，如果我有一天突然地死了，就是被他害死的，你一定不能放过他，你要去告他，孩子们是不能下得了手的。我对这件事想了很久，他如果真的把母亲掐死了，我怎么办？我去告他还是不去告他？如果告了他，他无疑地就要被拖出去枪毙，枪毙的是我的父亲，而不是别人。如果不去告他，我的母亲被他掐死了。我对母亲说，你以后不要为了几百块钱和他吵了，他要你就给他算了。

母亲住的房子在村子最南头，前面就是一片土质极肥沃的田野。越过这片田野是一条河，河的对岸不远就是南山了。夏天在屋里看到的是一片青翠的庄稼地和那不高的一抹青山。冬天坐在炕上一抬头就是白雪满山。每次我到村里都要到那些田里、河边走一走。阳光穿过一尘不染的大气，分外明艳，在这样的阳光下，大地上的一切都显得生气勃勃，连那些山岩和土地。田野的风吹拂着，带有草木和泥土的芬芳，大地无边，四野无声，这时我感到生命的存在和这阳光、这空气、这田野有关。只有这些是真实的存在。什么金钱荣耀，什么地位名声，统统都是虚幻的，对人的生命无关的东西。只有在无声的田野里，你会突然感到达到了极致的寂静原来是最美的音乐，耳边的这种寂静让你心里如同被清水冲刷了一样，一切乌七八糟的声音都消失了，烦恼忧愁也消失了。田野让人沉醉，让人迷恋。田野里的生命才是真正的生命。

母亲的一位远房叔叔，已经八十三岁了，腰板挺直地站在田间的小路上，一手拿锄头，一手扶一辆自行车。他的儿子不让他干活了，但是他在家里总是闲不住。他才是这田野里的真正的生命。他心平气和地面对着人世，面对着这天地间的一切，面对着他将逝的时光。我问他，姥爷，你还能骑自行车吗？他笑笑说，不行了，这两年不太行了。我走过去之后，一回头，却见他稳稳当当地骑在自行车上走了。

我站着不动，两边都是肥大的烟叶，他的背影消失了。我想，父亲为什么就不愿到田野里来享受这阳光、这空气，来看看这天空、这田野、这庄稼呢？他不能干活儿，到田野里来走走也行呀。我是多么愿他是一个普通的农民，一个心平气和的庄稼人呀。他一头钻到那个乌烟瘴气的赌屋里去，在那里紧张着，企求着，渴望着，仇恨着，钩心斗角，全神贯注地在一个碗里乒乒地掷那小小的骰子。一个个瞪得眼珠子都要暴出来。你恨不得我输得家破人亡，我恨不得把你的裤衩都赢到手。输光了就回家发泄，对自己的妻子咒骂，拳打脚踢。

一个人爱赚小便宜，贪污，甚至偷盗，我们会说他是因为太自私。其实，这还不是彻底的自私，他也许还是为了他的家人，他妻子儿女。一个人彻底的自私就是谁也不顾了，连自己的儿女、妻子也不顾了，只顾自己，这样的人在这个世界上为数不多，这就是那些酒鬼、赌徒、吸毒者。这些人就是彻底为自己的人了，他们没有了亲人，没有了朋友，一切都是纯粹地为了自己了。即使在大忙的季节，父亲都不能为弟弟的牛添上一把草，院子里乱成什么样子，他都不能扫一把，当然他更不能到地里去看一眼那些庄稼，即使他睡的屋里，在墙上钉一根钉子都必须是母亲干，他觉得举手之劳都是为别人，只要是为别人的，他坚决不干。他所有的行动就是吃过饭就迫不及待地往外走，去赌钱。他的理由就是去寻找自己的乐趣。但是，赌钱就真的能找到乐趣吗？当我这样问他的时候，他不说话了。那里面的愤怒、烦恼、痛苦，我相信比任何地方都要多。

父亲的行为是基于他的这个思想，即他常说的，我活不几年了。因为活不几年了，他就要彻底为自己。但是，一个人最终还是要在他人身上实现自己的。彻底的自私是一个死胡同。特别是一个人在他的最基本的生存需求有了保证时，彻底的自私就会使他走入一片黑暗。除了吸毒、酗酒、赌博之外，他就无路可走了。最根本的原因是他已经在这个世界上无所爱。无所爱的人，在这个世界上的存在尤为困难。因为人毕竟不是动物，不是除了吃、喝、睡之外别无所思。

父亲已经七十四岁了，真的是活不几年了。我也两鬓斑白，眼睛花了。我还能指望说服他什么呢？他仍旧赌他的钱。因为赌钱而不能及时吃饭，他瘦得只剩一把骨头。社会进步了，中国的农民吃饱了，也自由得多了，摆脱了那种半饥半饱却又半受管制的生活。然而对有的人来说，这种相对自由而富裕的生活却给他们带来了灾难，他们吸毒，他们赌博。如果说这是他们自由的选择，他们却又给身边的人带来了灾难。

我不再对父亲说什么。这次回去我见了他一句话都没有说，我不想再听他的谎言，也不指望他能戒掉赌。我们非常尴尬地坐在同一个炕上，我不敢看他的脸，他也竭力避开我的目光。那时，我甚至体会到了那个割席而坐的故事。我们父子之间的亲情本来就少，那时几乎是荡然无存了。写这篇文章的时候，我心惊胆战，我怕我有一天也走进他这步田地。

祖父的情人

　　她在院子里种了一垄马齿苋花。现在已经很少有人种这种花了，花很小，也不鲜艳，但它的生命力极强，你把它拔出来晒上一个月它都能不死。小院子里东墙下种了几十株玉米，马齿苋花就种在玉米地的边上。西墙下就是一小垛麦秸草，大约这就是她的全部烧柴。潮湿的地面上很厚的青苔，向人诉说着这小院子的寂寞，很少有人来。她就孤独地生活在这个小小的院落里。

　　一个头发花白的人居然要去看望他爷爷的情人，这听起来就很荒唐。可她真的还活在世上。爷爷已经去世三十多年了，公墓搬迁，这次回故乡连他的坟墓也找不到。一连许多天，我都想，爷爷在这块土地上一丁点儿痕迹也没有了。忽然听说他当年共同生活了二十多年的老太太还活着，那她就是在这个世界上比任何东西都真实的纪念。当时我一听就骑上自行车急急忙忙地跑来了。我打听一个叫庄明光的人，过去我跟他并不很熟悉，但我一口就叫出了他的名字。少年时代的记忆真是惊人。他带我找到了她的这个家。庄明光对我说，如果她不在家就在对面街上跟一些老太太在一起。

　　我一眼见到她时，她正提一个暖水瓶从街对面走来，她还要替人打水，照顾另外的老人哪。在一瞬间，时光倒流四十多年，我确凿无疑地认出她来了。我快步向前介绍我自己，说了半天，她总算想起我这个人来了。我是谁呢？我是她年轻时共同生活了二十多年的老相好的孙子。当我在她记忆的屏幕上清晰起来时，她表现出了一个老年人少有的热情，她诚恳地问，你饿了吧？我去打两个鸡蛋吧。这位八十多岁的老人声音极其平静，但那种真诚是无可比拟的，完全是一个长辈对孩子的关切，倾其所有，她只能如此。我说不饿，阻止了她。唉，一个白头的老小孩儿了。但是她不请我进屋坐，要站在院子里说话，我知道她是为自己的家难为情。我极想看看她的生活，还是坚持进了她的屋子。里面光线昏暗，一切东西都是陈旧的、黑色的。

还是坐到了院子里，她和我对面坐在矮凳上。又瘦又小，生命顽强的马齿苋花静静地开放在我们脚下，这小小的花朵正是她的象征，她一生受尽了艰辛，已经八十二岁了，还如此顽强地活在这个世界上。我仔细地打量着祖父当年的情人，似乎她当年就是这个样子，而且那头发居然还是乌黑的，只是眼睛看上去有些混浊了。其实，我记忆中的她当时还只有三十多岁，但我觉得她就是这样子，一如当年。她似乎从来就没年轻过。她没儿没女，就这么孤苦伶仃地一个人生活着，三间低矮的小屋，门窗都已经破烂不堪，在她的身后是一堵土墙，墙头上的毛缨草倒是长得很茂盛，在晚风里摇曳着。夕阳照在墙外的一棵梧桐树上，几只蝉在拼命地鸣唱。恍如隔世，地上铺一袭草席，坐在马车店的院子里，爷爷、她，还有我，天已经很晚了，我瞌睡蒙眬，只听见他们说话的声音越来越远，似乎在天边。蒲扇啪嗒声倒是很响，那是在赶蚊子。

她是给人家填房而嫁到我们村的，她嫁到王家仅仅过了三四年丈夫又去世。那时她仅是个二十多岁的小寡妇，她没有改嫁，就守着一个长年生病的继子和一个瞎眼的婆婆过日子。我的祖母五十多岁就去世了，因为我们是邻居，单身的祖父就和这位寡妇邻居相好了。虽然那时已经是新中国，但父亲坚决不允许她以继母的身份进我们家。祖父和她只能半公开地生活在一起。从我记事起就记得祖父和她在一起过日子，直到我到东北后，祖父去世前不久。前后二十多年吧，结局却是一个悲剧。当祖父七十多岁时，她就不能不考虑以后的日子了，她决定嫁人，那是一个死了老婆的搬运工人。嫁之前当然就要和祖父断绝关系，已经共同生活了二十多年，祖父无法接受这个现实。他要求说，他什么也不为了，只求能常来这里坐一坐喝个茶就行。祖父一生爱好喝茶。但这是一个不现实的要求。她坚决地把茶壶塞进祖父的怀里说，你拿走吧，以后不要再来了。祖父捧着他那个用了半辈子的茶壶，彻底绝望了，把茶壶摔碎在她的院子里，从此就神经错乱，到临死前才恢复过来。

我不知道祖父后来原谅了她没有，但我觉得今天祖父的在天之灵是应该原谅她的。她也是出于无奈啊。哪想到她嫁的这个男人只过了六七年，又去世了。她混浊的两眼看着我说，这都是命啊，这一辈子就是这个命啊。已经八十多岁的人了，说起任何不幸没有那种悲伤。幸亏她嫁的这个搬运工人现在每月有七十块钱的生活费，她就靠这区区七十块钱过日子。我想象不出一个月七十块钱的日子如何过，但她好像过得很好，活得很健康。一个生命就这样顽强地活在这个世界上。

我掏出二百块钱给她，她慌了，硬塞进我衣袋里，说，你能来看看我就很不容易了。我又扔给她，她捡起来再往我衣袋里塞，并威胁说，你这样咱娘俩的情分就完了！我从来没遇到过如此坚决的拒绝，她简直是挣命般地与我争夺这两张纸币。她要从我手里把两张票子夺去，怕我给她再扔下，而我觉得对一月只七十块钱的人来说，也许还有点儿用处。她气喘吁吁地求我说，好孩子你别折腾了，我一点儿劲儿也没有了。我只好手里攥着，退出院子，打开自行车锁，在上车的时候把钱抛在她的脚下，然后飞身上车逃也似的离开。当我回身向她挥手时，只见她站在当街，无可奈何地望着我，嘴里不停地说，这可怎么好？这可怎么好？声音里是一种感激。我放心了，没有伤害她。

妯　娌

居然在电脑上还能打出"妯娌"这个词组，大出我意外。这说明中国人还普遍明白这个词的含义。再过些年，这个词就要像古汉语那样去字典上查解释了：在古代，一对夫妻允许生两个以上的孩子，如果一家人生有两个以上都是男性的时候，这几个男性的配偶形成的关系就叫妯娌。

岳母的妯娌到我家来了。跟着妻子的叫法，我也叫大娘。去年，先是岳母到她的妯娌家住了些日子。那次我是非常不高兴的。我觉得到一个妯娌家去看看快回来也行，但是她去一住好几个月。去的时候胳膊好好儿的，回来一只胳膊就残废了，永远抬不起来了。她在泥地上滑了一跤，摔脱了臼，其实只要让骨科医生动几下手脚拿上就行，可是他们没有送到医院去治而是找了个仙家，结果越治越坏。回到哈尔滨时，再去骨科医院一检查，胳膊根本就没复位，而且已经长在臼的外面了，要复位就要重新扯下来，再安回去。一个年轻力壮的小伙子费了九牛二虎之力也没有给扯下来，痛得老太太差点儿死过去。要复位，只有开刀动手术。大夫说，不用治了，就这样吧，这么大岁数了，别受那个罪了。一年过去了，现在来看，她老人家的那只长在臼外面的胳膊除了不能抬起来，干别的好像还看不出来。这让我感到很奇怪。原来人体比机器抗折腾多了，任何机器这样驴唇不对马嘴地装配起来是绝对不能转动的，人体想不到可以这样对付着用。

所以现在这妯娌要到我家来，我心里就不怎么欢迎。来到一看，我的怨气也就消失了。这是一个像我岳母一样的腰弯得很厉害的老人了。上次我见她还没有这样，几年之内人一下子矮下去了半截。腰变得成了一个问号，再也不能直起来看人了。面对这两个眼看就八十的老太太，我觉得自己好像年轻起来。她们几乎是一模一样，两张脸都是皱得像核桃。据说，我的岳母年轻时比她这位妯娌要漂亮得多，这位大娘年轻时很丑，还有麻子。现在那麻子根本就看不出了，因为皱纹比麻子要深刻得多。所以分不清哪个更老哪个更丑了。

岳母妯娌三个，也就是岳父弟兄三人。当年他们家很穷。父亲早亡，是寡母带着他们生活。到后来在三兄弟都成家之后，仍然在一起过日子。几乎让人难以想象。老大一儿五女，六个孩子；老二是四儿四女，八个孩子；我的岳母三女一子，后来夭折了一女。这样二十多口人在一个家里怎么样生活？我只见过十口之家吃饭的情形，我煤矿的一个同事生了八个孩子。八个孩子那情形就像一窝猪崽子在一个槽子里吃食，只听见呱呱的抢食声。谁要是不抢，那就只有挨饿，没人注意到你。二十个孩子放到一块儿吃饭，而且不是一个父母生的，你能想象到是一个什么样的情形，能不争食？能不打架？三个妯娌能不替自己的孩子争吃的？可是他们就这样在一口锅里吃饭，直到1958年，成立了公共食堂都到公共食堂里吃才结束。据说，这三个妯娌从来不吵架。妯娌从利益上来说是天生的敌人。真不知道我的岳母一家是如何维持的。

两妯娌见面倒也没看出特别亲热来，但是同来的她们的外孙女说，一夜唠到天亮。现在已经半个月过了，话仍然还没说完。岳母对她的女儿，也就是我的妻子，一年到头也没说过这么多的话。

这两个本无什么血缘关系的老女人，就因为嫁给了一对弟兄，就成了一对终生的亲人，一个吃饭在嘴边粘上一粒米饭，另一个就用手给拭掉；一个头发没梳顺，另一个就找来梳子再给重新梳一遍。妻子买回鱼，这两个老妯娌，一个在阳台收拾鱼，另一个就搬个凳子也到阳台上坐在一旁，一句一句地唠。她们睡在一张床上，白天黑夜地唠还没唠够，抓住一点儿时间也要不停地唠。

还有一个老妯娌在山东老家，不断地向她的儿女说要到东北看看这两个老妯娌，可是没人送她来。我回去，她向我问起远在黑龙江的这两个，对着我老泪纵横。我想象不出三个老女人坐到一块儿是个什么样子，难道也能睡在一张床上？

我们这一代人还有妯娌这种关系，但是永远也不可能有像岳母这样的妯娌了。社会在进步，可是进步的社会也正使人与人之间的关系在疏远，而且这疏远的速度绝不比科技发展的速度慢，前几年同事之间春节还有拜年的风俗，近几年已经消失，代之以电话，最近好像电话也不打了。我不可能想象妻子能和她的妯娌这样相处。再过两代，妯娌这种人际关系都将消失，更别谈什么亲切了。

老 伴 儿

　　我非常讨厌那些磨磨叽叽的言情片，几乎从来不看，偶然在长途公共汽车上看了《我的老婆十八岁》，却耳目一新。那个十八岁的女孩子演得淘气、调皮、活泼、天真，活灵活现，真绝了。唉，当年我的老婆也是十八岁，但她一点儿也不天真活泼，而是表现出了一种成年人的老练、一种顽强的生活能力。穷人的孩子早当家。

　　那是一个早春的下午，东北地区还不见一点儿绿色，到处一片苍黄，我带着十八岁的老婆来到了一条荒无人烟的山沟里，这里有一座二战时期遗留下的小楼，已经破败不堪，但我们只能找到这样的地方安身。门窗全是破的，屋里已经被老鼠打洞打得一塌糊涂，我把她领到这样的一个所在，心里很有些不安。她敢住在这里？我们把行李卷儿放下，她毫不犹豫地说，你去外面铲些新土来。我在山坡上把一些土弄进屋里，她很快地摊开在地面上，然后用她那双四十二码的大脚在上面踩实。直到今天我还记得，随着她的脚在地面上移动，奇迹出现了，屋里立刻变成金黄色的平整的地面，当时我看着有些发呆了，她怎么会这样？她怎么能这样？她对生活充满了一种了不起的自信，好像这一些都是她预料到，心甘情愿接受的。我立时有了一个可以同甘共苦的感觉。

那年她十八岁。在今天，二十好几的女孩子还在父母面前撒娇，三十岁还被大家叫作女孩子。只有十八岁的老婆，我从来就没有她是个女孩子的感觉。见到她那天起，我就觉得她是一个真正的女人。一个能在生活中互相支持的女人。

我们有了一个家。第一顿饭是十八岁的老婆在炕沿上把一个萝卜切成片做了一个菜。北方的炕沿是用木棍子做的，我们连块切菜的木板都没有。

我们只用一把镐头开始了生活，砍树，开荒，播种。到秋天就收获了足够我们吃的粮食。现在我仍然感到困惑，大自然是宽厚的，它给我们人类创造了很宽厚的生活条件。父母没给我们一分钱的资助，国家没给我们一分钱资助，社会也没给我们一分钱的资助，但我们很容易地就在荒山里面创造了生存下来的一切。为什么我们还要什么国家啦制度啦科学文化啦？

在山里生活你才能真正体会到伙伴的重要，你离开她简直一天都无法生活，就连睡觉也只有相拥在一起才能抵御东北地区冬季的严寒。寒风从山峡吹刮过来，把破败的门窗摇撼得像随时都要掉下来。除了寒冷，那种孤寂也只有两个人在一起才能度过。早晨，十八岁的老婆勇气百倍地用铁铲把桶里的冰敲碎，取水做饭。

政府和政府是大不相同的，现在的政府还关心在城里打工盲流们的生活，当年城里我们根本就不敢去，只能到这样荒无人烟的山林里寻求生活。即使在这里也要受欺负，欺负我们的是附近村里的农民，他们唯一能够欺负的也只有我们这样的盲流。我和妻子开一块荒地种上了毛豆，长得黑油油的，生产队的人看中这块地了，有一天开来一台拖拉机，轰隆隆地把我的毛豆给翻了。十八岁的老婆一看给碾碎了的嫩绿的秧子，一屁股坐地下哭起来，我恨恨地说，不用哭，咱们到秋天给找回来。秋天到了，一天深夜，我把正酣睡的老婆叫醒，我要去偷他们的玉米。十八岁的老婆吓得浑身哆嗦。这是在深山里，又是深夜，她更害怕的是夜里有专门看庄稼的民兵。大约我严厉的呵斥比黑夜和民兵更可怕，她颤抖着跟在我身后出门了。我们把他们强占去的地里的庄稼用偷盗的方式又给夺了回来。

偷盗在很多时候并不是一种可耻的行为，东北山区的农民，基本上盖房子用的木料全部是上山偷的。你可以在村里看到一伙人扛着锯，笑嘻嘻地向你打招呼：上山偷木头去！我要盖房子当然也是去偷木头。伙伴当然又是我的妻子，她是一个很强壮的苦力，多累的活儿我也离不开她。还有赤着脚和泥做坯、上房抹灰，我们都是一齐动手。她是我一切生活的伙伴儿。现在，她自然是我真正意义上的老伴儿。

三十年过去了，有时夜里醒来，我很奇怪地端详着身边睡着的这个女人，她怎么会成老伴儿呢？她怎么这样就老了呢？我没看出有什么变化呀？在我的意识里，她仍然是我十八岁的老婆。

我第一次听到有人叫她老太太是在人才交流中心，我们去给儿子存档案。转眼间不见了她，我向办事员打听，如何如何一个女的，那年轻的姑娘说，嗨，就是那个老太太。我大吃一惊，我十八岁的老婆变成老太太了？

我变成老大爷了，她变成老太太了，越来越成为不争的事实。

三十多年我们一起走过，什么也不用说了，从结婚那天起，我就觉得离开她一时就心里发慌。其实，直到今天我们也并没有领过结婚证。不是我们蔑视法律，是法律蔑视我们，当年政府不给我们办结婚证明。我们那个村子里的伙伴都是这样直到孙子都有了还没有结婚证明。

她为什么会嫁给我呢，连个结婚证都没有？这也许还不算什么稀奇，最奇怪的是在结婚之前我们根本就没见过面。见面的时候她就已经是我老婆了，她是以我的老婆的身份千里迢迢来和我见面的。这就是老伴儿。

她和我都没有什么文化修养，从来没有过相敬如宾，何况她只有十八岁，我比她大七岁也只有二十五岁，我们都年轻，而且，即使在农民当中，我们俩也算不得是好脾气，我们经常吵架，甚至动手打。但是每次打过之后，不仅没有感情上的疏远，而且更加觉得离不开。我想世界上只有夫妻之间能这样奇怪，越打越亲近。

　　老伴儿的重要除了生儿育女，在生活上互相依靠之外，更为重要的还是一个精神的依靠。当你在社会上遇到挫折，感觉整个世界都抛弃了你时，你可以鼓励自己说，最低在这个世界上还有一个人忠实于我的，不会抛弃我的人，这就是老伴儿。当年有很多给打成右派、打成反革命的人，能活下来就是因为老伴儿的支持，而那些自杀的人大多数是因为连当时的妻子，也就是老伴儿都背叛了他。精神支柱垮了，他对这个世界也就彻底绝望了。

　　老伴儿在看电视，我能一点儿不受打扰地睡觉，同样，我在旁边干这干那也绝对不会影响她睡觉。因为她感到安全，而只要她在我身边，我也感觉到安全。安全，这个词听起来总是相对于什么危险的，而实际上，在人类的精神深处总有一种不安全感时时存在。你能在精神深处感受到安全，是非常难得的。

三　婶

　　三婶并非本家，仅是邻居而已，而三叔更是连面也从未见过，对当年还是孩子的我来说，仅仅是一个遥远的影子罢了。1949 年大批国民党军队从青岛码头向台湾撤退，抓了本地青年民夫给他们挑担子上船，三叔上了船就给裹挟去了台湾，一去不回还。三婶那时是一个刚新婚三个月的小媳妇，从此就开始了她终其一生的寡居生涯。在我们这个镇子上像她这样的女人有几十个，她们有一个统称的名字叫"逃台户"，位列当年的地、富、反、坏四类分子之后，大约可称"五类分子"吧。是受管制的无产阶级专政的对象。实际上，都是一些很老实的穷苦人。这些女人，有的守不住，改嫁了，有的还守着丈夫遗留下来的一男半女在苦苦地熬着日子。三婶没有孩子，应该是属于改嫁那一类的，可她这人特别，用我母亲的话来说，叫作"死拗死拗的"，也许是那恩恩爱爱如胶似漆要死要活的三个月给她留下的感觉太难忘了，她总觉得丈夫还会回来的，她要等下去！不知有多少人劝她改嫁，大家都认为那人早死在外头了。对她说，他不会回来了，你刚刚二十岁，不要再等了。她总是直盯着对方的眼睛问："你怎么知道他不会回来了？"这是一句没有办法回答的问题。她这冷若冰霜的态度后来就使得大家都望而却步了，包括她的娘家亲人。因为和母亲关系好，我记得当母亲要把她介绍给自己的表弟时，她说，大嫂，你不知道，他总有一天会回来的，到那时，我怎么有脸见他？她不知道台湾离我们家乡有多远，也不知道台湾和大陆隔着大海。在她的感觉上就在山那边，随时都能一步闯回来。

在我少年的记忆中，三婶就是一幅嵌在黑黑的门框里的画儿，苍白的脸色，很好看，总是低眉顺眼的样子。我每次到她家里见到她就是这个样子。我们这里的大门都是有两道门闩，上头一道叫"搭关"，只要外面的人用手一拧门环，吧嗒一声就打开了，下面那一道门闩才是夜里真正关门的。我每次到三婶家只要吧嗒一声打开门，准会看到三婶站在那黑黑的门框里。两眼惊喜地闪着两粒火光，但倏地就熄灭了。农村是这样的习惯，你到任何一家去，只须吧嗒一声一拧门环，推门就进，无须通报。我奇怪的是只要我推开门，她就站在门前，像是早有准备似的。从听到吧嗒那一声到我推开门大约只有一秒钟的时间，她如何能迅速地跳下炕，穿上鞋，再跑到外屋门前？

终于有一天，她指着我对母亲说，这孩子走路的脚步声越来越像他三叔了。我一听吓一跳，我怎么走路会像那个死鬼？从那以后我再也不敢进她家门。现在想来，她是天天都在盼着那个三叔回来，天天都在倾听他的脚步声，以至我每次一开门，那吧嗒一声响，她都会以为是她的丈夫回来了。

我们全家到了东北后就和三婶断了联系。直到 20 世纪 90 年代，有消息说，她真的把那个三叔给盼回来了，但不久她就死了。母亲听到这个消息后流下了眼泪，说，你三婶她真是个没福的人呀，刚要享福了又死了。

现在我回到故乡却听到了一个更让人吃惊的故事，我的小学同学，当年的妇女主任说，要不是那个人从台湾回来，她根本就死不了，你看她的同伙，哪个不是都还活着？

三婶苦苦地等了五十年，等回来的三叔却不是一个人回来的，他带着他在台湾的老伴儿一起回来了。应该说，这是合情合理的，他回来看望一别五十年的故乡，老伴自然要陪伴他一块儿回来。但对三婶却是个不容易接受的现实。妇女主任说，她那天亲自把那位台湾归来的三叔和他的台湾老伴儿领到三婶的面前。她说，当时那场面我形容不出来。

她抽不出身来了，只好一直陪他们到晚上。妇女主任说，三婶连手都没和三叔拉过。这五十年等的！七十岁的她，只是不停地流泪。

天晚了，那位台湾来的老太太因为路途疲劳，瞌睡得直点头，三叔拍拍她说，宝贝，咱们睡吧。

妇女主任说，一定是这句话伤透了三婶的心。我看到三婶一愣，忙把她拉到外屋，人家是儿孙满堂的四十多年的老夫老妻了，当然要睡在一起，只有两间屋子，外屋就是灶房，总不能让人家睡在灶房里吧？我已经悄悄地让人在外面临时搭了一张床。

真是从春等到秋，从冬等到夏，终于等回来了，只有一墙之隔却又如同阴阳两界。妇女主任说，你想想吧，只隔着一道门，三婶这一夜怎么熬吧？她心里是个什么滋味儿？

他们在这里只住了一夜，老太太在即墨老家还有亲人，第二天两个人就到即墨去了。他们走后，三婶就上吊了。

三婶有个娘家侄子，要借钱给儿子治病，听说了三婶的丈夫从台湾回来了，以为三婶这下发财了，一大早就从外村来到了三婶家，叫不开门，只好破门而入，进屋一看，三婶挂在梁上，身子都硬了。派出所来人了，看到她的下面有一些纸灰，又发现了烧剩下的三张纸币的一角儿，这是夹在铁夹子里没烧完的。派出所的人说这是三张美元，烧剩下的一点角儿。

站在三婶的老屋跟前，我想，一个人从二十岁等到七十岁才得团圆，这已经是莫大的悲剧，守望了五十年只等到三张纸币，这就是悲剧中的悲剧了。老屋已经完全坍塌，炕和灶台是在露天，院子里的蒿草深可没人。因为是凶宅，没人敢要，四周都建起了高大的红砖瓦房，只有狭窄的两间地皮是废墟。

邻家大婶杨沫

——读《母亲杨沫》

读老鬼——即马波的《母亲杨沫》，我发现了另一个让人难以置信的杨沫，在我的印象中杨沫和蔼可亲得像一个邻家大婶，怎么也想不到她会对自己的孩子是那样。在书中我们可以认识两个完全不同的杨沫，一个是对自己的亲生儿子漠不关心，甚至冷酷无情；另一个却是对同事对朋友热心关爱无微不至。这几乎矛盾的两个杨沫都是真实可信的。我相信一般认识杨沫的人是只认识后一个杨沫，对前一个杨沫怕是想也未从想得到。二十年前我有幸和杨沫参加了一个笔会，朝夕相处半个月。名义上是笔会，实质上也就是个旅游团，否则以我这样的作者哪能和杨沫一同参加？以她的成就，以她的资历，以她的名望，她完全有资格居高临下地对我们这些小作者，但是她和蔼可亲，处处关心人，她跟大家聊天全是絮叨些日常生活的琐事，从不谈文学。给大家的感觉她不是一位大作家，不是一位老资格的革命者，就是一位平常的邻家大婶。我们每到一处都受到当地政府的热情接待，完全是因为杨沫的面子和声望，而我们这一群人实际上是在沾她老人家的光了。单就这一点她就有理由在我们面前摆一摆架子，可是反倒是她处处关心着我们。

马波写他的母亲杨沫有一次发现了一位同事没穿袜子，第二天就买了一双袜子给捎去，却不料那位同事是不习惯穿袜子，根本不是买不起，弄得杨沫很尴尬。当我读到这里时，不禁失声笑了出来。那次我们白天参观景点，到了晚上无事，杨沫就非常热心地给我们介绍她正在练的气功，动员我们大家一起学习。我不记得她当时练的是什么功，在我看来就是打坐。她教我们如何调整心理，如何呼吸，并用动作亲自示范，手是什么姿势，腿怎么盘……她说这功最大的特点就是一练就会浑身发热，比什么样的锻炼方法都好。说来也真奇，她闭目打坐只一会儿就能看到额头上汗涔涔的。杨沫是个很天真的老太太，她承认自己就是热心于这套，她打过鸡血，当时叫作什么"鸡血疗法"，就是把鸡的血抽出来直接注射到人的血管里。现在想想真可怕，万一有禽流感那不是百分之百感染吗？她说她打过很长时间，"但是不管用，还是这功管用，你们一定要学"。她就是这么热心于帮助别人。只要有人身体不舒服，她就立刻打开她的包给你找药。

我们这个团里还有一位年轻的女作家，她从没有时间概念，每天早晨都要从容不迫地化妆打扮，直到大家都已经上车了，她还没穿好衣服呢，几乎每次出发大家都要在车上等她十几分钟。这是出门旅游最痛恨的行为，看她那姗姗来迟的样子大家都恨得牙痒痒。于是我们就一齐到杨沫面前去说这个女作家的坏话，因为只有杨沫最有资格出面教训她一顿，而且根据同性相斥的原理，老太太应该更是恨得不一般了。出乎我们意料的是杨沫听完了大家的反映只是笑一笑说："女孩子嘛，好打扮，谁都从年轻时走过。"

我们的目的没达到，但大家对老太太的宽容大度佩服得五体投地。

不愉快的事情终于还是发生了。返回时，我们已经上了火车，坐好后忽然发现那个女孩子没上车，领队急得脸上立时冒出汗来。几个车厢找也没见她的影子，肯定是把她给扔下了。一连多日的怨气这时爆发

190

了，大家纷纷责骂她。甚至有人说出了不该说的人身攻击，说她根本就不是什么作家，一个冒牌货。一通议论，总算大家出了出这一行的怨气。这段火车的路不远，大约两个小时到站了。就要下车时，突然那个女孩子不知从什么地方一下子冒了出来。一个团，十几个人，一齐愣住了。那女孩子脸色也让人不敢看。出站时还含着泪水，她把大家的话全都听到了。原来她就坐在我们后座的一个角落里，一个大块头挡住了，她人小，缩在那里大家没发现。开始，当我们找她时，她本意是开个玩笑，不出声儿。她无论如何也没想到大家会说出那么难听的话来，这时候她就无法抬起头来了，只好一路上忍受着大家的斥责。这种难受的滋味想想就够可怕的。

男人都是这副德行，对漂亮年轻的女孩子当面一律奉承说好话，转过脸就说坏话。前者是意有所图，而后者是狐狸说葡萄是酸的。这样，给天下所有年轻漂亮的女孩子就造成了一个错觉，以为男人背地里肯定也是一律赞美。其实这两种截然相反的态度都含有虚假的成分。但这后一种态度会让每个一旦发现的女孩子痛不欲生。跟大家一样，那天我本来有一些更恶毒的话想说，只因为我这人语言迟钝而没说出来。结果就捡了个大便宜，成了唯一的大好人。

其时杨沫已经和我们分手，到她妹妹白杨家去了。不知怎么听到出了这么个事，立刻打电话来给领队，让他想想办法不能让那女孩子带着这样的阴影回家。后来就在分手的当天晚上，领队举办了一个晚会。果然，大家都争着跟那女孩子唱了歌儿，跳了舞，总算给她挽回了面子。

杨沫就是这样的一个人，关心同事永远胜于关心儿女。

马波认为他跟母亲当年那种紧张的关系是两个原因造成的：一是杨沫童年时家庭也是缺少母爱；二是作为革命者的杨沫只看重阶级感情而斥拒亲情。也许是当局者迷，马波没有理解到，他少年时跟母亲的那种感情上的矛盾最根本的原因是由于童年的断裂而引起的。所有儿童时跟

191

母亲分离生活的孩子到后来都跟母亲无法建立正常感情。这种断裂是非常可怕的，双方做多大努力都无法恢复。这一点人跟动物有些相似，一窝小狗或小猫，把其中一只分开一个月或十几天，就再也送不回去了，再送回来时它的母亲就会凶狠地咬它。这是一种天性。

矿工下一代

当初，他刨煤时总要嘴里发出哧哧的声音，我听着烦，对他说，闭上嘴，小心崩掉牙！哪知过了几天，他真的给一块刨飞的煤崩掉了门牙。从那我就知道了人体上最坚硬的器官是牙齿，可恰恰又是最脆弱的部分。所以职业拳击手全身都不戴护具，唯独要戴护齿。我看着他手掌里的两颗断牙，对他说，没办法，镶两颗吧。他说，咱镶就要镶颗好的！于是就镶了两颗金光灿烂的金牙。从那我就叫他金牙。

金牙快四十岁了才结婚，娶了个漂亮的小媳妇。他那一年过得提心吊胆，总怕小媳妇跑了，直到后来生了个儿子才放下心来。这个孩子就叫平安。下煤矿还有什么比平安更重要的？这孩子给我的印象是跑得快，村小学赛跑第一，到乡里仍旧是第一。瘦瘦的，两条长腿。这个平安是我儿子崇拜的偶像。

我总算离开了煤矿，有一年回县城去，那是一个早晨，我在一个炸油条的小摊上要吃早饭，忽然看见金牙的儿子平安走过来，他也看见了我，叫我一声：叔叔……我正想叫他一起吃，却见这孩子红了脸，神色慌张，转身走开了。这叫我很纳闷，他这是为什么？回到煤矿一打听，才知道平安已经不上学了，每天一大早骑自行车到县城里贩一些油条到村里卖，一天能挣四五块钱。那年他才十四岁。我心里很难过，也许是我坐在那里吃油条耽误了这孩子一天的生意。因为他的父亲金牙身体不行，平安过早地挑起了家庭的担子。回来我看到两个儿子在玩儿，就说，人家平安已经养家了，你们还什么都不懂。

金牙比我大十岁，他的儿子只比我的儿子大两岁。儿子还没长大金牙却明显地下井有些吃力了。风湿性关节炎常常痛得他站不起来，不停地呻吟。那时我年轻气盛，教训他道，会那么痛？叫苦连天的！数年之后，我带两个儿子爬山，下山时突然两条腿的膝盖痛得如针扎一样，几乎一步都不能走，让两个儿子架着下了山，那时他们一个十二岁，一个十岁。那是我第一次知道自己也得了关节炎。那是矿工的职业病的一种。我扶在他们细嫩肩膀上想起了金牙当年说的话，他说，唉，过几年你就会知道了。

又过了几年，遇见了我们那个煤矿的矿长，他一见面就说，你知道吗？平安没了。我心里一沉，说不出话来。他接着说，这几年井下死了这么多人，我从来没掉过眼泪，这次平安死，我流下泪来了，是咱们眼看着长大的孩子啊。

平安是个很害羞的孩子，做生意显然不太对，稍大就下井了。刚刚干了两年，他没有死在那些煤矿常见的事故上，如瓦斯爆炸、冒顶、透水……却死在了"片帮"上。煤壁在巨大压力下突然崩塌，我们叫作片帮。平安正在装车，给砸在了下面。矿长说，拉到地面上来还没死，嘴里说，我冷啊，我冷啊。我摸了摸他的手，冰凉，送到医院就断了气儿。

这一年平安刚刚二十一岁。

我后来见过金牙，他头发全白了，人老得已经不成样子。站在我对面，两眼直直地瞪着我说，你是谁？我记不起来呀！他和老伴儿种了点儿地，勉强维持生活。据说煤矿给平安的那几万块钱的抚恤金他全都换酒喝了，成天在醉酒中。劣质的酒把他的神经也毁坏了。

事情已经过去十年了，不知道金牙现在是个什么状况。平安曾经是他生活的全部希望，平安死了之后，他是虽生犹死。

春天又要到了，窗外这棵老杨树虽然还没萌发出叶子，但那枝条明显地柔软起来。夕阳的一抹金光照在上面竟有了一些生气。我看着，又想起那个瘦瘦的少年，两条长腿跑起来好快呀。哪知道他过早地跑到了生命的尽头。这正如一棵年轻的树，刚刚要萌发，突然给折断。怎不叫人心痛？他死去已经十一年了。可怜的孩子。

儿子、孙子和狗

孙子叮叮咚咚地弹钢琴，苦着一张脸。我问，童童你不喜欢弹琴？他说，不喜欢。我说，不喜欢你为什么要弹？他老气横秋地叹了口气说，为了普尼啊。普尼是一只兔子般大的狗。童童说，妈妈说我弹琴才能养普尼，不弹琴就不能养普尼。我大笑，这个妈妈把钢琴和狗捆绑在一起推销，真是天才的发明！我说，狗能传染多种疾病，还是把普尼送出去吧。童童叫道，把普尼送出去，我就把钢琴砸烂！九岁的孩子坚决得让人可怕。三十多年前的故事重演了。

妈妈说，把狗扔出去！儿子说，扔出去它，我也走！

那时我们刚进哈尔滨，儿子不知从哪里抱回家一只小狗，黑色的。四个人居住在三十五平方米的小房间里，哪有养狗的地方？儿子在阳台上搭了个狗窝。当年的妈妈可不通融，她说，抱着你的狗一块儿滚出去！儿子最终还是把那只小黑狗送出去了，他一连几天饭都吃不下，郁郁寡欢好多日子。

在乡下儿子曾养过一只狗，尽管我和妻子都不赞成但还是容忍了。我反对养狗是因为当年人都刚刚吃饱，没有余下的粮食给狗吃。那时的狗都是山上、村里到处跑，自己找食吃，或是和猪、鸡抢食吃，吃的是

196

糠和野菜。每天早晨，儿子吃到最后一口饭都要把嘴巴塞满玉米饼子，跳下炕就向外跑，看上去好似着急去上学，其实那只狗早就守候在门外，眼巴巴地等着，儿子出来一张口，掉出来的玉米饼子，黑狗吧的一声就接住吞吃下去。这真正是口口相哺啊。我没有向妻子揭穿这个秘密。多年后妻子说她早就知道孩子的这个秘密，她也没说破。那只狗就这样半饥半饱地长大了。今天看到孙子养的这只小狗，我深深地感到一种遗憾和愧疚，儿子养的那只狗可以说在它的整个生命中就没有吃饱过一次。让一个生命在饥饿中出生在饥饿中结束，这是对造物主的最大的罪过。

天很晚了，孙子还在楼下抱着一个平板电脑玩儿游戏，我说，童童，快上楼玩儿去，下面太冷。孙子说，普尼在下面没人陪啊。我沉默了，注视着昏暗中蜷缩在沙发上的孙子，感受到这个小小的躯体里面巨大的能量，在他幼嫩的心灵里爱像水那样饱满四溢。儿童时期是爱的能量最充足的时期，他们爱父母，爱兄弟姐妹，爱朋友伙伴儿，爱身边的一切生命，甚至包括没有生命的塑料娃娃和玩具熊。儿子和孙子都有过爱狗如命的时期。人的一生，这种爱的能力是随着岁月的流失而逐渐衰减。在我四十多岁的时候，有一次我忽然对朋友说，现在我觉得连亲娘都不怎么亲了。朋友们一致谴责我，但我就是有这种感觉。去年我要接九十五岁的母亲回老家看看她的弟弟妹妹们，不料母亲很果断地说，不去，我一个都不想他们。当时我略吃一惊，现在想来，九十多年的消磨，她生命中的爱的能量已经消耗殆尽。

生存环境的恶劣更是加速爱的衰减，贫穷、战争，还有政治运动，都是加倍地摧残这种爱的能力。我们这一代人常常以自己的生活经历丰富而自夸，岂不知已经受到了严重的内伤。艾青有句诗让我印象深刻，他说，饥饿使老人失去仁慈，使年幼的学会憎恨。当时一读至此我大吃一惊——他怎么会有这种体验？因为他不可能忍受过饥饿啊。邻居家死了一口猪，女人哭着说，我死了孩子也没觉得这么心痛啊。大家都嘲笑她过于夸张，但当年贫穷人家即使死了孩子也确实算不得什么大事。

爱的能量是如此宝贵，但爱的能力终究是会消耗殆尽的，创造良好的生存环境让孩子的这种能力减缓衰退是我们的责任。

西山人家

　　紧挨西山根儿原来有三户人家，后来大家都过不了山里这种凄苦荒凉的日子，搬进村子里去居住了，只有最后面薛家大娘舍不得离开老屋，留了下来。前年秋天有一位僧人开着小车来到西山脚下，出钱把最南边那栋遗弃的土屋拆除重建，一座铁门钢窗水泥院墙的新房就立在了半山坡上。与房主达成了协议，他在此修行，住十五年后房子仍归原主。出家人是不能有个人财产的。去年秋天，年轻的僧人释净意又来到西山脚下，把后面那栋旧土屋收拾了一下住了进来。当时我去一看，门窗破烂不堪，四处漏风，而且山水从后墙渗进屋里，地下水淋淋的，不是能住人的地方。净意和尚却执意要住下修行。当时我想，冬天连取暖的设备也没有，一定会把他冻跑的。哪知今年春天来一打听，西山的那两个和尚都还在。

　　我和妻子老韩都不信佛，但我去年和净意和尚还交谈过，也算是一面之缘吧，我们决定上西山去看看他。春天还没真正到来，山坡一片苍黄，踩着山路上萧瑟的茅草来到屋前，老树环绕，枯叶满地，四无人声。老韩小声说，人在呢。我一看，果然那灰色的水泥院墙外停着一辆小汽车。我走上前去，铁门紧闭，用手推了推，坚如磐石。在如此荒凉偏僻的地方紧关大门，无言中表示着对世人的拒绝，我不能敲门，只好知趣而退了。虽然我一直没见过这位法师，但心中对他充满了敬意。他繁华世界中一定得意过，现在却在这荒山野林打坐诵经，与那些香火缭绕金碧辉煌的寺庙里专事要钱的佛徒不可同日而语。

转过屋后就是净意和尚了。破门大开，我和老韩相视一笑，直入院内。但寂静无声，按往常净意应该笑着迎出来。我轻轻地走到窗前，挥手示意老韩停下，揭开挡窗的破塑料布向里面一看，只见净意正在闭目打坐。依旧是眉清目秀，但留着一撮可笑的山羊胡子。他的身后是满满的书架，去年他曾经向我抱怨过，屋里的水要把他的书给潮坏了。我举起手要敲一下窗棂，忽然又放下，虽然净意很随和，但打扰正在静心打坐的和尚也许是大不敬。我拉老韩退了出来，骗她说，人家在睡觉呢。进山而一个和尚也没见着，老韩当然有些遗憾。

薛家大娘年轻时眼神就不好，现在八十七岁就更是不行了。也不知是老花镜还是近视镜，她摸出来戴上，趴在老韩脸上看了半天才呀的一声叫出来，哎呀，闺女啊，什么时候回家来的？从此就紧紧地抓住老韩的手再没放开过。她滔滔不绝地说，老韩都插不上话。她说老了，不中用了，眼看不清，耳朵也听不见了。她说大家都关心她，她的女儿过几天就翻过山来给她送吃的东西，饼干、肉鱼，自己吃也吃不了；她说村里的侄女也送来很多好东西；她说还有外地的侄子又来看望她了；最让她激动的是孙女每次上山来都给她带来从市里买的好东西。她说，儿子、媳妇都上山来看她，她说，不用来，我好好的，什么也用不着你们操心！她说，你看，我这里什么没有？水在房后，烧柴满院子。其实她已经行动很困难了。她对几乎所有的人都充满了感激，她爱用成语，她说，现在是别人敬我一丈，我只能敬人一尺呀，我养了七八只鸡，现在不都是喜欢吃山鸡蛋吗？谁来了我就给几个，没别的呀。

她对整个世界充满了感激，阳光照在金黄色的墙上，照在她一头白发上，山风动时，老树摇晃，我神情恍惚，忽觉得生命从来没有的美好，这是多么令人感激的阳光哪。

对于我们的来访老人感激得无以回报，她扶着石墙，一定要送出门来，拦也拦不住。

晚上，我站在院子里望着那没有一丝灯光的西山，黑暗中的那两位僧人，此时此刻在想什么？做什么？只有信仰能使他们抵抗那巨大的寂寞孤独。想到薛家大娘，忽然心中一亮，她虽然不信佛，但如果佛祖来评价毫无疑问她更接近佛。因为有句话说，一心向佛反而距佛更远。净意和尚说过，佛，首先要破的是执着。如此说来，这两位一心修行的人在这方面竟是远不及这位八十七岁的老人的，他们还有很长的路要走哪。

1968 年的我

1

　　1968 年的我二十一岁。瘦瘦的，头发老长，总是盖住眼睛，两肩耷拉着，弯着腰，一副老要向前跑的架势。但是他很有力气，很能干活儿。他最大的理想就是能有一台永远也用不坏的手推车，那种木头架子的独轮车。他在那个时候一年到头儿除了睡觉总是和他的手推车在一起。他们像是长在一块儿似的，有手推车的地方就有他，凡是他到的地方必然推着他的手推车。春天他用手推车从村里的大街小巷往坡里推土肥，叫作"送粪"。夏天又推庄稼又送粪，因为把小麦收割回来又马上要种秋玉米。秋天就往家推地瓜。冬天本来可以不推车了，但上级号召兴修水利，搞农田建设。他就推土，推石头。总之，吃了饺子过完年他把车襻往肩上一搭，它就长在上面了。那种机器皮带做的车襻很结实，驴也拉不断，上面结着他的汗凝成的一层白色的盐。生产队里所有的运输工具就是七辆手推独轮车。动力就是他和他的伙计们。也有四五头牛，但那是拉犁耕地的，拉车绝不能用。冬天牛们闲着他们仍要推车。

三十年后的我，对他的手推车的模样，记得比他们村里的那几个姑娘的模样还要清晰。晚上，他把它倚在院墙边，在朦胧的月光下，他贪婪地看着它，觉得它是那么好看，它的骨架、它两翼的曲线，都有一种说不出的优美。他抚摸着它，感觉到它跃动着的生命。要睡觉了，他说，明天见，伙计。进屋时又恋恋不舍地回头看了它一眼。他对他的手推车的那种美感，使多少年后他在大学里听那位美学教授讲课，一听就弄懂了一个很深奥的美学方面的道理，美在很大的程度上是一种主观上的感觉，而非一种客观上的存在。他知道，他无论如何也无法让他人感受到那台手推车的优美。这美只存在于他和这台手推车之间。对别人是不存在的。

他是一个很实际的人。现在恐怕再也找不到他那样的好社员了。他拼命地干活儿，恨不能一天二十四小时不闲。他同时又省吃俭用，整个夏天都光着膀子，只穿一条短裤。为的是俭省。他最心疼的就是那种废汽车轮胎做的鞋经常穿坏。他恨不能有一双铁的永远穿不烂的鞋。

他本来是可以在村里当一个好社员生活下去的。但是"文革"闹得村里也不安宁了。他对前途没有了希望之后，又感受到了一种前所未有的恐怖。历来的农民一有风吹草动时，也不乏当皇帝的野心。一些在平时还过得去的人在这时显出了很是凶丑的一面。许多年后，他暗自庆幸的是自己家庭出身不是贫下中农，否则自己也一定要造反做一番皇帝梦。

他决定去闯关东。这在当时是一条背叛的路，他清楚地记得，中学的教导主任在讲到有的学生毕业后，做出了不轨的行为，其中一项就是，例如有的学生——受了党培养多年——毕业——竟然跑到东北去了！教导主任那尖削得像刀一样的鼻子在瘦得皮包骨的脸上轻蔑地抽了一下。今天，他也要跑到东北去了。他还记得一年前，韩宗宪因父亲在村里受管制，自己决定要到东北去，找他来商量，他对他的这个同学很不以为意。有必要吗？离开家乡和亲娘。今天，也轮到他了。东北是个什么样的地方呢？他不知道。只是从姐姐的来信里得知到那里可以找到活儿干，不至于没有饭吃，也许，还可以挣到钱。

他记得很小的时候跟在爷爷屁股后头，到岳木匠的木匠铺里耍，听那个曾经闯过关东的木匠说，那个天儿啊，实在是太冷了，要屙屎了，不敢出屋呀，就那么一直憋着不去，直到实在憋得不行了，这才把门嘭地一脚踢开，不踢不行啊，都冻上了，门一开跑出去，到院子里，一脱裤子，嗦的一下，提着裤子就往屋里跑。跑慢了屁股就冻没了。还有，天冷时你吐一口唾沫，掉在地下时，啪的一声，摔碎了，还没等落地的时候结成冰了。

那个 1968 年的我，还听说过许多黑瞎子的故事，那家伙伸舌头一舔，人的半边脸就没了。这些都不能动摇他去东北的决心。家乡，太可怕，太没指望了。穷走南，富走京，死逼梁山下关东。他就要"死逼梁山下关东"了。为什么所逼呢？没有希望。年轻人你可以叫他流血流汗，可以不给他饭吃不给他衣穿，但你必须给他希望，不管这希望多么渺茫都可以。只要你给他以希望，没有希望是最不能忍受的。1968 年的我就是没有一点儿希望了。那时候，农民也要按你的出身，把你分成七个阶级，地主、富农、上中农、中农、下中农、贫农、雇农。他是上中农，当然就永远没一点儿指望。

1968 年的我躺在被窝里偷偷地看着他的母亲，她在一盏灯下给他缝补棉袄。母亲总是那么安详。他对母亲说，娘，我的棉袄胳膊窝下挣开了线，你给我缝一缝吧。他从来不会自己缝衣服，他想让娘把能缝的都给缝好。白天，他没有去生产队里推车，而是请假了，他一年到头都不歇一天工的。他请假是到湾里去用车推湾泥。这是最累最难的活儿，把几百斤的泥从很深的湾底下推上来需要很大的力气。

他让周光给他拉车，两个人干了一天，推够了足能用一年的湾泥。这是用来垫猪圈积肥的。他怕自己走了后家里没有人能从湾底下推上湾泥来。多年之后，母亲一提到他推湾泥就伤心。

母亲不知道她的儿子就要离开她了，她在不急不忙、仔细地给他缝着。忽然，她发觉了棉袄的垫肩里有纸沙沙响，她问，这是些什么？他吓坏了，气不敢出，那是他藏在里面的四十五块钱。他从棚子上找出来，把棉袄撕开一条缝儿塞了进去。这是他的全部路费。糟了，被发现了。他的心咚咚直跳。母亲在那一瞬间似乎变得狰狞可怕。母亲用手沙沙地摸了阵，又疑惑地问，这是些什么呢？他用发抖的声音说，可能是垫肩的纸吧？她从来不怀疑儿子会背着她藏钱，她放过去了，没去掏，也没有再追问。这是她一辈子都没有再知道的一个秘密。这也是她的儿子一生对她的唯一的秘密。

2

哈尔滨这座北方的城市已经进入深秋。我看着窗外那些日渐凋零的杨树、榆树，怀念那遥远的故乡。秋天给人总是一种伤感。这些树都是很老的古树了，苍老的树干都是一种黑色，小楼旁边的那棵水曲柳已经完全落光了叶子，过早地进入了冬天。那座红屋顶白墙的俄罗斯建筑渐渐从树枝间显露出来，在一片绿色中掩映着的红白相间的二层小楼，如同一幅异国风情的画。那个1968年的我，在离开故乡时绝对没有想到他会来到这座颇具俄罗斯风格的城市里，成为这里的一个居民。这里距他的故乡数千里之遥。他常常觉得自己像一棵树，在胶州湾之西那块金黄色的土地上生长出来，被一阵风刮到这块寒冷的黑土地上，虽然也扎下了根，但总有一种东西在牵挂着他。再过几个月，他离开那块生养他的土地就已经整整三十年了，三十年，对一个人来说，几乎就是他的生命的一半，而且是他最为重要的一半。

我总记得那个春天的早晨，太阳照着土墙，满院子都是金红色的光线。我把小车从院子里推出来，但我把它放到街上就走了。和它朝夕相伴，这一别却是永远。这样，家里人都以为我是去生产队里干活了。其实我是赤手空拳向着汽车站走去。在那里，等着送我的有五六个我的伙计。那是个只有一间房子的汽车站，每天只有一趟车开到胶州城。大家都脸上很悲戚的样子，不敢互相看，怕一说话就流下泪来。因为这是真正的一场离别，不知何年才能再见面。

不巧的是在这时遇到了中学的体育老师刘树本。他问我，你这是要到哪里去？我要回答时已经泪水哽住了喉头，我挣扎着说，我要上东北……泪水汹涌而下，再也说不出一个字了。他也神色惨然，扭过头去不再问。他是一个很好的人，很聪明，一双眼睛总是调皮地笑着。他有病，很瘦，一蹲下去就会浑身的骨节都咯吧咯吧一阵响，我们就大笑。他说，你们笑什么？告诉你们，这是练功练的，你们要响还差得远哪。在所有老师中，他是最随和的人，常常他板着脸训人，自己却忍不住哧地笑出来。今天我重提他的时候他早已不在人世了，愿他的在天之灵愉快吧。他的眼睛很亮，也很大，总是骨碌着转。

故乡给我的最后一个影像就是一片苹果花，红红白白的一片。汽车开出车站，我向外一望，看见了村后的那片苹果园。苹果树正开花。我想起了我上植物课时，曾在老师的带领下到这果园里学过剪枝。苹果园消失之后，故乡在我的眼里就再也看不见了。

东北给我的第一道风景就是一群样子奇怪的麻雀，在黑色的灌木丛上起起落落。

那是一个早晨，我在吉林省的磐石县明城公社下了车，要到一个叫作洞口二队的屯子去投奔我的同学李学满。他的家庭出身是富农，初中毕业后就来到了东北。我沿铁路的路基向前走，那些样子古怪的麻雀，就不停地在道旁的树丛上飞起飞落，早晨的阳光照在它们的翅膀上，时时扇动一道金色的光辉。对于麻雀，我们是老相识，几乎可以说我是和麻雀相伴着长大的。我掏过无数的雀窝，也养大过许多麻雀，从一根毛没有的幼雀一直养到它会飞。因此对它们的一点儿微小异常就会发觉。我被这些不同寻常的麻雀吸引着，一边走一边看。到后来才知道这是一些被当地人叫作苏雀的，和麻雀几乎是完全一样的鸟类。

三十年过去了，那群在铁道边矮树丛上的苏雀儿，仍旧不停地在我的脑袋里上下翻飞。

李学满和我是同桌，人很忠厚老实，我记得有一次闹起来，我把他的脑袋在教室后面的墙上撞得吧吧响，他疼得眼里泪花闪闪，但脸上仍旧装出一副笑模样。他对我的到来一愣，然后又忧心忡忡的样子。我原以为，我们会高兴得像在学校时一见面就跳起来。这使我多少有些失望。后来我发现他来到东北有三年了，居然没有自己的住所。他住在一个朋友家里，和这个朋友搭伙吃饭，而这个朋友又是和另一户人家共住一栋草房。晚上睡觉时，那个朋友的媳妇在屋子中间挡上一道布幔，就成了两家人家。学满睡北炕，他们小两口儿睡南炕。我来了就和学满两个睡北炕。南炕上是刚结婚才几个月的年轻夫妇。我特别不习惯和这对陌生的夫妇在一块儿吃饭。四个人各自吃着，一句话也不说，只听得筷子在碗里叮叮响。在吃完时，主人才说一句，多吃点儿啊。我本来是想在他这里留下的，一看这情形，住到第三天就拔腿走人了。

在那个小村子里我记住的，还有东间屋里的那个大洋马似的姑娘。她在你的面前一站，你会觉得她浑身都在散发着一股呼呼的热气。她黑黑的，大眼睛，五官很端正。她们是一大家人，足有六口之多，但仅住那么一间房，也是南北两铺大炕。那天晚上，我和她并排伏在炕上看那些人打扑克，我发现她支在炕上的一条胳膊像一根圆柱一样，又粗又结实，我动了动手，悄悄地把两根手指头压在了她的手背上。她待了一会儿才回头看我一眼，把她的手挪开了。

我从坐上火车就一直不停地流泪，那泪水也不知哪儿来的，简直就无穷无尽，悲伤堵在心里从山东到出了山海关，一直到了吉林，直到我在这个朝气蓬勃的姑娘手上摸了一下，才把心里的悲伤排出去。她是我来到东北第一个给了我一点儿欢乐的人。我不知道她的名字也不知道她姓什么。

3

故乡已经是春暖花开，马桥河却刚刚开始化冻。河岸处还有残冰，混浊的河水，漂浮着白色的泡沫和黑色的败枝残叶向下流淌。我是在下城子下的火车，沿铁路路基走了十多里路走到这里来的。因为在下城子要检查边境通行证，我当然没有。在这个马桥河有我的一个乡亲岳凤鸣。我下了路基向村里走去。街上的泥黏得一不小心就会把鞋粘掉。马桥河给我留下的最深刻印象就是那里的黏泥。街上到处都是黏泥，每一个马桥河的人都有一双高筒大水靴子，对我这个没有水靴的人是寸步难行。

马桥河是一个公社所在地，就叫作马桥河公社。坐落在山坡上。我见到的第一个马桥河人大约是一个知青。一个瘦瘦的小伙子，独自坐在马棚前的一堆木头上弹一把吉他。在他旁边一堆马粪冒着白气，酱油一样颜色的污水从粪堆里流出来。我向他打听岳凤鸣住在哪里，他抬起头一看就知道我是从关里来的。我告诉他，我们是乡亲。他收起吉他说，跟我来，我领你去找吧，他是跃进大队的革委会主任，我听人说起过他。一边走，他一边对我说，你放心，我可不是他们那样的人，有的人你向他问路，他就把你领到派出所去，咱不干那种缺德事。

当时我对他的话并没有什么反应，后来我才知道有许多人进入边境地区，就是和我一样走到这里来的，于是就有许多没有边境居民证的人给抓到派出所里去了。

孩子时的岳凤鸣，是我们村里最淘气的两个孩子王之一。我亲眼见过他和人打架，两个人都打得鼻血直冒了还互相揪住不放，一边破口骂着一边厮打。我这次见到的岳凤鸣已经是一个结了婚并有了两个孩子的男人了，他高高的个子，很魁梧，仍然是晃着膀子走路，一副准备随时打架的样子。他说，没问题，住几天就给你办一个通行证儿让你过去。

在当时我就觉得他这样的人当官儿是很滑稽的事情。果然在我走了不久就倒台了。他还有一个最大的毛病是能喝酒，喝醉了就骂人，甚至打人。他对我说，平时他和谁不好，他就找碴儿借醉了去揍他，他力气大，一般人都害怕他。

由于他的目空一切，给我这个刚到此地的年轻人造成一种他在马桥河就是一切，无人敢惹的印象。他给我开了通行证，但我太大意了，却没有能上得去火车，反倒被一个姓田的派出所民警给扣留。这个姓田的偏不买他的账。他命令我脱得只剩一件裤衩搜查我。当时我太年轻，以为这是受了了不起的侮辱，激愤得不行，对这姓田的说了些讽刺的话，结果惹得他坚决不放我。这种事情其实是说大也大，说小也小，边境地区每年都抓成千上万的人，哪里有什么苏修特务？但在那个年代里，就有那么成千上万的警察、民兵、边防军处处设卡，时时检查，没完没了地折腾。到后来局势缓和了，两国已经在握手言和，但在边境地区仍然严格地检查了许多年。在距边境还有一百多公里的地方就开始设卡，这是一个多么广大的地区啊。成千上万的老百姓的每一步行动都要受到限制。你从村里到县城去一趟，一旦忘了带边境居民证就要被审讯，被扣留。尽管长年累月地并没有查到一个真正的特务，可是有那么多的人就能乐此不疲地盘问、检查下去。在无数的关卡上，在所有的大小的车站上，甚至每一个村口，年复一年，日复一日，劳而无功。干任何一件事这样，也会使人丧失信心，不能坚持下去，但这种检查却能毫不懈怠。现在想来，那实在不过是人的一种对于权力的酷爱。当一个人一旦拥有了命令别人、折磨别人的权力时，往往是即便对他毫无利益，他也能够不厌其烦地进行下去。

　　岳凤鸣后来被打倒，这也成了他的一大罪状。我对此心里深感不安。十四年后我回到故乡又见到他时，他对在马桥河的那一段辉煌只字不提。但他仍旧很乐观地生活着，仍旧喝酒，喝醉了仍旧要骂人。幸好那天他没有喝醉，他的妻子葛爱秀唱歌儿，她是我们村当年有名的演员。他不服，就说，你这算什么！我来段山东快书给你们听听。这是他的拿手好戏，他取出他的钢板就叮叮地敲了起来。说完了山东快书，他忽然叫道，我去放一挂鞭给你看。他从柜子里拖出很长的一挂鞭炮，在大街上点着，乒乒乓乓地响了起来。他也不用棍子挑起来，就那么拿在手上。无边的黑暗中，一片爆炸燃烧的火光缠绕着他，灿烂的火光里他兴奋得像个孩子。鞭炮炸完之后，他转过身就哗哗地尿了起来。鞭炮的余音在我耳边消散之后，我心里仍被感动着，被他这种对生命的态度感动着。

1

　　春天的树林里总有一股醉人的甜香气味儿，这是各种树叶和青草混合成的气味儿，这种甜香是真正地醉人，它让你有一种昏昏欲睡的感觉。新萌发的嫩叶像亮晶晶的眼睛一样看着这些闯入者。姨夫、表舅和我，我们三个人踩着松软的枯草跋涉着。干燥的草茎在脚下啪啪地断裂。我们离开向导之后很快就迷路了，只能凭一个大概的方向在树林里钻。我真正感到这是来到异乡了，这些树我全都不认识。姨夫和表舅告诉我，这是桦树，这是柞树，这是椴树……但是我根本就无法把它们区分，在我看上去是一样的叶子呀。在关里只有槐树、柳树、杨树等，这些树是没有的。树木是最能让人产生异地感的。直到今天，我不管走到哪里总是最先去看树木。它们会让我一下子进入一种异乡的感觉。特别是现在在全世界都在趋同，只有树木才能提醒你，你已经远离了家，让你获得身在异乡的感觉。

在马桥河的一个月是我一生中最难熬的一个月。多年以后，我无数次地从那里路过，每次我都要趴在车窗上看那个小小的车站，那是一栋米黄色的俄罗斯式小房子，心里想，这是我的受难地。我住在岳凤鸣的父母家里，在那里吃，在那里住，却又不能替人家干活儿。因为当时还不能种地，那年雪特别大，迟迟没有化完，地里进不去牲口。我唯一能报偿一下他们的就是劈柴火。我把他们家的木头都给劈光了。走又走不了，住又住不安，我真正尝到了度日如年的滋味。我想到伍子胥在昭关一夜愁白头的故事。年轻人敏感，总觉得人家对我已经厌烦了，可是我能到哪里去呢？他家里有一个破收音机，那就是我唯一的消磨时光的东西。我天天听，都听腻了。我到马桥河的时候青草还没有发芽，到我离开的时候树已经一片翠绿了。

姨夫和表舅从东宁县来接我，我们不能坐火车，只能步行走到东宁，而且还不能走大路，只能从山林里走。这段路据说有三百多里。最让人提心吊胆的是根本就不认识路，却又不敢随便打听。对于那时的我来说，这是第一次朝拜以后几十年将以它为生的圣地，第一次真正地认识东北的山林，从此后我将在它的怀抱里娶妻生子，把生命延续下去。它将不得不接纳我这个千里迢迢来的不速之客，而且最终将背叛它。对于表舅却是苦了他，他有关节炎，痛得龇牙咧嘴却不能歇一歇。

我走进了一个全新的世界，各种树木密密丛丛，刚刚张开的叶子像绿玻璃一样透明。阳光从树叶间筛下来，好像也成绿的了。大部分树都是很年轻的，一棵棵生气勃勃，相亲相爱地挤在一起。它们柔嫩的叶子亲切地在我的脸上抚摸着，它们呼出的气息直沁我的心脾。那些高大的老树则要森严得多，它们是那么高高在上地站立着，一副不苟言笑的样子。又黑又粗的树干，高得摩着云天的树梢。树林是个大家庭，那些低矮的灌木丛就是一群乱叫乱嚷的孩子，叫人看上去也闹得慌。那些白桦树是一群美丽的少女，亭亭玉立，又带几分羞怯地站在坡上。柞树是一些强壮的男孩子，个个都捧胳膊踢腿地不安分，使你走到它们跟前总不免有几分畏惧。那棵半枯了的老椴树是一个面貌慈祥的老头儿，他在哈哈地笑着。

也许我是与生俱来就有一种和树亲密相连的东西。直到今天，我只要一见到树，立刻就会精神一振。特别是春天的树林，当我走进去的时候就会觉得走进了久别的亲人中间一样，浑身舒服得心花怒放。我常常独自一个在树林里或走，或坐，心静如水，忘记了一切烦恼忧愁。身边的树如知己，我在心里和它们轻轻地交谈着，忘了时间。

我兴奋得像个孩子，在树林里乱蹿。姨夫不时地叫我一声，哎，你别到处跑呀，当心走丢了。那时候我刚到东北，还不知道真的有人在树林里能走丢了。在树林稀少的空地上则是茂密的干草丛，这也让我兴奋，在家乡我从没见过这么厚的野草，家乡的地阡上，每到秋天连一根草茎都被人用箅子拾回家去了。有时连草根都刨出来烧火。在草丛里我看到了一堆垛得整整齐齐的迫击炮弹，它们都锈迹斑斑，安安静静地躺在那里。我大叫起来，姨夫和表舅一看，毫不吃惊地说，这是日本人留下的。我还看到了一个灰色的地堡，它几乎是完好无损，像一个灰色的怪兽一样趴在艾蒿丛中。

表舅叫一声，嘿，狍子！我抬头一看，只见一个驴般大小的家伙冲出一片矮树丛向前跑去。我没有看到它的头部，它把一个雪白的屁股向我们炫耀般地展开。这就是狍子的一大特点，在东北地区，当一项制度定下了而不能执行时，大家就会说，狍子屁股——白定（腚）。它们的这个特点就是给后面的伙伴一个醒目的标记，让伙伴们不要掉队。这是我第一次和东北这种最常见的野兽相识。它张着那个扇形的白屁股在绿树丛里跑得不慌不忙，节奏分明，显得很优美，但那速度却是极快，飞一般地射向小路的尽头处，很快不见了。

我们只顾走，忘了警惕，当穿出一片树林时，突然看见前面有一座草房子。要躲已经晚了。草房子前面的空地上有一些人也同时发现了我们。姨夫说，这是一个开荒队，咱们进去歇一歇吧。事实是我们想跑也跑不了，只能往前走了。后来我才知道，在这一带山区有很多这样的开荒队，在远离村庄的山林里，他们开垦出一片庄稼地，每年春天赶着马车来播种，种完就回家，秋天再来收割，打完场把粮食拉回家，这屋就扔一个冬天没人住。天已经中午，种地的人都回到住处来吃饭，所以这里有很多人。这时太阳好像特别明亮，高高地照在头顶上，叫你感到一切都暴露在了光天化日之下，包括你心里想的。

房前空地上停放一辆马车，车上的马槽有三匹高大的马在吃草，咯吱咯吱嚼着。粗大的尾巴不停地甩着驱赶马蝇。对于我们三个人出现他们感到意外，一时愣在那里不说话，只是看着我们走近。屋里做饭的一个上了年纪的汉子说，进屋来，吃了饭再走吧。姨夫说，谢谢了，我们自己带了点儿吃的，喝点儿水就行。

屋里除了做饭的锅灶几乎是什么家具也没有，只是一间空屋。表舅和姨夫就蹲在地下放心地喝水。看来这些人对我们是很友好的。忽然门边一暗，进来一个身穿旧军服的青年，很健壮的样子。他毫不客气地对我们说，你们有居民证吗？姨夫说，有，有。他的脸色已经变了，惊恐地看了我一眼。我心里想，糟了。那青年很认真地检查了姨夫的边境居民证，表舅也掏出自己的居民证一声不响地递给那个青年看。我心里想，下一个就轮到我了。我强作镇静地端着碗在喝水，把脸埋进碗里不看他，心想，听天由命了。

他认真地看完了表舅的居民证，还给了他，转过脸来问我道，你也有吗？我点了点头说，有。他相信了，他没有向我伸手。我高兴得差点儿叫起来。这时却听见一个颤抖的声音说，看哪，这鸟儿死了。我低头一看，姨夫手里的那只小鸟儿躺在他的手里一动不动了。他由于紧张，声音都变了，以至一点儿都不像他的声音。也许是因为他过于紧张，不自觉地把手里的鸟儿捏死了。那是在我们穿过一片桦树林时他捉到的。

我们离开了开荒队继续赶路，却找不到那条小路了，只好拐上了大道，总算在天黑时走到了绥阳。

5

1968 年的我在一个名叫五排的山沟里住了下来。这里是长白山的余脉延伸到黑龙江的部分，四周是一片崇山峻岭。在姨夫把我领到这里时，我急不可待地爬上了最近的一个山头，当我在山顶上四下一看，我真正体会到了苍山如海这句话。茫茫苍苍的山一个接一个，无边无际地向天边排开去。我极力向西南望，那里是我的故乡，但只能看见一片山，夕阳照着，这使我想起了那句"夕阳山外山"。在天边，一些似云似雾的东西弥漫着，什么也看不见了。从山上下来，我对姨夫说了我的所见，他笑道，要不怎么这一带叫东大山呢？这里除了山还是山。他的话也是一句"夕阳山外山"。

这里距姨住的胜利村有七十多里路，这是胜利村的一个开荒队，庄稼已经种上了，现在这里的五个人就是在这里照看着，铲草。队长就是姨夫的一个远房叔叔，我就叫他爷爷。这是一个近五十岁的人，有气管炎，总是喘，说话听上去都很吃力。做饭的是一个年纪快六十岁的白胡子老头儿。他跟我这位爷爷不太好，但他是我的关里乡亲，他的那个村子叫作草奓，距我们村只有八里路。在这千里之外，当然就算是真正的乡亲了。因此他对我还说得过去。他给我附带着做饭，我帮他劈柴，挑水。他姓龚，他实际上是有一个儿子的，但是姓王。这就是说，当年他的老伴儿还是一个姓王的老头儿的老婆，他是给人家拉帮套的，有了孩子当然要姓王。那时候，黑龙江省的人口男女比例是十比一。拉帮套的

214

现象很普遍。解放后他当过一阵子村支书，现在大家仍叫他龚支书。

生产队里不收留，我只能自己跑进这山里来开荒种地。我要找那些被人发现不了的树林里去刨。但在树林里种庄稼又不行，一小块地种上庄稼就会给一些野物吃光。比方说，野鸡、老鼠、獾子、野猪、黑瞎子，还有花狸棒子。花狸棒子是一种在这一带山区最多的小动物。它们遍地都是，到处乱窜，吱吱叫着，体形比老鼠大，又比松鼠小一些，金黄色，背部上有黑白相间的竖条纹，很好看。大约学名叫金花鼠吧？姨夫给我出主意让我种黄烟，这是什么动物都不吃的，除了人抽之外，还没发现任何一种别的动物抽烟。我不抽烟，但我要种黄烟，姨夫说可以卖钱，比种庄稼还合算。

山谷间的一小块土地，两边是又高又陡的山。我先用镰刀和斧子把密密丛丛的草和小树砍倒，再抱出去。这里不能点火，如果能点火烧掉当然要省力得多。这是防火期，有一点儿火星就会引起森林大火。这块地上长满芦苇、艾蒿，比我还高。姨夫说，只有长草高的地方才能长庄稼也高。最难对付的是野玫瑰丛，它们遍身都长满刺，无论你怎么小心，也不能不在干完活时满手扎上刺。灌木丛和野草纠缠在一起，真正是扯不断理还乱。心气浮躁的我挥着镰刀，嘴里咒骂着，奋力和它们搏斗，一会儿就又气又累满头大汗了。

我停下想喘口气，忽然，我被一种恐怖攫住了。嚓嚓的镰刀声一停，无边的寂静一下子铺天盖地向我压过来。除了我咚咚的心跳，天地间没有一点儿声音。我惊慌不安地四周看看，树和山把我紧紧地包围。这是一条东西走向的山谷，前后一望，谷底的大树一棵接一棵地望不到头，它们好像都在拥挤着向我这里走过来。这些树是柳树、椴树、野核桃树等，它们好像不甘心在这幽深的谷底，拼命地往上长，又直又高。往上看，只有一块狭窄的天空。两边是陡峭的山坡，山坡上的树要稀疏一些，大多是松树、柞树、桦树等，那些高大的松树在高高的山崖上，

215

稀奇古怪的形状，在我抬头时凶恶地向我扑下来。我几乎要拔腿逃跑，但我能逃到哪里去呢？在这几十里内没有村子，没有人家，我逃出去仍然要回来。人们都说热爱大自然，但那必须有一个前提，有人类的大自然。当你孤独地面对着几十里之内没有人烟的大自然时，你就会被大自然的恐怖压垮。人们常说的孤独其实还是一种人群中的孤独，只有当你身处没有人类的大自然中，你才能知道什么是真正的孤独。人会产生一种本能上的恐惧。人是群居动物，在本能上需要有同类在一起才能情绪安定。也许是我那时年轻，太敏感，我总觉得每一棵大树后头，都有一个居心叵测的东西在窥视着我。当我弯下腰割草时，总觉得后背凉飕飕的，似有一个虎狼之类的凶兽向我扑过来。1968 年的那个瘦瘦的我，如同一只被四面包围的兔子，惊恐万状地在那条沟里团团转。逃无处逃，跑无处跑，只能硬起头皮继续刨地。他的神经处于一种高度紧张状态中，耳朵竖着，一根草茎折断在他听来如炸雷一样响。

1968 年的春天对于我来说，尽管我每天都在抢着镐头刨地，但我最感到痛苦的不是劳累，而是这种恐怖、这种孤独。我每天早晨吃完饭就犯愁往那条沟里走，但又不能不走。我一天到黑没有人说话。刨地是最单调的活儿，就那么站在原地，一下一下不停地刨，而且很难见到你的成果。一镐头刨下去，你的地只能增加了巴掌大的那么一点儿。树根盘结着，你往往累得汗流浃背，半天还刨不出一个小树桩。但你必须刨下去，不刨你就无法生存。我当时吃的还是我姨夫从他的家里拿出来的口粮，我在这一年之内要打下自己明年的口粮，而且要偿还上今年吃的姨夫家的粮食。

把地刨出之后，为了让阳光能照下来，我还要把四周的树伐倒，光照对黄烟是非常重要的。春天的树汁特别旺，当锯吃进树身的时候，树汁就从锯片上流下来，一会儿就把锯片染成紫色。这种颜色让我心惊胆战，我想到了血，这是树的血。我用的是一种叫作刀锯的专门伐树用的弯把锯。我跪在地上，把锯横割在树的根部，双手握紧用力拉动，这种锯齿很大，切割起来极快，它嚓嚓地把树皮割开，又把树干截断，我感觉到了树在痛得哆嗦，这种振动通过锯片传到了我的双臂，传进了我的心里。当锯断树干的四分之一左右，我就把它向倾斜方向推倒，它咯吱咯吱折断时的响声叫我听起来特别可怕，看到树梢在天上晃动着，蓝色的天空仿佛在旋转，最后它很不情愿地歪向一边，终于哗啦啦地倒下了，一个生命完结了。它在落地时有一些枯枝反弹起来，一些灌木和蒿草纷纷被压倒在地。我感觉到了，我在犯罪，我在进行一场屠杀。

刨地是最简单的劳动，只有两个动作——举起、落下。不需要任何思想，也不需要任何技巧，因而也就是最乏味的，也是最累的劳动。让你原地不动地做着同样一个重复的动作，这是一种可怕的惩罚。它让你从体力和精神都感到极度疲乏。我在刨地，大部分时间是生活在回忆里，我在脑袋里一遍又一遍地想着故乡的场景。我最想念的是母亲，在我生活的二十多年里从来没有离开过她的身边。我想象着她站在院子里向北望着，风吹乱了她的头发，夕阳的金色的光芒照在土墙上。她就那么茫然地望着。多年之后她告诉我，每当东院里的那个孩子一吹笛子，她就想起了我，因为我那时也常常在晚上拿一根笛子无休无止地吹着。

当儿子的永远不能感受到母亲想念孩子的那种刻骨铭心的痛苦。直到我自己有了儿子，儿子又离开了他的母亲时，从妻子身上，我才知道了当年我给予了母亲一种多么严重的创痛。我是怕她流泪才偷偷逃走了，当时我全然没想到她会怎样地痛苦。

我还想念我们生产队里的一个姑娘，她黑黑的，但五官端正得无可挑剔。大大的眼睛黑白分明，睫毛长长地覆盖着。她总穿一件大红大绿带有烟叶一样的图案的裤子。她很瘦小，但身材匀称。在走的前几天，我曾半开玩笑地对她说，你等着吧，等我到东北去挣了钱回来娶你做老婆。她撇了撇嘴什么也没说。十四年后，我回故乡时，专程到县城里去

217

看望了她。她胖得圆圆的，像一个土豆，而且那双让我十几年来魂牵梦萦的大眼睛也荡然无存了。她不知怎么竟在眼皮上长了疤。我还是半真半假地抱了抱她，算作是一种对自己多年梦想的一个安慰。

我也想我的那些伙计，我们从小一块儿长大，朝夕相处。可以说是心心相通。现在独自一个在这样的荒山沟里，连个人影儿都不见。

每天能看到的只有花狸棒子。它们就在我的身边窜来窜去，翘着一根翎毛样的尾巴，上树爬山，跳跃奔跑，倏忽不见踪影，灵敏得远远胜过猫。它们吱吱叫着，追逐打闹，欢欢乐乐。也许是一种嫉妒心理，有一天我用石块儿打中了一只。它痛苦地痉挛着团起身子，我走上去拿起它，它小小的身体颤抖着，我感受到了它的剧痛。我把它埋进了土里，但等我离开时，它已经钻出土跑掉了。

哈尔滨的深秋说到就到，早晨我踩着满地落叶跑步，忽然想到一年又要过去了。三十年前的那个我清晰地出现在我的眼前，我决定把他写下来。他到这里来的时候头戴一顶旧军帽，洗得发了白，帽檐都破了。但他很喜欢，就那么从关里戴到了东北。他在那条山沟里开垦了大约有三亩地。但是只种了一年，因为他第二年就到煤矿去挖煤了。那里太远，根本就无法去种，也不知别人种没有？或者是又成了荒地。我总想去看看它，它在我的一生中留下了深刻的印象。它的土质很肥沃，几乎没有沙土，全是腐烂的树叶和草堆积成的，足可以种二十年也不用上肥。

6

一条金红色的沙石大道从山谷间蜿蜒着穿过。它就那么日复一日地躺在阳光下，安安静静，没有车驶过，也没有人走过。我每天越过它时都不禁要向两边张望一番，盼望着能从大道的尽头出现一个人影，或是一辆车开过来。但从我来到这里，没有一个人在这大道上出现过。有一天中午，我们正吃饭，小姜忽然说，哎，一个人。我抬头一看，果然是一个人在大道上走过来。明晃晃的阳光下，大道像在水中袅袅地动着，那个人大约是走累了，把一件黑色的上衣缠在腰间，像一只大甲虫似的一路爬了过来。爷爷说，快，去叫来吃饭。我放下碗飞跑出去，那几只狗以为是出了什么事，紧跟在我后头狂叫着跑。那人在我的邀请下愉快地进了我们的屋里，老龚头就给他盛了一碗饭，他说了声，不客气了，就大口地吃起来。他边吃边告诉我们，他是下面闹枝沟村放牛的，有一头牛丢了，他到处找。吃完饭，他抹了下嘴说，谢谢了。我们都说，别客气，回来时一定进屋坐坐。我们恋恋不舍地送他走上大道。他是我们一个月来唯一的客人。

5 月 13 日，这一天在关东山是一个大节日。到底是个什么节却又谁也说不出。这一天爷爷说，放假一天，咱们到山那边买鱼吃去。他扭头对我说，你也去，不刨地了。吃过饭我们就开始往山上爬。具体是应该怎么个走法谁也不知道，只有爷爷说在山那边有一个鱼梁子。他也是听人说的。但他知道山那边就是有名的绥芬河。我们在山上走着，根本就没有路。爷爷手里拿一把镰刀，他说，在山里出门，你最好手里拿一件东西，说不定什么时候就能用上。事实上这一天他的镰刀就什么用也没有。我们一共四个人，走一会儿把方向也弄糊涂了，你说是往西，我说这是往东。爷爷说，不管往西还是往东，你现在已经在山顶上了，就只管往下就行，大河不能在山上。他还对我说，在山里万一你迷失了方向，你就不要乱走了，只认准了往下坡走，步步往下走，走到哪里去不一定，但总会走到一个有人居住的地方。

多年之后我看地图，才发现他这话是非常正确的，你从地图上可以看到，几乎所有的居民点儿都在河流的线上。但这么简单的一个道理，许多人就不明白，凭着感觉在山里乱转，结果转来转去或冻死在山林里，或饿死在山林里。直到今天，大兴安岭每年都有迷失在山林里的人。夏天，他们有的人在树林里走一个多月，靠吃野菜野果或者蘑菇维持着，最终还是没有走出来。如果他们能按爷爷说的只往下坡走，是用不了多少天就一定会遇到居民点的。

在一个山坡上我发现了一个奇怪的现象，有一排大松树的树干，在距地面二尺高的地方都没有树皮了，而且深深地凹了进去，木质都被什么东西刮去一层。我指给爷爷看，他说，这是野猪蹭痒痒蹭掉的。我说，这要多么大的力气呀。他说，这不是一头野猪蹭的，它们一群从这里过，每头蹭一下就能蹭成这个样子。我似乎看见黑压压的一群野猪向这里奔突，不由得打了个冷战。但爷爷说，成群的野猪是不可怕的，它们只要听到一点儿动静就会哄的一声，没命地逃窜，不会有任何危险。可怕的是孤猪，你打它比打黑瞎子还要当心，它会闻着枪的火药味儿一下子冲过来，你跑都来不及。几年之后当我亲眼看见了野猪时，我才知道这家伙的厉害。它在树林里跑得像一道黑色的闪电一样快。小树和灌木丛就当没有一样，一穿而过，它根本就不要躲避，转眼就不见踪影。这一方面是它的力气大，另一方面是它的体形决定的。它呈纺锤形，前头尖，像炮弹一样向前穿行。它的皮又厚，身体紧凑，不怕碰撞。这是别的任何动物都不能比的。

我的家距动物园很近，我常到那里去。当我看到动物园里的那头野猪时，我常常会心生怜悯，我想起在山林里遭遇的那头野猪。它在山林里的威风已经荡然无存，和一头家猪几乎没有什么区别了。从严格意义上说，动物园里的老虎也不是真正的老虎，豹子也不是真正的豹子。

前头一片榛树林子，密不透风，连一只鸟儿也休想钻过去。老卫泄气了，说，操他哥儿呀，这还能往下走吗？爷爷说，走，你不走没有别的道儿，榛树林子不会太大。

就在我们穿出这片浓密的榛树林时，我忽然听见了一种隐约的哗哗声。爷爷说，这山下可能就是大河了。果然走了半个小时之后，一条大河出现在我们面前，两边是陡峭的山崖，绥芬河就在山崖间弯弯曲曲地绕着。由于河床全是巨石，落差又大，激流跌宕，水声在这寂静的山间就如同雷鸣一般。总算找到鱼梁子了，但没有多少鱼。

鱼梁子捕鱼的方式就是坐等。首先在河上拦一道坝，提高一下水位，使水流更湍急。在急流下方用柳树条子编成一个很大的水箅子，鱼一冲到这水箅子上面就逃不脱了。这是捕从上游来的鱼。从下游来的鱼就有一个专门的豁口，当鱼往上冲感到吃力时，稍一转身，啪的一声就被上面的激流打到水箅子上了。看这鱼梁子的是一个名叫张淑琴的男人和另一个呆头呆脑的老头儿。这个张淑琴我是到了煤矿之后才知道他的名字的。他在煤矿干过。那天他对我们说了很多话，无非是说在这里捕鱼多么难，在这条河上撑船多么惊险，很有些吹嘘的意思。他瘦瘦的，中等个子，一双大眼睛骨碌碌乱转。我对他印象实在不怎么好。但到后来我在煤矿听人讲起过他，他的确是身手敏捷，很了不起。他说去年鱼多的时候，一天曾经捕到过上千斤滩头鱼，今年天旱，水太小，滩头鱼上不来。

他所说的滩头鱼就是这绥芬河里特有的一种鱼。这种鱼在绥芬河里生，游到海里去长大，然后再回到绥芬河里来产卵，死去。这条绥芬河向东千回百转，穿过重重群山，越过国界，进入俄罗斯，在广大的俄罗斯大地上向南折去，最后流入日本海，而这些滩头鱼千难万险地进入日本海之后，又一直向东，游过波涛万顷的太平洋，到达北美洲的西海岸，游过阿拉斯加湾再向北，从北太平洋的边沿再回到亚洲海岸，穿过鞑靼海峡，继续南下回到绥芬河口，历经三年，行程数万里，又回到它们的出生地。这些资料我是多年之后才知道的。对于它们能再回到像五排那样一个险峻的山峡里，我实在感到不可思议。

那天我们一听他没鱼可卖，就准备回去，他说，不行，在这里吃了饭再走，哪有饿着肚子走的道理？他很霸道地喝令那老头儿快烙饼。他自己到鱼圈里捉了几条鱼，就动手做鱼。那天我们吃过鱼之后，向他道了声谢谢，并邀请他到我们那边做客。我们也是一片真心希望他能到我们开荒队去。但他一直也没有去。到今天我仍然非常怀念那一顿鱼。我这么多年了能记得，足见他那顿鱼是没白给我吃。人与人的关系在那人烟稀少的山林里是很特殊的。只要你见到一个人就觉得很亲，不管相识不相识。

7

我们住的草屋叫"马架子"，这是山里最常见的，也是建造最容易的一种住房。在平地挖下一米深，上面用小树搭成人字形的一个架子，屋顶再盖上树枝、树皮、茅草，从房山上开一个小门，房子就盖成了。这样的房子冬天暖和，但因没有窗户，白天屋里光线也很暗。屋里有做饭的灶台，灶台后面连着炕。我们六个人就睡在南北两铺大炕上。吃过晚饭坐一会儿就上炕躺下，这时候大家说几句话，但没有一个人能讲故事，都是一些几乎什么也不会说的庄稼人。他们的所有本领全在一双手上，说话是一种可有可无的功能了。有时我就唱几句戏、唱几支歌儿给他们听，这就是大家的唯一的文娱生活了。

常常我半夜醒来忘记了这是在东北，总觉得睁眼一看就是躺在家里的炕上。但是听得屋外有一种呜呜的声音，心里就一哆嗦，知道已经是远离故乡了。满山上的树一有风就会呜呜地响。如果风大，那响声简直是地动山摇。有时听着风声，想起了故乡和亲人，眼睛觉得发热，用手摸一摸，湿漉漉的了。

龚支书做饭，只有两样，一是贴玉米面大饼子，一是做大米和小米掺一起的二米子饭。菜就是萝卜汤。他有时把一种从山上挖来的树根放在汤里煮，这种树根他叫作山花椒，真有一种花椒的味道。那个时候他已经六十多岁了，现在早已不在人世。

小姜是一个从别村聘请来的养蜂技术员，他管理着房前空地上的那二十多箱蜜蜂。他那时只有二十六岁左右，但比一个老年人还沉默。这大约也是和他的工作有关，成年一个人待在山上，和谁说话？人说话的能力也是长时间不用就会退化的。很多农民你听他说话总是那么大声大气的，还常常词不达意，其实他那是紧张，他要费力地去组织，去想起。这个小姜去年我在县城里见到过他，他当然是完全不认识我了。他正在一个商店里买东西，那样子完全是一个老农民了。其实他比我大不几岁。还有一个姓卫的，四十多岁的人，姨夫最看不起的就是他，说他曾经勾搭过人家的大姑娘。这个姓卫的说一句话总要带一半的脏字，似乎他不骂人就不会说话。还有一个姓王的老头子也是我的乡亲，这老头子总是爱说顺着别人的话，真是你说长他说不短，你说方他就说不圆，你说公鸡能下蛋他就会说亲眼见。

开荒队里养了三条狗，这是我那爷爷准备冬天打猎用的。别看他气管炎很厉害，但枪法却很好。据他说，黑瞎子是最经打的，有一年他把一只熊打得肠子都淌出来了，就那么拖在地上，它仍然向他猛扑。最后一枪是把枪口伸进了它嘴里放的。等倒下后数了数，它中了八枪，差不多枪枪都打在了要害上，可就是不死。他说狍子和鹿是最不经打的，有一年他看到山崖上有一只狍子，很远，枪不一定能够到，但是它就那么站在那里看着他，一动不动，他心想，放他一枪吓一吓它。他就瞄准了开了一枪，没想到那家伙应声翻了下来。后来看了看，子弹仅仅是从它犄角中间穿过，擦破了一道皮，它就那么给吓死了。

我叫他爷爷，其实他并不很老，那时候也只有五十岁吧。现在他已去世很多年了，他死的时候也只有六十出头。他说那只老母狗是真正的猎狗，那两条需要冬天好好训练一番才能用。他教给我说，狗你先要看它屁眼大小，一般的屁眼大的狗胆子就大。打猎，狗的胆子是很重要的。有的狗在平时干什么都很好，但一遇到大的野兽就胆怯，在那种关键时刻你就要吃亏了。比方说一头黑瞎子向你扑过来，你的狗不敢往上冲，反而一个劲儿地往你裤裆里钻，这就完了，连你也闪不开，枪也端不准，你就会被它给害了，所以猎狗第一就是要胆子大才行。他说那只老母狗就大胆，从来什么也不怕。有一天早晨，我发现三只狗浑身都给露水打得湿漉漉的，像水里捞出来一样，瘸着腿回来了。看样子，这一天夜里，它们不知和一个什么东西干了一架。果然是那只老母狗的脸给咬得血肉模糊，鼻子给划开了，耳朵少了半块，而那两条年轻的狗却是伤在屁股上。

那条老母狗看上去实在不怎么样，灰土土的颜色，两只耳朵耷拉着，一副无精打采的样子。但是有一天一个专门打猎的人从这里路过，一眼看上了它，一定要用他的一只猎狗和爷爷交换。爷爷说，它老了，不行了，你别要了，把这只小细狗给你吧，它可能跑了，要不，这两只随你挑。但那个人笑笑走了。

早晨，爷爷咳着说，今天我要上山去看看套子，说不定老把头夜里给咱赶进套儿里一只狍子呢。我知道他说的所谓"老把头"就是老虎。我顺口说，你别把老把头也给套住呀。他一阵猛烈的咳嗽，半天没说话，一会儿才说，你这孩子怎么说话没遮拦呢？我自知失言，脸涨得发烧。老卫说，这鸡巴人……

他领我去看过他下的套子。原来那只是一些铁丝拴在树上做的活扣儿。我还以为所说的套子是多么复杂呢。这些活扣儿拴在野兽们要经过的路上，如果不小心把脑袋伸进去再一挣，套儿就勒紧了，越挣扎勒得越紧。下套儿最主要的工夫是要挡趟子，就是把树林里拦成一道篱笆，只留几条通道，把套子下在这些通道上。这要挡好几公里长，真要有耐心才行。当然是你挡得越长，下的套子越多，效果就越好。爷爷告诉我，你拴套子要注意，套子的下沿必须是和你的膝盖一样高。这正是狍子的膝盖以上。有时别的野兽也能套住，狍子是最容易上套儿的。野猪最不容易套得住，它们常常把你的套子都给扯跑了。兔子也容易套，特别是下第一场雪的时候，它们的眼睛还不能适应，雪耀得它们像瞎子似的，根本看不见套子。只要你在它跑的路上拴一个套子，准能套得住。套兔子的套子要拴得离地面一巴掌高。野鸡的套子可略高一些，但是夏天要拴得低一些，因为夏天草木叶子密，它们必须低下脑袋跑。一到秋冬庄稼和草叶子都没了，它们就会高高地昂着头跑。下了套子后，你就必须每天都去走一趟，如果不去看，套上的猎物马上就会被别的野兽吃掉。

爷爷的套子在我种地的时候一直没套住什么。他每次空手而回就要感叹道，唉，这年头儿狍子也学精了。到冬天时才套了几头狍子和几十只兔子。我上山去打猪菜时看到了。你怎么也不会想到猪菜是什么，就是鸡冠花。姨夫在山上种了一片片的鸡冠花，这也是因为种别的庄稼会给野物们吃光。晒干后，把这些鸡冠花的籽和叶茎打碎就是猪的好饲料。我打了两天，装了四麻袋之多。你想想，四麻袋干了的鸡冠花！那次他给我吃了好些狍子肉，直到我肚子胀得不行才算完。其实那东西远不如羊肉好吃，但近些年却比羊肉贵得多了。我下山的时候，他给我拿上了几只冻得石头一样硬的兔子。

冬天，别人都下山了，只留他一个人在那里看着房子、蜂箱和一些粮食。他就那么一个人孤单单地和三只狗住在山上。他又经常咳嗽，有一次夜里出外昏倒在外面。幸亏几只狗围着他，用舌头把他给舔醒了。他自己做饭吃，只吃玉米面窝头，有小麦，但他说要留到明年春天大家上山来种地时才能吃。菜就只吃冻白菜，煮的冻白菜油也很少，简直没法下咽，可他一个冬天就吃这东西。我下山的时候，他指着远处一个小山包说，你走到那儿留点儿神儿，那里可能是有一只黑瞎子在蹲仓子，你看它从洞里扔出来那么多的石头。顺他指的方向看去，可以看到在一个白雪覆盖的半山腰有一个洞口，而在洞口四周的雪地上散布着一些黑色的斑点，那肯定是抛出来的一些大大小小的石头。

既然他知道那里有一只熊，他为什么不去打它？我满腹疑问地看看他。他说，不怕，你走吧，只要你不去惹它，它一般是不会出来找你的麻烦的。

8

1968年的春天大旱，这场旱灾一直持续到了夏天。刚开的地由于草根树叶含得多，太松散，也就特别不耐干旱。我种上的黄烟几乎就是一点儿也不长了。来年我吃什么？穿什么？我有一种走进了绝境的感觉。

年轻人总是容易怨天尤人，1968年的我心怀怨恨，觉得这是老天对他的不公。似乎这天大旱是专门为了对付他的，似乎只有他开荒种地的这条山沟里不下雨。1968年的我经常一遇到高兴的事就觉得天下的人都在对他微笑，一遇到倒霉的事情就认为天下人人都和他过不去。他面对着他的干坏了的黄烟悲愤满腔。他写了一封长长的信给家乡的周光，向他诉苦，用上了许多的形容词，甚至说什么古松为我悲泣，老桦为我流泪，现在来看很是好笑，这才哪儿到哪儿呀。当这信几经周折到了周光手里时，这个最忠实的朋友正在一所学校里读书。他难受坏了，失眠了，成天愁眉苦脸郁郁寡欢。那时候兴一帮——一对红，兴谈心活动，同学们一致认为他是失恋了，都争着来找他谈心，争着帮他洗衣服，帮他叠被子。其实事情远没有1968年的我说得那么严重。一进六月下旬，下雨了。

那雨一下就下了五天五夜。山崖树林都隐在一片白茫茫的烟雨里。云层很低，低得就在山半腰，就在屋顶上，空气也湿漉漉的，像能拧出水来。草屋顶开始漏雨，吃饭的碗盆都用上接雨水。这种马架房子最大的缺点就暴露出来了，屋里低凹，地表下的水在几天雨之后从四面八方向屋里渗透。爷爷在中央掘了一个坑。住一会儿就向外舀一阵。头一天，我还想，好了，可以长了，黄烟喝饱了。几天之后，面对着这无休无止的雨心里难受得不行了。哪里也去不了，吃过饭就这么在炕上躺着，有时向外伸一伸头，听得树林被雨打得一片哇哇响。狗窝也漏雨了，狗们也愁得在窝里直哼哼。狗毛湿了之后发出一种难闻的狗腥气，这狗腥气使我直恶心。老卫心烦了就不住地骂，操他奶奶的，这太阳是不是也烂了个鸡巴的？爷爷警告他说，你这话在外头说，非打成你反革命不可。他吓得就闭上了嘴。每到晚上，爷爷就掏出一个小本子，在每个人的名字下面用铅笔写上一个半字。他这是记工分，按照规定，你在外面误了工也给半个工日，当然如果是在家里遇上这样的天气就一分工也没有了。他数了数，一共写了五个半了。大家对他这做法都很不满，姨夫也说他这人太死心眼儿了，在这里也没有别人，你给记一个工就算了，谁愿到这山里来，抛家舍业的？但他就是不听，只给记半个工。

临近中午，雨停了，云层开始提上去了一点儿，一抹青翠的山林出现在眼前，偶尔有太阳从云层间的缝隙里射下一道亮晃晃的光带。我高兴地说，好了，总算天要晴了。爷爷说，你知道什么，这叫歇晌，等一会儿还要下。果然刚吃过中午饭，云层又沉下来，雨点噼里啪啦地开始往下掉。后来天天如此，只在中午停一小会儿，饭后又下，好像是老天爷歇一歇，也让人喘口气的意思。

9

第五天的早晨我起来一看，天是真的晴了。东山顶上那个好像沉睡了一千年的太阳在往上爬。我大叫一声，快出来，出太阳了！屋里没窗户，根本看不见天亮没亮。老卫和小姜光着脚丫子就跑了出来。大家站

227

在房前看着那个太阳一点一点地升高。阳光照在每个人脸上都红彤彤的。爷爷说，你老人家可算出来了。老卫说，操他哥儿，还是太阳好哇！小姜说，再不出太阳蜂子也要饿死了。

雨刚过，地里有水，不能下地，爷爷说，走吧，捡蘑菇去。捡蘑菇捡木耳，这也是他们的生产任务。捡了归公家，个人记工分。我也跟他们一块儿上山，当然捡了归我自己。

走进很深的沟底，大白天也见不到太阳。两边的大树半空里一合拢，遮天蔽日。同时树上的水不断滴落下来，如同仍旧在下雨。还不到秋天，土里生的蘑菇都没有，我们要捡的就是树上生的，叫作青蘑，是蘑菇中最好的品种。这就必须找到烂树才有。沟底下就横倒着许多枯树。它们老了，枯死了，倒下之后就这么躺在沟里。有松树，有柞树，有桦树，但生青蘑的却只有椴树。这些倒在地上的大树有的半朽烂，有的则已经烂透。一些小树就从大树的身体里长了出来，它们的根就那么吸取着大树的血肉以壮大自己的生命。1968 年的我，站在一棵躺在地下的树的残骸旁边。这是一棵巨大的松树，它生前一定是一棵树中之王。从它生长成大树，到腐烂成如此程度，已有千年左右。他在以他仅仅二十一年的灵魂来观照这千余年的灵魂，他没有把他的思想表达出来的能力，但他此时此刻感觉到了躺在地下的一个灵魂在和他对话。它对他的造访表示出一种欣慰。它在告诉他一个生命的真理。它的躯骸已经化作了一道土垄，和身下的土地紧密地结合在了一块儿。众多的蕨类植物、小松树、小榆树、小柞树蓬蓬勃勃地从它的身体里生长出来。在死亡的遗迹上新的生命欢欣鼓舞。

蘑菇并不很多。爷爷总催促我在前头快走，开头我不明白，我愿意和大家一块儿，直到他不得不给我使眼色，我才知道他是让我多捡。他是一个真正大公无私的老党员，这对他是一件用心良苦的很为难的事。这让我至今想起来都很感动。忽然我在一块大石头旁边发现了一堆新土，还有一些脚印，我对爷爷大叫道，快来看啊，怪不得咱们捡不着，前头早有人捡过了。爷爷上前一看，大惊失色，低声说，别嚷，这是黑瞎子。从那时我才知道熊的脚印几乎和人的一模一样。我们离开了那道沟，爷爷才告诉我，黑瞎子经常把大石头掀翻，找底下的蚂蚁吃，当你看到大石头翻了，有新土，就要小心。

11

树叶子终于全部落光了。树枝们在晴空下显得疏朗而宁静。在这样的季节里，太阳过早地西斜了，金色的光辉照着前院那座红色屋顶的俄罗斯小楼。今天是休息日，那院里看不见一个人，楼里也没有人。我在录音机里放进一盘京胡曲牌磁带。我相信艺术是需要从小培养的，这有点儿像你从小喂它一种什么东西，它很可能一生就会在生理上具备那方面的素质。不怕人笑话，我对听交响乐没一点儿兴趣，而对中国的古典乐曲一听就进入到灵魂里去了。我总觉得中国民乐当中那种悲凉是感人至深的。听着《夜深沉》我在怀想那个 1968 年的我。他迈着两条细腿翻山越岭地奔跑。看着这座俄式小楼，同样也让人有一种怀旧的思绪，这本是一座苏联的领事馆，当年这里面一定是住着许多的俄罗斯人，有大人也有妇女和儿童，那些儿童现在也都是中年人了。他们的童年是在这里度过的，他们也一定会怀念这座小楼和这个环境优美的小院。夕阳照着，人去楼空，只有这些树还记得当年的情景。

我应该以一种怎样的心情来回忆那个 1968 年的我呢？他值得怜悯吗？好像他也不是多么苦难。若说他没有陷入苦难，可他却的确在当时已经没有了父母的关怀，也可以说是他拒绝了父母的关怀。在那个人烟稀少的深山里他度过了让他难以忘怀的日子。

当黄烟要收割的时候，姨夫早已离开了开荒队。爷爷也因为病了回到村里治病。这样我在这里进行收割时就是举目无亲了。我没有粮食，只能吃倭瓜度日。我要是吃老龚头做的饭，那就等于吃别人的口粮。就是他们叫我吃，我也绝不肯吃的。我种了许多倭瓜。东北的倭瓜是可以充饥的。有一个笑话，一个像我一样独自在东北闯荡的小伙子，在临近过年时想家了，自言自语道，有心要回关里家，舍不得干妹妹和干妈。他的干妈听见了，问道，你在说什么？他马上改口说，有心要回关里家，舍不得土豆大倭瓜。东北的土豆和倭瓜都是中国之最。但是，要长时间吃就不是那么回事了。每天我割黄烟回来，就从山上摘一个倭瓜捎回来，请龚支书做饭时给我煮上。一连五天，我只吃倭瓜度日，为了那可恶的自尊，我连一口咸菜都不吃。龚支书多次给我菜吃，但我坚决拒绝了。吃倭瓜吃得我脸都是倭瓜色了，在那之后许多年里一见到倭瓜就反胃。

我一口烟也不吸，但我成了一个种黄烟的行家。在那之后我又种了好几年黄烟。我曾一年收获上千斤烟叶，这数量除了过去专种黄烟的地主，没人收过这么多的黄烟。吸烟的人不一定会种烟，这就如吸毒的人不会种罂粟一样。东北的黄烟是中国最好的黄烟，过去的人叫作关东烟。从清朝末年开始，关东烟就大量地销往关里地区。这是因为黄烟越是在新开垦的土地上生长出来的，越是品质好。新开的荒地也叫作处女地，这样的土地含腐殖质多，它生长出的任何作物都味道纯正。抽黄烟的人只要抽上一口，就会说，得！这是生荒地上种的。黄烟和制作香烟的烟草不是一个品种，做香烟的烟草叫作烤烟，烤烟的烟叶大，叶片也多，但是没有劲儿。要想让烟叶有劲儿，黄烟每株最多也不能超过九片叶。把心打掉之后，你就要经常打杈，因为没有了心之后，烟株的劲儿就会从叶片根部长出杈来，只要五天不打杈，它就会一蹿老高。烟株的劲儿如果从杈上跑了，烟叶就没有劲儿了。你一遍一遍地打杈，烟株的劲儿全憋到烟叶上，这样叶片就开始变厚。原来的烟叶是光滑的，翠绿的，后来就变得不那么绿了，也不光滑，疙疙瘩瘩。这是烟叶开始上劲了。在打烟杈的日子里，我像狗一样一天到黑弯着腰钻进烟地里，两只手都被染得黑了。不停地打呀打呀，总是打不完。烟杈一个劲地疯长，稍一疏忽，它们就蹿老高。我怀着一种愤慨的心情把它们狠狠地打掉，因为我知道这等于又损失了许多分量。

　　关键的时刻到了。愈是临近下霜的日子里就愈是烟叶上劲儿的关键时候。但烟叶经不得霜，这时候你就要准确地判断了，你敢不敢再冒险过几天。那时候没有天气预报，这就得你请教别人，自己拿主意。很有赌博的意思。每过一天都会给你的烟叶长几分成色，但也要担几分风险，万一一场霜下来，你就全完了。天气一天冷似一天，有经验的老年人说，孩子，是时候了，别靠了。我已经提心吊胆过了好多天了，终于痛下决心，好，割！收割黄烟用一种特殊的小镰刀。割黄烟的技术是你既要把烟秸尽量带在烟叶上，又要显得烟拐子不那么大。收割总给人一种快感，镰刀嚓嚓地把肥大的烟叶从烟秸上割下来，烟汁粘在了你的手上。烟叶是最顶端的两片叶子最大也质量最好。这时候它沉甸甸地垂下来，当你拿在手时，它们厚厚的，像铜钱一样发出一种沙啦啦的响声，这表明它们是完全成熟到最佳程度了。我割得很快，在我割到第二天就超过一般老烟农了。锋利的刀片在阳光下闪耀着，你感到一种胜利的喜悦在你心头荡漾。收割是整个黄烟生产过程中最愉快的一道工序，抬起头看看蓝蓝的天，闻一闻秋天草木发出的成熟气息，低下头看看你身边一片密密丛丛覆盖住地面的烟叶，这是一张张的钱啊。你会觉得活在这个世界上真好哇。当然也有伤了手的时候，但你不要怕，割黄烟时割破的伤口永远不会发炎。

　　收割完的烟叶你要垛起来，上面盖上蒿草，让它们稍稍发热，这样一发热就会去掉原来的绿色，变黄一些。但如果你不及时打开来，烟叶就会变黑。再后就是上架晾晒了。烟叶是最难晒干的，如果是别的作物叶子一天就能晒干，烟叶差不多要晒上一个月才能干。这一个月又够你操心的了，你要尽可能地让露水打上几场，这样烟叶就会不那么冲，味道柔和一些。但你又不能让雨淋到，一淋雨就会失掉烟的劲头儿。有一次半夜里突然下雨，我爬了起来往山上跑，四面一片漆黑，伸手不见五指。我吓得要死。从来没一个人在这么黑的夜里在荒山里走，但我不去把烟盖上又不行。这是我一生当中最恐怖的一个夜晚，我相信即使今天我也没有胆量在那样漆黑的夜里一个人到山上去。

烟叶晒干之后就是打捆。这要尽可能地把好叶子，也就是顶叶包在外面。买黄烟的人一般都是要掐下一点儿，抽一抽，尝尝劲头大小，他抽的正好是顶叶，吧嗒吧嗒两下把他顶得几乎要晕倒，他就会毫不犹豫地掏钱买上几斤。

三十年后，一提起黄烟我仍然会兴奋。1968 年的那个我，那个二十一岁的年轻人和黄烟太密切了。你知道黄烟的起源吗？如果翻中国的历史，你能看到古人喝酒的故事，绝没有吸烟的故事。我告诉你吧，这古怪玩意儿是从印第安人那儿传来的，先传给了欧洲人，又传给了中国人。我敢说中国有数千万的人在抽烟，能真正知道烟的历史的怕不多。唉，那个瘦瘦的年轻人种出的黄烟供多少人抽过呢？

12

收割完黄烟之后，我开始了另一种生活，捡庄稼。我曾经为自己去不去捡犹豫了很长时间，我总认为那是一种类似讨饭的活儿，太丢人，我不能去干。终于经不住姨再三地劝说，她说很多人刚到东北都捡过庄稼，而且有的人都讨过饭。有一天，我腰里拴了根绳子出了村子。我不能在本村的地里捡，怕有人认识。我到了北山上煤矿大队的地里去捡。那时候捡地也是不让的，我怕让人驱赶就不进他们的地里，而在路上捡。路上是马车拉时掉落下来的大豆，如果没有人捡就会被车马压碎，碾进土里。所以我觉得我去捡起来是理所应当的。但是我刚捡了那么一小捆，也就是能有几十棵豆子，从山上下来了两个人，一个在五十岁左右，另一个是年轻的姑娘。那男人对我喝道，不许捡，走开！我当时不知道为什么心里有一种赌气的想法，对他说道，我又没有地不捡吃什么？那男人站下了，盯住我说，你还不服？把你捡的给我放下！我站直了，没放下，我觉得受了一种奇耻大辱，脸涨得像火烧。站在我对面的是一个面貌端庄的姑娘，丰满高大，她也正看着我，眼里有一种怜悯的神色。我大体猜到了他们一个是支书或生产队长，一个是妇女队长。那个男人的目光里有一种咄咄逼人的光，我知道，我如果反抗，他真有把我抓起来的权力。1968 年的我，狼狈万分地转身离开大道下到沟里，我知道我无论怎么走也是在逃窜。在沟底，我仍旧没有从那种羞耻感里摆脱出来，我觉得，一个堂堂的男人，在一个姑娘面前被羞辱，这是不能忍受的。我坐在地上，太阳当头照着，四周是正在枯萎的蒿草，一些穷途末路的秋虫在微弱地鸣叫，好像在嘲笑我也是一只微不足道的虫子。我的心在流血，我的自尊心被那个狗娘养的狠狠地捅了一刀。1968 年的我虽然仅仅是一个没有户口的小盲流，但他比三十年后的这个作家自尊自爱得多。他绝不许任何人侮辱他，受到侮辱他敢于拔剑而起挺身而斗。他也高傲得多，绝不会对任何他不喜欢的人去低头弯腰，去笑脸奉承。对这个家伙的侮辱，我觉得恨不能杀了他。我坐在一块树间的空地上，呆子似的一动不动，在脑袋里演出了一幕幕打得他头破血流跪地求饶的电影儿。但醒来看看这些树、这些草、这些山，知道自己身在的处境。我要报复他，我想了半天，我能报复他的手段唯一的就是仍旧去捡，你不让我捡，我偏要捡！我就那样独自坐在那里翻来覆去地想，直到太阳快落山了才爬起来向回走。手里拿着那几十棵豆子。

姨站在院子里笑着迎接我，哟，捡地的回来了，不少，不少，总比闲待着强，明天还去捡吗？我说，捡。

第二天开始，我就进到他们地里去捡了。那时候生产队收庄稼都很粗，地里落下很多豆秸，一会儿就能捡一抱。我真该感谢那个人，他把我的自尊心给一下子打破了。我不再那么自尊自爱了，当他们一来到地里要抓我的时候，我拔腿就跑，像只兔子似的。我知道他们是追不上我的。一个没经过训练的人，要和我比赛跑那绝对不是敌手。他们一走，我就再回来。人的自尊有时是一个沉重的包袱，一旦放下它，你会觉得轻松愉快。我不在乎别人的斥骂，也不在乎别人的追逐，我自由自在地和他们在野地里打着游击。我把捡到的豆秸藏到树林里，到天快黑时就担回家。但是我没有偷，因为偷比捡省不了多少力气。我在姨的院子里清理出一个小场园。姐姐和姨帮我打豆子，直到天上了大冻才打完。那年秋天我捡了许多豆子，好像有几千斤吧？我悬着的心放下了，我有口粮了。

13

我不知道该怎样感谢那些小田鼠。1968年的我因为那些小田鼠而获得了大米。愿1968年的那些小田鼠在天堂里和上帝一起，欢欢乐乐地玩耍游戏吧。田鼠和老鼠是大有区别的，它们绝对不是常见的老鼠那样丑陋，它们的长相个个都是很漂亮的。嘴不像老鼠那样尖，尾巴也不像老鼠那么长。它们灰色的皮毛，粉红色的小鼻子，脚爪也是白白胖胖的很好看。它们总是很干净，浑身上下一尘不染，绝不像老鼠那样灰土土的肮脏不堪。田鼠也分多种，我所说的是那种稻田里的小田鼠，不是山上那种能打很深的洞的硕大的田鼠。稻田里的田鼠体形小，短短的小尾巴。它们不打很深的洞，只是在草皮下面浅浅地挖下去一个，仅仅能容下身体的小小的洞穴。

东北的水稻在收割完毕并不像南方那样立即脱粒，他们是把稻捆垛在田埂上，等到干透了，稻田也能进马车了，这才运回到场院里打。等到把别的庄稼都收到家里，回头来拉稻子时，天差不多已经上冻了。在这段时间里就给了田鼠们进行采集储存的机会。它们把稻穗咬下来，衔进自己的窝里。它们的窝虽小，但总是挖掘一个圆形的谷仓。这些小动物工作极认真，挑拣那些籽粒饱满的稻穗，把穗梗都截掉，只取颗粒，很结实地塞进仓里。但是它们忽略了一件事，就是当马车骨碌碌开进来，人们把稻捆一捆捆挑到马车上时，它们的小小的洞口也就暴露在光天化日之下了。

1968年的我，手里拿一根粗铁丝做的勾子，背上背一只背筐，走到收割后的稻田里。稻田已经干涸，裂着横七竖八的缝子。一撮撮的稻茬在他脚下被啪啪地踩折。他的身旁走着一个比他略矮一些的少年，他叫小义，刚十六岁。小义是他掏田鼠洞的伙伴，两个人每天就这样在稻田里跑来跑去，一看到哪块稻田拉光稻捆，他们就急急忙忙地奔过去。小义是跟随母亲一块儿到东北投奔他的一个姐姐的。姐姐和姐夫待他们又很不好，就借了一间小马架子搬了出来。他和母亲都没有口粮，他就必须凭自己的本事找粮食吃了。我那时并没觉出这个小义有什么不好的地方。但是几年后，李家趟子村发生了一件震惊全公社的案子，他们的一架鹿茸被盗，就是这个小义干的。一架鹿茸上千元，而那时一千元是一个相当惊人的数目，被列为全县的要案。抓了许多人，破了三年也没有结果。到后来是他弄到胶州去卖时给抓到了。那时候鹿茸很少，买卖都困难，要想处理掉是不容易的。他当时已经结婚了，好像是判了五年徒刑。

那年的秋天，我们俩就在田野上东跑西蹿地找田鼠洞，背上的背筐有节奏地磕碰着我们瘦骨嶙峋的屁股。往场院拉稻子的时候一般都是晚秋了，已经接近冬天。天气已经很冷，稻地已经冻了，而且在田埂背风处有点点斑斑的积雪。我们的手常常冻得麻木而不得不用嘴呵一呵，或者放进自己的肚皮上暖一暖，否则就没法干活儿。我们找到田鼠洞就用钩子伸进去，把它们积在仓子里的稻穗钩出来。一个田鼠洞能掏出一大把稻穗。干的时间久了，几乎一看就知道什么地方能有田鼠洞。一找到洞就能准确地找到它的粮仓，实在比从地下捡稻穗强多了。比地里捡的稻穗饱满，这是经过了它们精选的，比地里捡的干净，多余的稻茎它们都截掉了，只剩下稻粒。差不多每天都能够掏那么一背筐，而且我再也不用老鼠似的怕人看见了，我可以大摇大摆地走在路上，不必兔子似的被人追着满山跑。连那些看秋的民兵也不怕，他们再霸道也总不至于不让掏老鼠洞吧？他们看我背着那么多的稻穗，觉得很眼气，可总找不出一个理由来没收。

每天傍晚，我们背着沉重的背筐，迎着西天一片火焰似的晚霞，向着升起炊烟的村落走去，兴高采烈，一点儿不为这种强盗行径感到不安。开头，我们由于人类所养成的那种"老鼠过街人人喊打"的坏习惯，对掏出来的老鼠一律打死。到后来，看着这些小动物从它们苦心经营的窝里被驱赶出来，仓皇逃窜，我忽然想，我为什么要赶尽杀绝呢？我已经抢了人家过冬的粮食，让人家一个冬天都要忍饥挨饿，还要再打死它们的性命，这不是太过分了吗？我对正追着一只小田鼠要踩死它的小义说，哎，伙计，不要打死它，让它明年还给咱们偷稻穗吧。小义一想，说，对呀，咱们为什么要打死它们？让它们活着对咱有什么不好？从那以后，我们掏出来的田鼠一律放生，绝不伤害它们的性命。现在虽然全世界都在提倡保护野生动物，仍然还没有惠及田鼠吧？但远在三十年前我和小义就已经在对田鼠加以保护了。

我没有种一棵稻子，但1968年的我也有大米吃了。三十年后的我仍对那些小小的田鼠怀着无限的感激之情和深深的敬意。你们知道吗？你们曾经在关键的时刻救助了一个大作家，使他在那个粮食最宝贵的时期能吃饱肚子，而且有了大米吃，除了你们谁能在那个时刻给他那么多的大米？你们知道你们做了一件多么功德无量的善举吗？愿上帝保佑你们吧，1968年的小田鼠们，愿上帝赐福你们吧，1968年的稻田里的田鼠们，我永远怀念你们。

三十年后当我回那个县里当什么县长助理的时候，一个农民发明家发明了一种消灭田鼠的技术，要求我帮助他推广，我大不以为然。我不能忘恩负义。

我相信我的煤矿伙计薛学全也一定会和我一样，对东北的田鼠们怀着一份感激之情。那年他的老婆带领他的两个儿子千里迢迢从关里找他来了。他只有一份儿口粮，到哪里弄粮食给这三口人吃？他就扛着一把铁锹到处挖田鼠洞。我们开煤矿那地方水田少。他挖的是那种能打大洞的大个儿的田鼠。它们打的洞像一口口的小井似的，可以说工程浩大。里面也非常考究，有进出口，有通气孔，有粮仓，有卧室，甚至厕所也具备。但那洞很深，深达一米多。也不易挖，很多岔道，如同地道战一样，常常挖着就迷路了，再也找不到。如能挖掘出来一个，足可以得到一水桶玉米粒。薛学全那年的秋冬就拼命地挖那种田鼠洞，得到了有几千斤玉米和大豆。

但是这些玉米和大豆与我掏出的稻子不同，稻子是小田鼠们一穗穗叼进去的，而且稻子外面还有一层壳儿，它们的嘴不直接接触大米。这些玉米粒和豆粒可是大田鼠们一粒粒吃进嘴里，用腮带进洞里去的。据科学的说法，这样的粮食是不能吃的，可以传染多种疾病。但这话你不能去说给我的伙计薛学全听，他会嗤之以鼻，说，听那话不能活了，你看看我那两个小子！的确，他那两个吃老鼠洞里粮食长大的儿子生龙活虎般强壮。现在他的这两个儿子都结婚而且有孩子了，回到了青岛市的黄岛区生活，不知他们是否怀念那些远在东北的田鼠，是否敢抬头看它。

11

胜利是这样的一个村子，大肚川河从老黑山发源，流经了崇山峻岭，蜿蜒一百公里，在临近国境时略放宽了腰身，在这里形成了一块小小的冲积平原。胜利村就坐落在这块小小的平原之上。原名叫作佛爷沟。据说村西原来是有一座庙的。但我去的时候就没见过，连遗址也没有。这一带的屯子都有一个很带政治色彩的名字，团结、七三、反修，山东坡的屯子叫作东方红，山西坡的一个叫作太阳升。1968 年的冬季雪很小，当北风从山峡中奔窜而来的时候，胜利村就瑟缩在一片严冬的苍黄中了。

我打了几车柴之后，便没活可干了。村里的青年们却依然在忙，民兵训练，刨粪，组织宣传队。晚上就是没完没了地开会。那时候是每晚都有会，政治学习、批斗会。我羡慕得要命，每次从那个俱乐部门前走过，都会心想，等有一天我成了这个村里的社员，能进去坐里面开会该多好哪。开会对那个时期的老百姓是很有必要的，没有电视，没有书看，不能玩麻将，甚至连扑克也不让打，那么就只有开会了。开会大家总算到了晚上还有个去处。这地方在东经一百三十一度线上，晚上刚四点多一点儿就黑下来，如果不开会，真是让人们不知道这么长的夜晚如何打发。我常常像一只无家可归的野狗一样在寒冷的空无一人的街道上走来走去。孤独在啃噬着我年轻的心。有一天我上山去了，我也不知道我要去干什么。就在那个南山上的树林里乱钻了一气儿。那天我真正知道了东北的寒冷是个什么滋味，没有一点儿风，但你就像是给一下子剥光了衣服一样，冷空气如同冰水一样往鼻腔里灌，肚子立刻给冻住了。我赶紧往家跑，幸亏我没走远，跑到家手脚都麻木了。从那天后，我再不敢一个人到山上去。

早晨我到井台去担水，由于洒在井台上的水马上就结成冰，井台远远望去像一个白色的坟包。走到近前，双腿先自绷紧了，一步步爬上去，冰包在闪着寒光，让人看了心直哆嗦。这里的辘轳不用井绳，而是用一根铁链，因为绳索一遇水就会冻硬，无法绞在辘轳上。我把水桶挂在铁链上，当啷啷地往井里放，谁知道放到半道给卡住了。一次次地洒水，井壁上结的冰越来越厚，细得放不下水桶去了。幸亏过来一个人，手里拿一根钢钎，我们两个人把井筒上的厚冰捅了半天才放进水桶去。他笑着说，怎么样？关里不会冻成这样吧？原来他也是从关里上来的人。咯咯吱吱地把铁链摇上来，入水部分一出井口立刻冻得像棍子一样硬，它被绞在辘轳上时，那些冰就破碎了，像玻璃似的发出叮叮的声响。水桶上来了，我伸手去提，放开手时，手套却粘在了水桶上。我扯下手套一转身，水桶自动地向井台下滑去，我急忙去捉，人滑倒了，水桶也洒了，我只好重新再打。我担上水走到院里，发现猪圈里跳进去了好几只羊，它们趴在猪身上，一副相亲相爱的样子。我不由得就那么担着水站住了，这在关里也是绝对见不到的情况。羊是一种特别爱干净、对气味很敏感的动物，如果你在它吃的草上沾上人的气味，它也会受不了，连连地喷着鼻子不再吃，它们最讨厌猪的气味儿，老远闻到猪身上的味就会逃开。为严寒所迫，它们竟然能趴到猪身上，和猪偎依在一起。

严寒所昭示着的一切，都在加强着我身在异乡的感觉。夜里我常常梦见在故乡和伙计们一块儿的情景，醒来后听着北风在屋顶上鬼哭狼嚎地滚过，身边的孤老头子打着鼾，我就不由得心如刀绞。我是在这个老跑腿的家里借宿的，他也是孤身一人，我们是一老一少的两个跑腿子。我一直不知道为什么东北地区把单身汉叫作跑腿子。这是一个多么难听的名称啊。好像是那个在家乡的我永远死了，变成了现在这样一个身处异乡的跑腿子。

15

林东东到姨家里来了一趟，她是胜利村的广播员，和姨夫有点儿亲戚。临走时，她回头对我一笑说，到我那里去玩儿呀。我激动了，因为早听说过她是一个比较开放的姑娘，或者说是听过她的一些风流事吧。她给予了我一个巨大的希望，如同在天边一团绚丽的礼花爆发了。她说不上很漂亮，但因为常年不出屋，皮肤很白，在农村里她这样的白皮肤是很少见的。第二天我就去了，在她的那个广播室小屋里坐着。她的鼻子很直，眼睛也好看，我有点儿发晕，似乎觉得她在很远的地方。屋里没有别人，我又感到很紧张。我问了她喜不喜欢看书，周光从关里给我寄来了几本书，那对我是非常宝贵的，但我愿意送给她看。她说，我从来不看书。我又问她会不会唱革命样板戏，她如果愿意我可以教她。我以为她即使不想学也会叫我唱两句给她听一听，这对我是一个难得的显示的机会。但是她说，不，我不想学，也不想听。我没话说了，就那么坐着。她忽然说，呀，时间到了，我该放广播了。

我走到了街上，站在那棵拴着两个高音喇叭的大杨树底下，看着那两个即将传出她声音的喇叭。喇叭是漆成灰色的，长年风吹雨打，油漆有些剥落，露出一块块的铝皮。它们就像这大杨树的两只眼睛似的高高地挂在上面。但是时间一分一分地过去了，它们总是不响。一直到我的脚都冻得麻木了，它们也没有响。我明白了，她是赶我出来。我受到了一次伤害。我吐了口唾沫恨恨地离开了大树下。我再没有去过她的那个小屋，但又想见她，几乎每天都装作若无其事地从她的门前走过。我听说过她在那个小屋里和一个又一个的青年人谈恋爱，但我伤心地知道那永远没有我的份儿。

几年之后，她嫁给了一个解放军排长，我那时才结束了对她的恨，因为我认识到了她原本是属于高高在上的那个阶层，我一个没有户口的小盲流压根儿就不应该到那个屋里去。一个排长在当时的我来看几乎是和皇帝一样高不可攀的。

胜利村里也有十几个知青。他们住集体宿舍，吃食堂，每到晚上就唱歌儿，弹吉他，吹口琴。我常常站在他们的门前听上一会儿，在当时的我看来，他们是一群生活在天堂里的孩子。每次离开时我都要想，唉，我要是个知青该多好啊。即使和村里的青年们比，他们也是高高在上的。他们敢和队长顶嘴，他们敢不愿干的活儿就不去干。他们经常歇工，因为他们不在乎这几个工分儿，家里也不指望这几个工分养家糊口。村里的青年可是要指望工分儿活命的啊。

多少年后，我读知青们写下乡的文章，大吃一惊，他们居然认为那生活很苦。这叫我明白了一个道理，痛苦和幸福永远是相对而言的。

形容表妹臭子有一双美丽的大眼睛绝不是夸张。我到姨家的那天晚上，姨对我说，这是你妹妹臭子。我一扭头看见了傍门边站一个小姑娘，一双大眼睛充满好奇地望着我。她把着门边欲进不进地站在那里好像对我有一种恐惧。这双大眼睛如同一道电光一闪，让我觉得姨家这乌黑的小草屋能让我住下来了。天气愈加严寒，出不去门了，我就成天和她在一个屋里说笑打闹。臭子已经十二岁了，但仍不见发育，瘦骨伶伶的。她心理上也是没有发育成女孩子的心理，她常常当着我的面脱衣穿衣。这时我发现她的小小的乳房已经开始动了，鼓了起来，像两只小小的桃子。上面的皮肤也变得比别处白嫩。对于姑娘们的这个部位，一直是我所向往的，但是我从来未敢造次。她并不拿我这个远道而来的大表哥当回事，我也不要她尊重。就在有一次她和我动手闹的时候，我蓄谋已久地把手伸到了她小小的乳房上。那是小小的刚刚发育的乳房，很松软，弹性十足，我激动了，心怦怦直跳，同时感到了一种罪恶感。但她并不觉得这是一件特别严重的事件，只是大叫一声，你要死呀？手冰凉的！我心满意足地把手抽了出来。

我知道，我偷盗了一件很宝贵的东西，而且这是偷盗了姨和姨夫的。我侮辱了一件神圣的圣物，而这圣物是我的亲人的。

吃饭时我不敢抬头，觉得他们就要从我脸上看出什么来了。我也觉得臭子突然把筷子一放说，嗨，你们知道吗？大哥摸我的奶子了。但她只是边吃饭边说东屋的那只母狗昨天下了四个小狗崽，两个黑的两个花的。对于我摸了她的乳房这件事她好像忘记了，始终没说什么。一连几天，我就在一种罪恶感中度过，但臭子的那两个小小的像棉花一样温软的东西强烈地吸引着我。不错，它们是神圣的，但是正因为神圣才值得我冒险去接近它们。它们像两个小小的太阳一样在我的头上光芒四射，使我不敢抬头去看，但是又急于扑过去抓获到手。终于当家里别人都不在的时候，我又挑起事端，和她打闹起来，又一次在动手胳肢她的动作掩盖下，满足了自己罪恶的欲望。我已经二十一岁了，深知这样下去是很危险的，但我不能管住自己。终于有一天，姨很严肃地把我叫到她面前，说，我问你一件事，你是摸了臭子的肚皮吗？我觉得自己要瘫下去了，但装出一副委屈的样子说，没有，我没有，那是她和我闹我推了她一把。推和摸是两个绝对不同的动作，姨显然是不会相信的。她又说，你也老大不小的了，这样下去可是不行，你想一想，这事让你姨夫知道了还不讨厌死你呀。

姨对这件事生气，但在责备之中又有着一种很深的亲情，这是我当时就能感觉到的。这让我几十年后都感激万分。当我从屋里出来时，臭子一见我就老鼠见了猫似的，倏地跑进她那屋里去了。并且她又从那门上糊的塑料布上挖了一个小洞，用一只眼睛惊恐万分地看着我，就像是在看一个可怕的恶鬼。从那以后，她再也不敢和我说笑打闹了。只要能躲开，她就会一溜烟地逃掉。我深感自己犯了一个不可饶恕的罪行。

从那又过了十几年吧？臭子已经出嫁，而且也有了一个孩子了。有一次我因事到了她嫁的那个村子里去。我到她家里去看她。那是秋天，她的丈夫下地了，孩子也没有在家。一见是我，很快地从仓房里拿出一些梨洗干净了，送到我面前要我吃。她仍然不敢面对我，放下就赶快走到外屋去，但是也不走出去。我坐在她家的屋里大模大样地啃着梨时，她站得离我远远的，一直是背对着我，就是问我话的时候也背对着我。

那件事对她影响太大了，她这一生都不会忘记。她一直都是一个对丈夫忠贞不贰的好妻子，除了她的丈夫没有别的男人碰过她一指头，因此她就不能从心中抹去那个阴影。

16

叙述1968年的我，就不能不说到那个今天早已化作了泥土的申明宝。不知他老人家到了那边是否仍不肯安分。他还天天在琢磨着打官司告村干部吗？阎王爷那里大概早已积了他厚厚的一叠上告信了。他罗圈腿，小个子，花白的胡子。与众不同的是他的一双眼睛异常明亮。农村的老年人在长年的风吹日晒下，眼睛大都是混浊不清，像老申头这样眼睛明亮的老人在农村实不多见。

那天姨说，老申头找你，叫你明天去给他刨地瓜，你去不去？实际上我知道这是他来雇我干活儿，在此之前我已经雇给别人家干过活儿了。给两块钱，并且管吃，是很合算的。那时候还很少有雇工的，所以我也不好意思问一天多少钱。我痛快地说，去。

他家住在村西头，三间很矮的小草房子。但这小草房的土墙上钉着两个光荣牌。一个是"光荣军属"，一个是"光荣烈属"。通红的挺耀眼。我听人讲过，他的两个侄子解放前都参军了，一个牺牲了，一个现在外面当军官。这两个军人的父母早死，就是他这个叔叔拉扯大的，所以他既是军属又是烈属。正因为他的这种资格，他才能在园子里每年种点儿菜秧子卖钱。如果别人是万万不敢的，那叫走资本主义道路。他种地瓜也是为了春天挖地瓜秧子卖，他已经快七十岁了，自己干不动，所以雇我和另一个姓时的小伙子来帮他刨。

我那姓时的老伙计比我要强壮得多，但他干活儿很笨。他老把地瓜给刨碎了。这是要做地瓜种的，当然不行。老头子就狠狠地训他，不用他刨了，叫他专门往家担，这比刨要累多了。这叫我很得意。吃过中午饭，我看见了他炕上的一副象棋。我早听人说过，在胜利村他的棋无敌手。我说，咱下盘棋？他没有回答，其时他正穿一条短裤光着两条罗圈腿，手持一个苍蝇拍子，专心致志地追着打一只苍蝇。我以为他没听清楚，就又说了一遍，咱下盘棋？又等了老半天，他才说，要下你就摆上吧。

我狠狠地杀了他个猝不及防。他笑道，哟，再下一盘。他这次要求我了。我说，该下地了。他说，再一盘。我杀了他个鸡犬不留，他又输了，说，再一盘。我说，该下地了。他说，算你一天工，下午不刨了。

从此我们就交往起来，一直到他死去。对于1968年的我，他应该是我的爷爷辈，大我最少也有四十岁，但我从来不叫他什么。村里人都叫他三爷。我叫他哎。这一哎就是将近二十年过去了。

他是个老跑腿子，有过女人，但是被他打跑了。他从来不老老实实地当他的军烈属，总是和村干部们过不去。今天替这个打抱不平，明天又替那个上诉。那年冬天深挖阶级敌人，终于把他给弄进去了。把他关进小黑屋之后，有一天他出来撒尿，我遇见了，我问他，怎么样？他笑道，还行。看了看四周又说，你快走吧，别叫他们看见。他是怕我受连累。他们始终没有斗服他，到后来只好放了他。这一放正是抓虎容易放虎难。他从此就更和他们耗上了。只要他知道了村干部们有一点儿错处，立即就找上门去骂，或是马上告到上级。我认为胜利村的干部们没有犯错误，就是因为村里有一个申明宝。世界上常常有这种事，你一心想促成的事，效果却恰恰相反。他一心想整他们，结果却正是成全了他们。应该说胜利村的干部比别村的都要好一些，他们应该感谢申明宝才是。

他一天天老下去了，我在煤矿干活也很难见到他。只在每年过年去看一看他，分手时我说，明年再见。他说，明年见不见着就不一定了。有一次我听说他死了，心里很难过，骑车子跑十五里路赶去看一看，不想我进了那个院子没见什么动静，进屋一看，他正坐炕上吃西瓜。我问，你不是死了吗？他说，昨晚上是死了，他们都给我穿上寿衣，把我从炕上抬下来了，不知道怎么回事，又他娘的活过来了。又过了两年，再一次听说他死了。这次他是真的死了，但我没第一次那么心里难过了。

在他死的前两年，他有一次很严肃地对我说，我知道，我说了你也不会相信，这件事儿，搁在前几年，我也是不会相信。我说，你还没说，怎么会知道我不相信？他两眼灼灼地看着我说，我看见鬼了。我说，什么样子？他说，大约有二尺高吧，有一群，穿着花花绿绿的，像一些小孩子，在我身边跑来跑去的，还不断地跳到我身上来，我伸手一抓他们就跑了，一点儿也不怕我，当时我就想，我说给别人，一定不会有人相信，我一定要抓一个做个证明，让大家看看。当时我躺在炕上，我就闭上眼装睡着了，等他们又爬到我身上，我就猛地伸手一抓，可是一个也没抓着。你相信吗？我笑了。他叹了口气说，我知道，没有人会相信，可是，我亲眼所见有什么办法？我倒是愿意这是看花眼了，或者是头脑糊涂了，可是我当时一点儿也没有糊涂，头脑很清楚。

他说得我也有些拿不准了。我知道他是从来不信有什么鬼神的。他是个最不信邪的人。他一辈子就是什么也不相信，谁也不相信，真不明白他怎么会忽然声称亲眼见到了鬼呢？如果说他是一种幻觉，他怎么会那么清楚？如果换了个别人，我是不会在意的。可他是个非常聪明的人，他一直到最后都头脑很清醒。他的话一直叫我迷惑到了今天。最后一年，要分手时，我说再见。他笑着说，怕是再不能见了。他是在笑，但我看出他的一种很深的依恋。我安慰他说，总是会再见的，最多过四十年就还得相见。现在来说，再也用不了四十年了，我不大敢指望我能活九十岁。我似乎看见他在笑嘻嘻地对我说，我等着你呢。

月移花影玉人来

三十多年来，每当我一个人独处的时候，总爱哼唱京剧《红娘》里的那段……风流不用千金买，月移花影玉人来……在旅途的车上，在旅馆的床上，在无边的旷野里，没有急着要干的事，没有相识的人，孤独充满心头的时候，我就情不自禁地哼起这一唱段。断断续续这支曲子伴随我已经过了大半生。很多忧伤的时光就是在它的曲调中滑过了。我的心很忧伤，也很静，望着窗外飞驰而过的田野，望着客店外那一轮中天的明月……今宵勾却了相思债……月移花影玉人来……这种时候我不是在想望月移花影玉人来，我只是眼前会出现一间被烟熏黑的土屋，一群忧郁的年轻人。

最多想起的是那个叫张建基的伙伴，就是他教我的这一唱段。他拉着琴，上唇由于全神贯注而翘了起来，这是他的特点，他总是那样努力地翘着厚厚的上唇。那年代大家都很穷，穷得只能吃乌黑的地瓜干，但三十多年后的今天回忆起来倒也是让人怀念的时光。人的记忆很容易把苦涩滤掉，只留下一份甜蜜。一间小屋，一铺土炕，炕上的席子都烂出了一个个破洞。但是大家只要一进这小屋，立刻觉得另有一番天地。黑暗的四壁，烟火的气味儿，都让人备感亲切。农村常是这样，没有什么人刻意组织，出于相同的爱好，大家就聚在一起吹拉弹唱起来。张建基就是这里面琴拉得最好的，也是大家都尊重的，那时候我什么都不会，只是跟在他们后头听。一个忠实的听众。整个冬天都在他们那小屋里混。

他神情庄重地抖动琴弓，悠扬的琴声在他的手指下飞出，大家都默默地在他的引领下呼应着。音乐，那时间只有音乐，年轻的人们忘记了贫寒，甚至忘记了饥饿。那是冬天，外面北风在呼号。我学会了那段月移花影玉人来。在我听来这个唱段几乎不像京剧而像一首婉转的歌曲，千回百转，情意缠绵。

远离家乡孤身一人来到东北这三十年里，每当我唱起这段唱腔，立刻就像回到了故乡，回到当年的时光，那间灰暗的小屋，那窗纸上橘红色的一抹阳光，那些一心一意沉浸在琴声里的年轻伙伴。很奇怪，几乎饭都吃不饱，但无忧无虑。今宵勾却了相思债，月移花影玉人来是一种那样的意境，与我的记忆中的场景绝对不符，但它却是一个引子。那是一帮饥饿中的年轻人。

张建基的音乐天分大约是从他父亲那里遗传来的，他的父亲就曾经是我们镇上第一琴师。他后来也成为我们这一代第一把胡琴。但他人很谦和，对伙伴们都热心地指教。他人很快乐，总是笑着，哪怕正饥肠辘辘。那时候我们都是光棍，只有他结婚了。他父亲是反革命分子，是他的母亲硬把亲侄女，也就是他的表妹给要来做了媳妇。这是一个脸蛋儿总红扑扑的小巧玲珑的小女人，性格很温顺，见到我们就羞怯地笑笑，很少说话。

小姐呀小姐你多风采……风流不用千金买……月移花影玉人来……我躺在工棚里，北地的风雪从屋顶上滚过，泪水无声地流下脸颊。

日子过得很穷，但他和他的小媳妇相亲相爱。她不爱好音乐，但从来不阻挠，对我们这些伙伴很亲切。日子过得真的很穷苦，有时他饿了就去乌黑的泥盆里抓一把地瓜干塞口里回来继续拉琴。他有一次为了节省五毛钱的车票，借了一辆自行车，要去把回娘家的小媳妇接回来，那是五十里路，来回要跑一百多里，多辛苦！就为了节省五毛钱的车费。哪想半路上自行车前叉断了，钱没省下，又搭上好几块钱去给人家修上。为这事他心疼得一连好多天都苦着脸，后悔得逢人就说。

三十二年后归故乡，当年的伙计们虽然一见就能认出，但一个个面目全非，风霜染白了须发，岁月的指爪把那一张张青春的面孔给抓得皱纹密布支离破碎。我最想看一看张建基，可是大家都说，他完了，先是媳妇去世，后是老母瘫痪，他现在成天酗酒，喝得昏迷不醒，别去看他了。我失去了勇气，怕他给毁坏了那月移花影玉人来的记忆。不料无意中还是见到了他。

我去逛一个小市场，他正在一个小摊前买吃食，蓬首垢面，穿一条半截短裤，眼睛是血红的，最让人难以接受的是两眼里糊着黄色的眼屎，几乎覆盖半个眼球。我从来认为别人的不讲卫生那是他的事，当张建基面对着我时，我改变了以往的想法，当一个人过于肮脏时，对他人是构成了一种侵犯。他并没有完全从醉酒中清醒过来，直瞪瞪地看着我说，伙计，你说说，你说说，我还能不能戒了？我这条胳膊还能不能好了？他的右胳膊已经不能抬起，右手垂着，不由自主地颤抖。我的目光盯在这只手上，这就是拉琴的那只手，琴弓一抖，悠扬的琴声就在这只手上缭绕回旋……我对他说，能，肯定能，只要你戒了酒立刻就能恢复。我一边说着一边向后退，他的酒气直冲到我脸上。

意外的会面匆匆结束，我不相信他会好起来。果然一年后他就去世了。小姐呀小姐你多风采，君瑞呀君瑞你大雅才，风流不用千金买，月移花影玉人来，今宵勾却了相思债，一对情侣称心怀。

我明白许多游子至死不回故乡的原因了。

神　龟

在 204 国道上途经大珠山时，都会看到半山腰那个伸长脖子往山上爬的巨大的乌龟，简直是栩栩如生。回到故乡后，我决定了却少年时的夙愿，爬上山去亲眼看一看这个神龟。

四十年前，我们在炎炎烈日下割麦子，小季说，累死了，我实在不想干了。我说，明天我们一起出去玩儿上一天吧。她说，好啊。其实我是开玩笑，没想到她会当真。那时候，不在生产队干活儿跑出去玩儿是从没有人敢想的。第二天我们都请了病假。不敢在当地玩儿，甚至连在县城玩儿都怕，我们毫无目标地坐上汽车向南跑，跑到了一个小镇叫张家楼，乱转了一天。就在返回来的时候，途经大珠山我们看到了那个正在向山顶爬的大乌龟。当时已经黄昏，夕阳照耀得那个乌龟金光闪闪。小季激动得眼里也闪闪发光。她说，明天咱们爬上山去看一看。平时没看出这家伙这么大的胆子，对我当然是求之不得。

能和她单独外出是我一直梦寐以求的事情，何况还要两个人一起到荒山里去。那一夜我失眠了，不断地想入非非。

哪想到，第二天我度过了一生当中最长的两个小时。在车站，每一分每一秒都痛苦得几乎叫出来，我知道了什么叫"煎熬"，似乎听见自己的心在火上给烤得吱吱作响。她始终没有来。原来，尽管我们做得十分秘密，甚至我还没到站就下了车，没和她一起回村，但一起外出的事情还是被她家里人知道了。当年的中国老百姓，每个人的一举一动都在别人的监视之下。后来就是她给嫁到了青岛一个开汽车的。当年开汽车的司机可是了不得的，比一般干部还吃得开。那人能屈尊要一个农村姑娘就是因为她非常漂亮。再后来我跑到了东北，一去四十年。

在车上就看见了巍峨的大珠山，其实大珠山不算高，但它山峰嶙峋，很有些气势不凡的样子。关于神龟有许多传说，据说遥远的年代里大海啸，水淹夏河城，连乌龟都吓坏了，往大珠山上爬来避难。曾经还有人编过一出戏演出过。也有人说过，这只神龟只可远看，到近前就会消失不见。下了车，一眼望见了那个正在往山上爬的石龟。千万年来它就是这样不屈不挠兢兢业业地往山顶爬，总也没爬到山顶。石龟那昂首挺胸的样子，让我想起了那遥远的黄昏，还有小季眼里闪耀着那金色的夕阳……我站在 204 国道上看着它，半天没动。巨大的集装箱汽货车贴着我身边呼啸而过，我浑然不觉。

一位在地里捆玉米秸的村妇说，哟，你要去看那老鳖呀，从这儿一直往上。哪知她这随手一指，让我走进了荆棘丛生的根本没有路的山沟里。越往上走越崎岖难行，但是我莫名其妙地想起了那天小季穿的那件褂子，那是黄绿相间的颜色，像烟叶子一样的图案，我至今唯一有记忆的一件衣服，包括我自己穿过的衣服我都根本就没有印象。它时隐时现就在前面的草丛里闪动着，我立时勇气百倍。今年的野草长得特别茂盛，这些红茅草比人还高，风吹动沙沙响，这风声，这阳光，甚至我还闻到了一种当年的气息，我仿佛回到了少年的时光。在陡峭的石壁上攀爬，一种比刺槐还要尖利的灌木，我几乎是毫不犹豫地抓上去，看着鲜红的血从手掌流出来，不觉得痛，只觉得感动，为自己感动——我的血还是鲜红的。

大珠山下就是大海，爬上山梁，海天一色。然而，那神龟不见了。

满山都是奇形怪状的巨石，只是没有一块像乌龟。我反复搜寻，变换着角度观察，踪影全无。坐下来喘息了一会儿，重新观察，仍然没有看出哪块巨石形似乌龟。风凉了，再看一眼，下山。

下山时竟然找到了一条小路，虽然只是一条小毛毛道，但省力多了。到山脚回头一看，那神龟依然在。我长长地叹了口气。我并不感到怎样失望，忽然发现，我原本就不是为它而来，我已经完成了一桩心愿。

人的怀旧，其实留恋的只是当年的自己而已，怀念的对象仅是一个引子，如果你当真地找到了少年时心仪的姑娘，你心中留存的那份儿美好往往都要毁坏无遗。那眼睛里闪耀着夕阳的少女就如同这神龟一样，只能遥远地想望，不可近前。

我取消了原来去看望小季的打算。

金融危机与苦行僧

阿弥陀佛，我叫释净意。

当我在山道上偶然遇见净意时，他单手向我行礼问候。开始，我还以为他是随那位开奔驰车的和尚一起来的，甚至还以为他是那和尚的徒弟，他很年轻。一交谈才知道我错了，他根本就不认识那位开奔驰车的和尚。他说跟那和尚一起来到这山里是一种缘分，但他们修的不是同一宗，所以到现在也从未去拜访过他。净意修的禅宗那个什么支我记不住，只知道就是咱们俗话说的云游和尚，也叫苦行僧。他们的宗旨是化缘生活，而且食不能有隔夜粮，穿不能有隔季衣，也就是要保持绝对清贫，不允许有一点儿财富。并且他们不允许在同一个地方住长时间，要不停地到处走，到处化缘，为所到之处祈祷、祝福。他之所以在这里住下来是因为父亲前些日子脑中风，这里距青岛近，可以随时看望一下老人家。

第二天我拿了自己的一本书，还提着一包炒花生，专程上山拜访净意和尚。净意只比我儿子大三岁，毕业于中央工艺美术学院，自己开办过装潢公司，当过老板。也许是职业的癖好，我最感兴趣的话题就是问他为什么出家当和尚，我期待着一个惊心动魄的人生变故，最低也是一个感人泪下的恋爱故事。但他的回答却让我大失所望，他说自己出家当和尚是水到渠成顺理成章的事情，他从小就喜欢流浪生活，他小学时写作文《我的理想》就是过流浪生活。

他的住处是一间半坍塌的土屋，炕上连炕席都没有，只铺了一些茅草。我说这能行吗？他吃惊地说，这有什么不行的？能住在这屋里已经太奢侈了，在西北我都是临时搭草棚过夜，或者露天睡在睡袋里。他踢了踢地下的一卷破睡袋。

接下来，更出乎我意料的是，这位身无分文的苦行僧跟我谈的不是修行，却是当前的世界金融危机。他随身带着一个收音机，这个出家人的入世之深绝对是我不能比的。他对中国对世界的形势分析得头头是道。他对金融危机有两个观点。第一，他认为美国的金融危机的深层原因不是经济的而是文化的。世界上很多事情看似是经济的，其实质却是文化的，比方说，中国当前买小汽车的人有一大部分不是工作生活所需，而是因为邻居或同事有汽车，自家没有觉得没面子，于是就买了。实际上开一台汽车的人对环境的污染远远大于一个随地吐痰的人，可是你对一个随地吐痰的人鄙视，对一个开汽车的人却仰视；你说这是文化的还是经济的？所以说，当前的金融危机表面上看起来是一个经济问题，而实际上却是现代文化出了毛病。

他说当今的佛教文化也出了毛病，很多人当和尚不是为修行，而是为挣钱。我对他这一观点表示赞同，现在几乎所有的寺庙进门就要钱，让人难以理解。他笑道，我这个剃着光头、身穿僧袍的和尚也常常会遇到寺院收门票的，这不是更不可思议吗？

第二个观点，他认为金融危机说不上是一场劫难。他说如果世界经济发达到每个人都拥有一台汽车，那才是一场毁灭的人类大劫难。

作为一个苦行僧，他这样认为是理所应当的。但我发现他在吃花生米的时候根本没有嚼碎就咽下去了。我们一边谈话一边吃花生米，我是口里吃花生米的时候不能说话，说话的时候不能吃花生米，他却是两者都不误，让我一直担心他会给卡着。看来，苦行僧抑制了对金钱的欲望却无法抑制旺盛的食欲。

临走时，我指着他炕上的一个木制容器，问他，这就是——钵吧？他一笑说，对，法海就是用这东西把白娘子压在雷峰塔下的。我又对他的敏锐吃了一惊，我真的就是从那出戏里认识这器具的。

他说，这本是化缘用的，成了摆设了，你看朋友们送来的米，还没等我吃完又送来了，我说你们把我弄得哪像个出家人？简直成地主了。

山间小路

　　山间小路若隐若现，只有牧羊人走过，甚至仅仅是野兔家族的通道；山间小路弯弯曲曲，生动敏感，你春天从这里走过，到秋天它还会保留着你的足迹；山间小路充满灵性，所有在小路上走着的人都会有无数的生灵在跟他对话，在山间小路行走从来不会感到寂寞，拉扯着你裤腿的是一丛野玫瑰，它们像孩子一样顽皮，没完没了地和你闹；那正好碰撞你的额头的是横在路上方的一根核桃树枝，往常它是不会拦路的，是那些沉重的核桃把它压弯了，它向你炫耀它的果实；你看那棵老橡树，苍老开裂的树皮，乌黑而弯曲树干，多么像一个老人，你都听到了他的咳嗽声；一只野鸡咯咯大叫着从脚下飞起来，炮弹似的射向对面山坡，是你吓了它一跳还是它吓了你一跳？

　　天已黄昏，夕阳穿过树林把一缕光照射在对面山崖下一丛茅草上，那丛茅草立刻如火焰般燃烧起来。山风吹过，一柄梧桐落叶触地，砰然有声，对我，这一声响亮震动心灵，我已经有四十年没听到这样的落叶声了，东北地区没有梧桐树，也就没有如此巨大的落叶声。这是故乡的落叶声。这是来自记忆深处的童年的落叶声。

　　山间小路充满了生机，它跳过小溪，穿过浓密的灌木丛，绕过陡峭的山崖，然后又爬上山坡。它会让你的生命最大限度地活泼起来，四十多年前，我曾经在这条寂静偏僻的小路上遇到一位身穿红衣的女孩子，她给我留下终生难忘的影像——是我今生所见的最漂亮的姑娘。

行走在山路上，我听着自己执着有力的心跳声，那颗服务了六十多年的心脏依然搏动得均匀而欢快，感谢造物主，它能比任何金属制造的机械都持久；行走在山路上，我感觉到了自己的呼吸，看不见的气流大量地出入我的胸腔，甚至我的腹部都随着鼓动起伏着；行走在山路上，我感受着我的生命，一个人只有当你独自行走在山路上，你的生命才是真正活在当下。如果你乘车奔驰在高速公路上，你的心里只会想着目的地，那时你的生命是被"装载"着运行。当你乘飞机飞行的时候，你的生命就如同被密封在罐头盒子里抛掷飞行，若是有一天，因为我罪不容诛，阎王爷要罚我终生都在这条山间小路上行走，我会说——阿弥陀佛……如果他要让我一生都坐在飞机里飞行，我恳求他说，您还是让我下地狱吧！

在不熟悉山林的人看来，草木横生杂乱无章，但你若能静下心来仔细观察就会发现这里的一切都井然有序，一切都经过了大自然精心的安排。每一株草、每一棵树，甚至每一块石头的状态都是适得其所。你看那山坡上长的草与沟底草的差别，你看那山阴处的树与朝阳坡树的不同，都是适得其所。一丛的狼尾巴草，它们必须紧密团结在一起才能在那迎风口站立起来；那两棵松树的枝丫交织在一起却是为阳光互相斗争而妥协的结果；山涧溪水跳跃跌宕，曲折回旋，每前进一步都经过了苦心经营，巧妙设计。当然也有那些死皮赖脸纠缠在大树上的葛藤，它们最终会把它们的恩主给勒死，还有那些合谋把脚底下新生小树给活活勒死的杨树林，山林里每时每刻都在演绎着优胜劣汰的生存竞争惨剧。但大自然正是如此才能生生不息。如果你的裤腿给一种带刺的草籽死死地粘上，你不要生气，这种叫作老婆针的草跟苍耳一样，这是它们的生存智慧，它们需要让过客把它们的孩子带上一程，借以扩大自己的生存地盘。你就原谅它们的免费旅行吧。

有的人会欣赏城市里那些修剪成方块的灌木丛和修剪得像地毯一样的草坪，觉得那就是优美的风景，对山野这种生机盎然的景象望而生畏，感到太过杂乱无章。咱们就可怜那些天生缺乏审美感觉的人吧，他们从小生长在水泥森林里所见的全都是拙劣的人造景观，从来没有得到过欣赏大自然的机会。

人工之美从来都是在模仿自然，永远也不可能超越自然。到山间的小路上走一走吧，它会让你真正感受生命的美好。

蝉的故事

晚上，妻子忽然说，借柳没了。我一听，果然四周一片寂静，整个夏天，房前房后的树林里蝉声震耳，特别到了晚上，千万只蝉一齐鸣叫，简直翻江倒海。今晚却一只也没有了，我感到奇怪。妻子说，今天立秋呀。

蝉是一种随节气而来随节气而去的昆虫。天气远没有到秋凉的时候它们却及早地感觉到了秋的肃杀。

我们这里把蝉叫作"借柳"，这个称呼只出现在蒲松龄老先生的《聊斋》里。其实蝉有四种，按体形大小来分，最大的就是借柳，它的叫声也最响亮，但只有一个音符，吱——很单调。次一种是"文由"，它的叫声最优美，文由——文由——很像小提琴总在拉一个下滑音。还有一种是"嘟啦"，体形比较小，它的叫声也能拐弯，很好听，嘟啦——嘟啦——最小的就是"唧唧"，它只有一个单调儿，唧——

千百万只蝉，几乎是一夜之间突然消失，死亡，让人感到有些震惊。仅仅是两个月前我还每天晚上都要手里拿一个电筒到树林里去捉蝉的幼虫。我们这里叫"借柳鬼儿"，这东西非常好吃，是我童年记忆最深的美味儿。"借柳鬼儿"白天都躲在深深的洞里，等到天黑后，它们一个个掘开洞上面的硬盖儿，爬出来，爬到树上去蜕化。就在它往树上爬的时候，我们把它捉住。它在地下面是如何知道外面天黑的？这是一个谜。蝉把卵产在树枝上，树枝枯死后这些卵就随枯枝落在地下。卵小得比小米粒还小，是白色的。这是一件非常奇怪的事情，这么小的卵它是如何进入土里，如何生长成后来这么肥的"借柳鬼儿"，是个我童年百思而不得其解的谜。它在地里面长大了一千倍，吃什么？靠什么获得营养？别的昆虫如蜂卵是在巢里靠工蜂喂养长大的，蚕是卵产在树叶上，靠吃树叶长大。更多的昆虫都是成虫获取食物把卵直接产在营养物上供卵生长的，而蝉把卵丢进土里，它自己是怎么在地层下面寻找食物存活下来，还要长大的？

借柳鬼儿从地里一钻出来就要面临着巨大的危险，不知有多少别的动物在等着吃它们，如黄鼠狼、刺猬、老鼠，当然也包括人。甚至蛤蟆也要把它们当作美食。它们一出土就要赶紧往树上爬，尽一切努力往高处爬，爬到别的动物够不到的地方，但人总是有办法捉到它们。我这片树林白天是个很荒凉的地方，一到夜晚就热闹起来，无数的人打着电筒到这里来捉借柳鬼儿。爬到树上没有被吃掉的借柳鬼儿在十几分钟之内就会完成它的蜕化过程，在把它的硬壳儿蜕掉之后，它的翅膀就会从那包里伸展开，慢慢硬化，变成可以飞行的透明而坚硬的"蝉翼"。这样它就成功了，可以在蓝天下自由地飞翔，很少有动物能够再捉到它了。

我捉了几天之后就不再参与这种行为了。有几次我捉到了几只刚刚蜕化出来的借柳鬼儿，不对，这时候大约应该叫蝉了，这时候它们浑身都是软的，一点儿行动的能力都没有，这是它们最危险的时刻。只要过几分钟它就可以飞了，但偏偏这时候给我捉到了。我攥在手心里，感觉到了它们在索索地发抖，它们知道了等待着自己的命运，可是一点儿能力也没有，身体软得像面条儿。我在那一瞬间感到了自己的残忍。我简直是乘人之危，趁火打劫，图财害命啊。它们的恐怖传染给了我，我忽

259

然恐怖得扔掉捉到手的它们，拔腿向回跑，再也不出去了。

　　我在屏住呼吸倾听树上一只文由的歌唱，文由——文由——妻子悄悄走过来说，我给你捉住它？我说，你捉吧。其实我是在讥笑她，文由是蝉中的极品，不仅叫声最优美，体型也是最优美的，它的浑身都像镀了一层金一样华丽。当然它也是蝉中最鬼的家伙，很少有人能捉到它。在我的整个童年我不知捉到过多少蝉，但从来都没捉到过一只文由。妻子要徒手捉到这只文由等于痴人说梦。但是她轻轻地走上前去，一伸手把这只文由给捉住了。她得意地送到我手上时，我大为吃惊。我以怜悯的心情看着这个美丽的歌唱家，心里想，你怎么会让她给捉了啊？这时，我发现树上还有一只文由在鸣叫，并且，在不远处的树叶下面还有一只不会叫的——也就是雌性的文由。我恍然大悟，原来我手上的这只文由和那只仍然在歌唱的文由都在为这只雌性的文由唱情歌儿，也就是它们在比赛，看谁唱得好，谁唱得响亮。很多昆虫都是用这种方式求偶竞争的，歌儿唱得好的才会得到雌性的青睐。由于它太痴情，太专注，结果被妻子轻易地给捉到了。它可以说是为痴情而不顾性命的恋爱者。我也年轻过，年轻的恋爱者哪个不是这样？惺惺相惜。树上那只雄性文由唱得更响亮，我看了看手里的这只倒霉的文由，一扬手把它放飞。它文由一声飞上蓝天。它会接受这血的教训吗？

　　我们都知道那个螳螂捕蝉黄雀在后的寓言，意思是教导人们切不可光为了捕获利益而忘记自身的险境。可是有用吗？螳螂仍在捕蝉，黄雀仍在后面捕它。这一切都是大自然的安排。

图书在版编目（CIP）数据

儿子、孙子和狗 / 孙少山著. — 北京：中国文史
出版社，2020.2
（中国专业作家散文典藏文库·孙少山卷）
ISBN 978 - 7 - 5205 - 1406 - 4

Ⅰ. ①儿… Ⅱ. ①孙… Ⅲ. ①散文集 - 中国 - 当代
Ⅳ. ①I267

中国版本图书馆 CIP 数据核字（2019）第 230575 号

责任编辑：卢祥秋

出版发行 **中国文史出版社**
社　　址：北京市海淀区西八里庄 69 号院　邮编：100142
电　　话：010 - 81136606　81136602　81136603（发行部）
传　　真：010 - 81136655
印　　装：廊坊市海涛印刷有限公司
经　　销：全国新华书店
开　　本：720×1020　1/16
印　　张：17　　　　字数：219 千字
版　　次：2020 年 2 月第 1 版
印　　次：2020 年 2 月第 1 次印刷
定　　价：58.00 元